Scrittori del Novecento

Ignazio Silone

L'avventura d'un povero cristiano

Introduzione di Claudio Marabini

Arnoldo Mondadori Editore

I edizione Narratori italiani marzo 1968
I edizione Oscar narrativa gennaio 1974

ISBN 88-04-45569-1

Questo volume è stato stampato
presso Arnoldo Mondadori Editore S.p.A.
Stabilimento Nuova Stampa - Cles (TN)
Stampato in Italia - Printed in Italy

Ristampe:

21 22 23 24 25 26 27 28

1998 1999 2000 2001

La prima edizione Oscar Scrittori del Novecento
è stata pubblicata in concomitanza
con la quindicesima ristampa
di questo volume

Il nostro indirizzo internet è:
http://www.mondadori.com/libri

Introduzione

L'avventura d'un povero cristiano è l'ultimo libro che Ignazio Silone ci ha lasciato. Occorre tenere presente l'anno di uscita, il 1968, e la radicalizzazione della materia del racconto sotto il profilo morale e formale. Ci si trova al vertice di un cammino staccatosi da *Fontamara* (1933) e dalla trilogia iniziale (con *Fontamara, Pane e vino*, 1936, e *Il seme sotto la neve*, 1941) e salito attraverso i successivi romanzi a questo scontro tra personaggi che sono portatori di idee, coscienze che sovrastano la persona e alzano il loro patimento, il loro rigore, le loro conquiste davanti alla politica e alla storia, alla quotidiana commedia dell'autorità e del potere.

Il messaggio siloniano s'è spogliato e ha scelto la forma teatrale per attingere definitiva efficacia. La narrativa, affacciatasi all'inizio del racconto in sciolta chiave autobiografica, quasi varando l'itinerario personale di una nostalgica riscoperta dei propri luoghi abruzzesi, oltre che di un personaggio storico, si fa da parte per lasciare il posto al grande contrasto di idee e di comportamenti che segna due importanti figure, due antichi Papi addirittura, e un periodo denso di contrasti. Il racconto dilegua e viene avanti il dialogo, che Silone ha sempre praticato intensamente e che è stato elemento portante del suo narrare. Anche i più elementari raccordi narrativi possono scomparire, mentre sulla scena non restano che le coscienze, le parole che le esprimono, i sentimenti e i principî che le reggono.

La scena si è semplificata, le luci scavano su volti fissi e il racconto si riduce a didascalia, come in un copione o in una sceneggiatura. È teatro di idee, proiettato nella profondità della storia medioevale, ma scopertamente allusivo al nostro tempo e al dramma dell'uomo che sceglie la libertà contro il potere e la norma della propria coscienza. Sono trascorsi decenni dai tempi del fascismo e di *Fontamara*, dall'esperienza comunista e dalla spietata critica che ne è seguita, e l'umanità si ritrova immersa in difficoltà ulteriori, lo Stato minaccioso e invadente, l'individuo soffocato e talora schiacciato. L'appuntamento col '68 sembra preparato da lontano. Qualunque possa essere il giudizio storico, pare che i due itinerari, dello scrittore e della civiltà su cui egli da sempre indaga, fossero chiamati a incontrarsi. Occorre anche rammentare la recente esperienza della Chiesa e il Concilio. Il tutto si annoda in queste pagine, che assumono un valore testamentario, poste a sigillo della ideale autobiografia contenuta in *Uscita di sicurezza*, uscito tre anni prima, nel 1965.

*

Nell'*Avventura d'un povero cristiano* Ignazio Silone rinnova i motivi ideologici della sua polemica e della sua lotta per la libertà dell'uomo. Il povero cristiano è nientemeno che Pietro Angelerio del Morrone, il papa del "gran rifiuto" dantesco, salito al trono col nome di Celestino V. Silone addita in Celestino la virtù di chi antepone la coscienza al potere politico e si eleva perciò sulla corruzione del suo tempo, che invade ogni sfera civile ed ecclesiastica; è noto invece che Dante, fermo difensore della struttura temporale della Chiesa, attribuì a "viltà" quel rifiuto, che tuttavia il Petrarca esaltò.

La vicenda di Celestino ha offerto a Silone il destro per commisurare la sua ideologia ai termini della religione. Sono evidenti le connessioni allusive col nostro tempo; Silone stesso le indica nei capitoli che precedono il dramma: perché tale è quest'opera, svolta con dialoghi e didascalie come un copione teatrale. Nei capitoli iniziali, in cui lo scrittore abruzzese ricerca nella sua terra, pellegrino di questa antica vicenda, le testimonianze storiche su Pietro del Morrone, non è tralasciata occasione di aggancio col presente e i casi attuali, quali in particolare hanno maturato e determinato papa Giovanni e il Concilio.

Celestino assurge così a simbolo di rinuncia al potere politico e alla sua trama di peccato, in favore della autonomia e della purezza della coscienza. La scena finale del dramma vede di fronte i due grandi avversari, Celestino V, tornato il monaco d'un tempo, e Bonifacio VIII, il successore intransigente nel prolungare la funzione politica della Chiesa: e compendia i motivi dell'ideologia siloniana, con eloquenza ed efficacia, entro i due corni della rinuncia e del compromesso vile e peccaminoso.

Celestino V era un semplice monaco, che viveva chiuso in una trappa abruzzese, quando gli comunicarono l'elezione. Dalla morte di Niccolò IV erano trascorsi più di due anni. Il conclave si era riunito prima a Roma, poi a Rieti, infine a Perugia. Era estate e faceva molto caldo. I Colonna e gli Orsini dividevano, con il loro odio, la piattaforma elettorale. Poi, all'improvviso, la designazione. E Pietro Angelerio scende dai regni della coscienza e dell'utopia lungo i sentieri del mondo, un mondo che non conosce, nel quale si muoverà con impaccio e da cui si ritirerà alla fine.

Non muta, infatti, le sue abitudini frugali. Siamo in un'atmosfera francescana, tra echi gioachimiti, mentre serpeggia nell'aria l'offesa inferta all'eredità spirituale del poverello d'Assisi. Corrono nel corpo malato della Chiesa brividi di febbre e di rinnovamento. E vigila, intanto, la cattivante autorità degli angioini. Celestino rifiuta il cavallo e monta l'asino, seguita a dormire per terra, lungamente si chiude in preghiera, mentre intorno si stringe il cerchio temporale e la cura politica preme, lo soffoca, lo avvilisce e lo determina alla decisione risolutiva. L'astuto e bellicoso Bonifacio, dei Caetani, è pronto a raccogliere l'eredità ambita; in mano sua la Chiesa è uno Stato che tende a ergersi ad arbitro e dominatore fra gli Stati. E Celestino, tornato fraticello, amato e seguito dai fedeli, viene braccato e incarcerato. In una buia torre soffoca la sua utopia e continuerà a brillare la luce della coscienza che non ha tollerato compromesso, che ha difeso Cristo prima della Chiesa, la rinuncia e la povertà, e che ha additato nel potere il nemico più pericoloso.

*

Silone postula un cristianesimo "demitizzato" e sciolto dai legami temporali, frusta le gerarchie, afferma che l'utopia è il rimorso della Chiesa, indica nella Storia e nella Profezia la sua natura "bipolare". Celestino è il campione di una forza genuina, che sgorga dalla parola stessa di Gesù. E la Chiesa, com'è dipinta nel dramma e com'è incarnata in certi cardinali e particolarmente in Bonifacio, è l'esatto "pendant" ideologico del partito politico, è un partito essa stessa, che chiede ai suoi seguaci il prezzo altissimo dell'anima.

Vediamo Celestino per un attimo immerso in documenti che attendono la sua firma e pressato da decisioni che non possono essere differite: questa è la realtà, ambigua e traditrice. La Chiesa è anche tutto ciò: lo dichiara, e non a torto, Bonifacio. Ma l'anima di Celestino è altrove, è nella cristallina parola di Gesù, nella povertà dei fraticelli "spirituali", nei monti nudi, corsi da lupi, del suo lontano Abruzzo, donde fu chiamato quando ebbe inizio il dramma.

Il cristianesimo di Silone, fermo alla pura "sostanza morale" e all'amore per i poveri, si unisce idealmente alla fedeltà al socialismo, un socialismo che – chiarisce l'autore – intende "l'economia al servizio dell'uomo, e non dello Stato o d'una qualsiasi politica di potenza". Celestino, dal canto suo, chiedeva la traduzione in volgare dei documenti e avrebbe voluto offrire autonomia ai vescovi, come ai tempi evangelici, magari rischiando uno scisma francese. Incoscienza, dicevano gli altri. Ma l'utopia non conosce prudenze e comunque egli aveva sempre anteposto, coi suoi fraticelli, la coscienza all'ubbidienza.

La posizione è chiara. Il dramma di Celestino non poteva essere dipinto con colori più attuali. Resta, per noi che cerchiamo in Silone anche l'artista che conosciamo, la prevalenza ideologica, la funzione palese di testimonianza polemica. Ci sembra lecito annoverare l'opera nella schiera dei saggi, anche se in versione scenica spesso efficace, lasciando a certi scorci abruzzesi (soprattutto nei capitoli introduttivi) il palpito dell'arte, unito al sentimento della antica terra. "M'interessano soltanto i contrasti morali e di pensiero", dichiara Silone; e talora certi dialoghi hanno un sapore biblico, uno spicco dantesco, che prevale sull'azione. Allo stesso modo, la figura di Celestino non conosce tentennamenti, ferma sin dalle prime battute sul suo piedestallo cristallino.

*

« Sai bene che ogni mio interesse, come scrittore, è rivolto al presente. » Così dice Silone all'inizio del libro, rivolto all'amico che incontra ai piedi della biblioteca provinciale dell'Aquila, ed è una delle ragioni più profonde del libro e di tutta la letteratura siloniana, assieme a quella del carattere storico della terra madre e all'altra, morale e religiosa, che *L'avventura d'un povero cristiano* dibatte angosciosamente, sul contrasto fra coscienza e potere in seno all'organismo della Chiesa.

La dichiarazione di Silone, solo apparentemente in contraddizione con la materia medioevale del libro, sta alla base dell'impegno dello scrittore verso l'uomo d'oggi, i suoi problemi morali e materiali, la sua generale condizione di vita, e verso il tipo di civiltà in cui si trova immerso. Ed esclude ogni possibilità narrativa rivolta alla rievocazione storica fine a se stessa. La rievocazione storica invece per Silone può presentare interesse soltanto (come nel caso di questa *Avventura d'un povero cristiano*) se messa in relazione, esplicita o implicita, al nostro mondo: al "presente". Tutta la narrativa di Silone infatti si giustifica in questo impegno, allineandosi con la saggistica. Dai tempi del fascismo a oggi l'uomo di Silone combatte per la libertà e la dignità contro ogni forza tesa a violarle. L' "interesse di scrittore" di Silone non ha mai mutato bersaglio. Nel saggio *La sfinge del benessere* (vedi *Uscita di sicurezza*) Silone ha scritto: « (...) la sola realtà che veramente mi ha sempre interessato è la condizione dell'uomo nell'ingranaggio del mondo attuale, in qualunque sua latitudine o meridiano ». Tuttavia è da rilevare la scelta di questa metafora storica, essendo questo l'unico libro di Silone che nella materia si separi dall'attualità politica. Tutti gli altri romanzi stanno tra fascismo, guerra e dopoguerra. Qui il balzo nel tempo è vertiginoso, anche se di fatto è come cancellato dalla presenza di un Abruzzo cristiano che sembra porsi fuori dal tempo e di un personaggio che esalta la propria figura nella lotta con il proprio tempo e la politica degli uomini che lo interpretano, e quindi lui stesso tende non solo a isolarsi ma a porsi fuori dalle coordinate storiche, entro i termini esaltanti del regno della purezza originaria, non contaminata dalla cupidigia e dalla volontà di potenza.

Quanto all'Abruzzo e all'antica madre, infatti, assume importanza determinante quella che in un capitolo viene esplicitamente chiamata l'eredità cristiana. Questo Abruzzo, dice con ironia lo scrittore, non ha niente di turistico, cioè di realistico e visibile in senso esteriore. La sua realtà è più profonda ed è la stessa da cui scaturisce il protagonista del libro, quel Pietro Angelerio del Morrone che restò papa, col nome di Celestino V, dal 5 luglio al 13 dicembre 1294. Si legge nel saggio *Uscita di sicurezza*: « È una contrada, come il resto d'Abruzzo, povera di storia civile, e di formazione quasi interamente cristiana e medioevale. Non ha altri monumenti degni di nota che chiese e conventi. Per molti secoli non ha avuto altri figli illustri che santi e scalpellini. La condizione umana vi è sempre stata particolarmente penosa; il dolore vi è sempre stato considerato come la prima delle fatalità naturali; e la Croce, in tal senso, accolta e onorata. Agli spiriti vivi le forme più accessibili di ribellione al destino sono sempre state, nella nostra terra, il francescanesimo e l'anarchia. Presso i più sofferenti, sotto la cenere dello scetticismo, non si è mai spenta l'antica speranza del Regno, l'antica attesa della carità che sostituisce la legge, l'antico sogno di Gioacchino da Fiore, degli Spirituali, dei Celestini. E questo è un fatto di importanza enorme, fondamentalmente, sul quale nessuno ancora ha riflettuto abbastanza. In un paese deluso, esaurito, stanco come il nostro, questa mi è sempre apparsa una ricchezza autentica, una miracolosa riserva. I politici l'ignorano, i chierici la temono, e forse solo i santi potranno mettervi mano».

Il brano è tra i più belli di Silone. Questa ricchezza si incarna in Celestino e giunge a noi come un monito. È come se Silone dicesse, in pieno '68, e dopo la delusione marxista, che occorre rifarsi a queste riserve per tentare di salvarsi. Non è un fatto da poco che uno scrittore con l'esperienza politica di Ignazio Silone punti a queste riserve e senta di doverle indicare ai suoi contemporanei attraverso una metafora storica ispirata nientemeno che a un pontefice. La parte iniziale del libro, con la ricerca attraverso le biblioteche e i luoghi d'Abruzzo, con il suo sentimento, la curiosità, l'ansia, può essere letta anche come il laborioso approccio a una fonte tanto preziosa quanto remota, come chi cerchi di bere dopo una lunga sete.

In questo senso l'immersione nella profondità storica ha significato uguale all'indagine sul presente in un momento in cui l'individuo sembra schiavo di una cosmica alienazione. Quanto più lo scrittore sembra allontanarsi nei sentieri dell'Abruzzo astorico e nel tempo, tanto più è a contatto con la cronaca e la storia dei suoi anni. Papa Celestino siamo noi ed è lo stesso scrittore, e Bonifacio è il volto di una forza enorme, contro la quale l'esito della lotta è catastrofico. Il libro reca un apparato di note, richiami, profili storici, che sembrano allontanarlo in una sua peculiarità filologica. Esso conforta solo, con l'ausilio di qualche dato, quello scetticismo contro cui non si cesserà mai di combattere, visto che la storia non fa che ripetere se stessa, mentre gli uomini ricadono negli stessi errori. Non possiamo dimenticare che nel marzo 1968 Silone ci inviava questo libro con una dedica che diceva: « la solita storia ».

Claudio Marabini

Ignazio Silone

La vita

Ignazio Silone, pseudonimo di Secondino Tranquilli, nacque il primo maggio del 1900 a Pescina dei Marsi, in provincia dell'Aquila. Il padre era un piccolo proprietario terriero, la madre una tessitrice. Silone perdette la madre nel terremoto della Marsica, all'inizio del 1915; il padre era morto un anno prima. Compì i primi studi al paese natale, fu convittore nell'Istituto Pio X di Roma, quindi ospite al pensionato di don Orione a San Remo. Frequentò il Ginnasio-Liceo di Reggio Calabria.

Prese parte molto giovane alla prima attività organizzativa dei lavoratori agricoli dei suoi luoghi, la condizione dei quali si rispecchia nel romanzo *Fontamara*. Scorci di quella attività si possono raccogliere in alcuni racconti e saggi di *Uscita di sicurezza*, assieme al suo giudizio e alle sue reazioni alla vita familiare e sociale. La sua fu una contestazione globale della vecchia società e delle sue istituzioni. « Sono nato e cresciuto in un comune rurale dell'Abruzzo, in un'epoca in cui il fenomeno che più mi impressionò, appena arrivato all'uso della ragione, era un contrasto stridente, incomprensibile, quasi assurdo, tra la vita privata e familiare, ch'era, o almeno così appariva, prevalentemente morigerata e onesta, e i rapporti sociali, assai spesso rozzi odiosi falsi... »

Interrotti gli studi, Silone si trasferì a Roma e iniziò l'attività politica. Durante la guerra (1917) fu direttore del settimanale socialista e pacifista « Avanguardia »; più tardi redattore del « Lavoratore » di Trieste. Al congresso di Livorno (1921) aderì al partito comunista e fu attivo dirigente della Federazione Giovanile. Dopo l'avvento del fascismo, fu accanto ad Antonio Gramsci come attivista clandestino. Dopo l'arresto del fratello si rifugiò all'estero, dove proseguì l'attività antifascista, incorrendo nell'espulsione da vari paesi. Rappresentò più volte il movimento comunista italiano con Togliatti a Mosca, nelle riunioni del Komintern. Dopo un breve soggiorno in Francia, si stabilì prima a Locarno, quindi a Zurigo, dove restò quindici anni.

Intorno al 1930 si staccò dal movimento comunista; ciò in seguito alla svolta politica staliniana, che aggravava il carattere tirannico dell'organizzazione comunista internazionale. Ne derivò una profonda crisi, che investì le basi ideologiche su cui si fondava la sua azione politica, risuscitando in lui gli impulsi cristiani e libertari da cui era partita la sua contestazione iniziale.

Silone non cessò pertanto dall'organizzazione e dai contatti con gruppi antifascisti e socialisti all'estero. Nel medesimo tempo maturò la sua vocazione di scrittore. Di questo periodo è la stesura di *Fontamara*, uscita in tedesco a Zurigo nel 1933. Seguiranno *Pane e vino*, in inglese (1936) e poi in tedesco (1937); successivamente, ancora in tedesco, *La scuola dei dittatori* (1938), *Il seme sotto la neve* (1941) e l'opera teatrale *Ed egli si nascose* (1944): attività creativa che, unita a quella di pubblicista, diede vasta notorietà a Silone all'estero.

Silone tornò in Italia dopo la liberazione ed entrò nel Partito Socialista. Fu deputato alla Costituente e direttore dell'« Avanti », organo del P.S.I., e di « Europa Socialista ». Dopo la scissione, che segnò il distacco dell'ala socialdemocratica dal partito socialista (1948), Silone non seguì alcuno dei partiti rivali, pur manifestando la sua solidarietà con l'ideale del socialismo democratico.

Si dedicò quindi totalmente all'attività letteraria e pubblicistica. Man mano uscirono nuovi romanzi e saggi: *Una manciata di more* (1952), *Il segreto di Luca* (1956), *La volpe e le camelie* (1960), *Uscita di sicurezza* (1965), *L'avventura d'un povero cristiano* (1968).

Condiresse la rivista politico-letteraria «Tempo presente» (1952-1968) e presiedette l'Associazione Italiana per la Libertà della Cultura.

Si spense a Ginevra il 22 agosto 1978.

C'è una linea ideale, che dal primo libro di Ignazio Silone, *Fontamara*, scritto nel 1930, giunge agli ultimi racchiudendo tutta l'opera intorno a un tema centrale: quello del riscatto dell'uomo da tutte le forze che tendono ad annullarlo, provengano esse dalle ataviche strutture feudali della società, dalla fatale prevaricazione dello Stato moderno o dalle minacce di una sempre più incombente civiltà tecnologica. Un riscatto che ha anche un aspetto economico, ma che è innanzi tutto morale, ponendosi la figura dell'uomo come una figura ideale, tesa addirittura ai più alti valori religiosi: quelli suggeriti da un cristianesimo pervaso dal fervore e dallo spirito messianico delle origini.

Questo tema centrale, che in *Fontamara* si risolse in un impianto corale di sapore veristico e nell'*Avventura d'un povero cristiano* in un canovaccio scenico d'ambiente medioevale, passando di libro in libro, da *Pane e vino* ('37) a *Una manciata di more* ('52), da *Il seme sotto la neve* ('45) sino a *Uscita di sicurezza* ('65), definisce non solo l'animo della letteratura di Silone ma anche la sua intima ed esterna struttura. Non c'è mai stato in Silone, infatti, un narratore puro. I suoi racconti e romanzi hanno uno scopo di denuncia, di protesta, di perentoria indicazione. Il documento narrativo a cui egli perviene tende sempre a un fine superiore; alla stessa maniera che nello scrittore il mondo morale dell'uomo politico prevale sull'artista e sul gusto del semplice godimento della pagina. Come i fatti narrati scoprono l'intima tensione alla denuncia e quindi all'azione pratica, così la pagina narrativa rivela nel suo interno il germinare del saggio. *Uscita di sicurezza*, composto di vari brani che vanno dalla narrativa il più possibile pura al saggio, è illuminante e può restare come il libro che meglio compendia la personalità dell'uomo e dello scrittore.

Letteratura « spuria », in senso alto, si potrebbe osservare. E se si pensa agli anni in cui *Fontamara* fu scritto, se ne coglie l'originalità e l'indipendenza dalla letteratura corrente, e il significato precorritore. Del resto *Fontamara* fu scritto alla macchia. Né il dopoguerra, malgrado tutte le polemiche, si sottrasse alle suggestioni antiche della pura letteratura. Silone ebbe maggiore successo all'estero che in patria e attese per molti anni una piena affermazione. Il carattere « spurio » di questa letteratura è in realtà la sua forza, il segno di una ricerca di sintesi tra uomo e scrittore, tra impegno politico-morale ed estro narrativo. È probabile che in Silone la nascita dello scrittore sia dovuta solo a particolari circostanze. Non si può disgiungere infatti la parabola ideologica da quella letteraria. Ma è anche vero che ciò non toglie al documento letterario una forza di suggestione che talora si identifica con la poesia. È la passione morale tradotta in termini duraturi, al di sopra delle contingenze storiche e dentro l'eterna sostanza dell'uomo.

Disse Silone in *Uscita di sicurezza*: « Lo scrivere non è stato, e non poteva essere, per me, salvo in qualche raro momento di grazia, un sereno godimento estetico, ma la penosa e solitaria continuazione di una lotta... E le difficoltà con cui sono talvolta alle prese nell'esprimermi, non provengono certo dall'inosservanza delle famose regole del bello scrivere, ma da una coscenza che stenta a rimarginare alcune nascoste ferite, forse inguaribili, e che tuttavia, ostinatamente, esige la propria integrità ». E ancora: « Come ogni scrittore che concepisce la propria attività al servizio del prossimo, ho dunque cercato di rendermi conto, per me e i miei lettori... A questo fine, penso, han servito tanto i miei racconti che i miei saggi, tra i quali non sussiste differenza, se non tecnica ».

Silone tocca qui il punto centrale della sua letteratura. Ma non è detto che in certe pagine saggio e racconto non si fondano sino a dare la misura, secondo noi, del migliore Silone, in senso assoluto. Un esempio solo: la pagina dell'*Incontro con uno strano prete*, in *Uscita di sicurezza*, dove la narrazione dell'incontro tra don Orione e il giovanissimo Silone riesce magistralmente a inglobare una forte tensione morale e persino un impeto moraleggiante, che si allarga in una densa perorazione senza tuttavia infrangere l'equilibrio. È probabile che si debbano ricercare nell'opera dello scrittore questi momenti, attraverso cui includerlo in un'ideale galleria del « bello », quel « bello » a cui egli non tendeva e a cui debbono essere autorevolmente affiancati i documenti politici e morali, vale a dire il prodotto del saggista.

Verga, Alvaro, Jovine, sul piano più prettamente psicologico persino Dostoëvskij, sono le indicazioni di ascendenze che talora la critica ha dato. In effetti il verismo di Silone è quello di un separato, separato nello spazio e nel tempo. Separato dalla sua Marsica come – e assai più di un Alvaro e di un Jovine – dal tempo di un pur protratto e oramai critico verismo. Torna il discorso sulla funzione strumentale della sua narrativa: il documento terragno assunto come mezzo di « lotta ». Si misura anche su questo l'ampiezza della separazione. La rappresentazione di dolori e di miserie che implicitamente perseguì il verismo, diviene in Silone netta denuncia: denuncia totale, che coinvolge tutto lo scrittore, il quale si fa tale per questo. Il « godimento estetico » è appannaggio successivo, si vorrebbe persino dire casuale. Lo scrittore è tutto al di fuori di quel mondo di poveri diavoli e di cafoni. È al di qua di una barriera che ne sancisce la definitiva lontananza, nella piena area dell'uomo contemporaneo, dibattuto tra forze tese ad annullarlo: dove ben più che miseria e precarietà economica e sociale deve registrare il passivo dell'uomo: dove è lecito temere della sua pura e semplice sopravvivenza.

Silone tratta realisticamente la sua materia. L'osservazione vale per tutta la sua narrativa, anche se in *Fontamara* il suo realismo ha uno spicco veristico che poi si attenua. Questo realismo non disdegna situazioni romantiche. Nel contesto esse si allargano in vicende d'affetto e d'amore. L'amore è inteso da Silone come sentimento idillico. A cominciare dalla Elvira di *Fontamara* e dalla Ortensia del *Segreto di Luca* si possono annoverare limpide figure, le quali creano zone segrete, dove gli eroi siloniani quasi dimenticano loro stessi e i richiami della Storia. Valga specialmente l'amore infelice di Luca e Ortensia, la sua vittoria contro il tempo e poi anche contro la morte.

A fianco dei protagonisti si stagliano personaggi minori sui quali, sottratti spesso alla missione che anima gli eroi, si esercita maggiormente il tono veristico del racconto, certa vena bozzettistica paesana, che può avvicinare la narrativa di Silone alla narrativa meridionale.

La lingua in cui Silone ha realizzato la sua letteratura è una lingua media, che non muta registro passando dalla narrativa alla saggistica. Tranne *Fontamara*, dove il racconto è messo direttamente in bocca ai cafoni, la restante opera si esprime nell'italiano dell'uso corrente, schivo nello stesso tempo dei toni alti del dramma e di quelli bassi della commedia. Quanto di comico può talora affiorare, si realizza nei modi dell'ironia. Questa lingua non scende all'anacoluto, non orecchia il dialetto, è rispettosa della grammatica e della sintassi, usa un lessico, tranne rarissimi casi, accessibile e sostanzialmente comune.

Il passaggio alla saggistica, come si nota in *Uscita di sicurez-*

za, avviene pianamente, come pianamente la struttura narrativa si dissolve nella tematica ideologica e didascalica del ragionamento e del dibattito polemico. Il saggio morale, politico e sociale consente allo scritto e la trattazione diretta della materia ideologica, nell'opera narrativa affidata all'azione dei protagonisti. L'eloquenza dei fatti si trasferisce nel fervore didascalico. Perciò la saggistica non è meno trascinante di un riuscito racconto. Animata da un'onda intima, è colma di una profonda vena autobiografica e sospinta dallo stesso imperativo morale e civile che nutre i personaggi dei romanzi.

Qualche giudizio critico

Come accade agli scrittori di vena religiosa, frequentatori degli assoluti, ricerche formali, sperimentalismi e la stessa "idea di letteratura" passano in secondo piano. La forza di Ignazio Silone, anche in un'opera come *L'avventura d'un povero cristiano*, consiste nel modo originale e quasi misterioso con cui, da un quadro stilistico tradizionale e persino arcaico, erompe un'attualità morale che non dà scampo.

Geno Pampaloni, « Corriere della Sera », Milano, 2 aprile 1968

Silone è veramente e stabilmente celebre fuori dei confini d'Italia. Meno generosa con lui, nel suo recinto asfittico, è stata l'avara, fiscale e faziosa repubblica letteraria italiana, sempre paurosa di dir troppo, soprattutto paurosa di scontrarsi, dicendo il vero, nei mutevoli terrorismi dello snobismo culturale. È ora di riconoscere che Silone, questo scrittore di un libro unico, monomane per sincerità e perché ha qualche cosa di preciso e urgente da dire, asciutto, intenso, pieno di riserve segrete, condotto allo scrivere solo da una potente necessità interiore, è uno dei pochi nostri scrittori dotati di grandezza.

Guido Piovene, « La Stampa », Torino, 21 aprile 1968

È un libro integro e perfetto, che mette a soqquadro, non occasionalmente, l'*establishment* di quella letteratura italiana per la quale la problematica etico-religiosa è da secoli diventata tabù. Nella figura di Celestino, il papa del "gran rifiuto", Silone ha riscatenato, e rappresentato, l'eterno dramma del cristiano, che è *nel* mondo ma non deve essere *del* mondo. Con questo libro Silone ha saputo darci la sua opera più alta, quella che gli dà una statura morale, ma anche letteraria, che non ha confronti tra noi, non fosse altro perché qui è questione di altri ordini di altezza e grandezza, ma più che altro di intensità e di profondità.

Giancarlo Vigorelli, « Tempo », Milano, 30 aprile 1968

L'avventura d'un povero cristiano di Silone è una delle opere di maggior valore apparse in Italia negli ultimi venti anni, e una delle poche in cui un autore italiano ha osato affrontare un tema morale e religioso con una sensibilità di artista e con un impegno di pensatore. Con l'ultimo Silone la narrativa del nostro Paese ha mostrato di essere in grado di superare la cronaca per portare la propria attenzione sull'uomo, su ciò che ha di più profondo e valido.

P. Domenico Grasso, « La Civiltà cattolica », Roma, 1 giugno 1968

Bibliografia

OPERE DI IGNAZIO SILONE

Narrativa

Fontamara, Zurigo 1933, Basilea 1934 (in tedesco); Parigi-Zurigo 1934 (in italiano); Roma, Faro 1945; Milano, Mondadori, 1949.
Pane e vino, Londra 1936 (in inglese); Zurigo, 1937 (in tedesco); Lugano 1937 (in italiano). Prima edizione in Italia, completamente riveduta e col titolo *Vino e pane*, Milano, Mondadori 1955.
Il seme sotto la neve, Zurigo 1941 (in tedesco); Lugano 1941 (in italiano); Roma, Faro, 1945; Milano, Mondadori 1950, 1961 (interamente riveduta).
Una manciata di more, Milano, Mondadori, 1952.
Il segreto di Luca, Milano, Mondadori, 1956.
La volpe e le camelie, Milano, Mondadori, 1960.
L'avventura di un povero cristiano, Milano, Mondadori, 1968.
Severina (a cura e con testi di Darina Silone), Milano, Mondadori, 1981.

Saggistica

Der Faschismus: seine Entstehung und seine Entwicklung, Zurigo, 1934.
La scuola dei dittatori, Zurigo 1938 (in tedesco); Milano, Mondadori 1962.

L'eredità cristiana: l'utopia del Regno e il movimento rivoluzionario (conferenza tenuta a Roma nel 1945).
L'abruzzo, in "Abruzzo e Molise" ("Attraverso l'Italia", XIV), Milano, Touring Club Italiano, 1950.
Testimonianze sul comunismo, Comunità, Torino, 1950.
La scelta dei compagni, Torino, "Quaderni" dell'Associazione Culturale Italiana, 1954.
Un dialogo difficile, Roma, Opere Nuove, 1958.
Uscita di sicurezza, Firenze, Vallecchi, 1965.
Ecco perché mi distaccai dalla Chiesa, in " La Discussione", 31 ottobre 1965, e in "La Fiera Letteraria", 7 novembre 1965.

Teatro

Ed egli si nascose, Zurigo-Lugano 1944; Roma, Documento, 1945; in "Teatro", n. 12-13, 1 luglio 1950.
L'avventura d'un povero cristiano (dall'omonima opera narrativa), in "Il Dramma", 12 settembre 1969.

PRINCIPALI SCRITTI SU SILONE

G. Pampaloni, *L'opera narrativa di Ignazio Silone*, «Il Ponte», Firenze, gennaio 1949.
E. Cecchi, *Di giorno in giorno*, Milano, 1954.
W. B. Lewis, *Introduzione all'opera di Ignazio Silone*, Roma, 1961.
Irving Howe, *Politica e romanzo*, Milano, 1962.
G. Bàrberi Squarotti, *La narrativa italiana del dopoguerra*, Bologna 1965.
A. Russi, *Gli anni della antialienazione*, Milano, 1967.
C. Varese, *Occasioni e valori della letteratura contemporanea*, Bologna, 1967.
F. Virdia, *Silone*, Firenze, 1967.
G. Manacorda, *Storia della letteratura italiana contemporanea* (1940-1965).
A. N. Marani, *Narrativa y testimonio: Ignazio Silone*, Buenos Aires, 1967.
C. Marabini, *Gli anni sessanta, narrativa e storia*, Milano, 1969.

M. Mariani, *Ignazio Silone*, in *Letteratura italiana - I contemporanei*, vol. III, Milano, 1969.
A. Scurani, *Ignazio Silone*, Milano, 1969;
G. Petrocchi, *Letteratura abruzzese contemporanea*, Pescara, 1970.
L. d'Eramo, *L'opera di Ignazio Silone*, Milano, 1971.
C. Annoni, *Invito alla lettura di Silone*, Milano, 1974.
Alei, Bernardoni, Di Vanna, Piaggesi: *Socialista senza partito - Cristiano senza chiesa*, Alba, 1974.
G. Viti, *Il romanzo italiano del Novecento*, Firenze, 1974.
G. Rigobello, *Ignazio Silone*, Firenze 1975.
P. Aragno, *Il romanzo di Silone*, Ravenna, 1975.
A. Gasparini - A. Gentile, *Silone tra l'Abruzzo e il mondo*, L'Aquila, 1979.
E. Guerriero, *L'inquietudine e l'utopia*, Milano, 1979.
G. Spadolini, *L'Italia dei laici*, Firenze, 1980.
S. Marelli, *Silone intellettuale della libertà*, Rimini, 1989.
AA. VV., *Silone scrittore europeo* (Atti del convegno di Pescina – 8-10 dicembre 1988 – con contributi di Pampaloni, Luzi, Mauro, Valitutti, Garosci, Volpini, Petroni, Circeo, Pomianoski, Neucelle, Piccioni, Barberini, Gasbarrini), in «Oggi e domani», Pescara, aprile 1989.

PRINCIPALI SCRITTI SU
«L'AVVENTURA D'UN POVERO CRISTIANO»

A. Bocelli, « Romanzo-dramma di Ignazio Silone su Papa Celestino V », « La Stampa », 28 marzo 1968;
G. Pampaloni, « L'ultimo Silone », « Corriere della Sera », 2 aprile 1968;
D. Porzio, recensione in « Panorama », 18 aprile 1968;
G. Piovene, « Silone grande scrittore malconosciuto in Italia », « La Stampa », 21 aprile 1968;
G. Vigorelli, « Silone e l'avventura d'un povero cristiano », « Tempo », Milano, 30 aprile 1968;
C. Bo, « Autobiografica la storia del Papa che finì eremita », « L'Europeo », 30 maggio 1968;
D. Grasso, « L'avventura d'un povero cristiano, di Silone », « La Civiltà cattolica », 1 giugno 1968, pp. 459-465;

A. Barolini, « Il dramma della verità », « La Discussione », 8 giugno 1968;
G. Calcagno, « L'avventura cristiana del socialista Silone », « Il Nostro Tempo », 9 giugno 1968;
E. Falqui, « Il gran rifiuto », « Il Tempo », Roma, 12 giugno 1968;.
A. Scurani, « Cristianesimo *spirituale* di Ignazio Silone », « Letture », luglio 1968, pp. 427-444;
G. Rigobello, « L'avventura d'un povero cristiano », « Studium », dicembre 1968, pp. 843-844.

L'avventura d'un povero cristiano

Quel che rimane

Inizio di una ricerca

L'Aquila

In provincia i segreti hanno vita breve. Ai piedi dello scalone della biblioteca provinciale ho incontrato un amico letterato che mi ha subito interpellato ridendo:

« Non vuoi mica darti al genere storico? »

« Ne sarei incapace » gli ho risposto credendo di poter tagliare corto. « Sai bene che ogni mio interesse, come scrittore, è rivolto al presente. »

« È vero » egli mi ha replicato « ma non hai scritto tu stesso che certe realtà del presente hanno radici lontane? »

La finzione è durata poco. L'amico già sapeva della mia visita di ieri a un archivio della città per esaminarvi alcuni cimeli riguardanti Celestino V. Pare anzi che la notizia abbia suscitato qualche curioso commento nel piccolo ambiente locale dei miei conoscenti. L'amico si fa bello col riferirmi la sua argomentazione in mio favore, citando a memoria da un mio saggio sulla narrativa e il "sottosuolo" meridionale, in cui, da Carlo Cafiero e gli anarchici di oggi, risalgono fino a Gioacchino da Fiore.

« Hai ragione » gli confermo. « Sarà un lavoro di scavo. »

« Come ti spieghi » insiste l'altro « che un tema cosí appassionante non sia stato mai trattato da letterati italiani? Sí, vi accennò Dante; ne trattò con enfasi ammirevole il Petrarca; ma dopo? Non Alfieri, non Manzoni... »

« La problematica etico-religiosa divenne tabú » cerco di rispondere. « Abbiamo avuto il Rinascimento e poi il Concilio di Trento. »

« Un tabú nostrano » aggiunge l'amico. « George Sand ha scritto *Spiridion* ispirandosi a Gioacchino da Fiore. Anche Lessing s'interessò all'abate calabrese. »

Ci siamo incamminati verso la basilica di Santa Maria di Collemaggio, dove stamane avrà luogo la solita commemorazione annuale dell'incoronazione di Celestino V, e strada facendo abbiamo continuato a chiacchierare. Espongo al mio amico alcuni dubbi preliminari: romanzo, saggio, dramma? Comunque, ho l'intenzione di ridurre al minimo la scenografia storica. M'interessano soltanto i contrasti morali e di pensiero.

« Se ho ben capito » l'altro dice « sarà una nuova versione di *Ed egli si nascose*, situata però nel Trecento. »

« Perché no » gli rispondo. « In quel lavoro, non a caso, ho messo già un fra Celestino. »

Vale a dire che tra il nuovo lavoro e i precedenti non vi sarà salto o rottura. Francamente mi sorprende che altri scrittori vantino la diversità di qualche loro opera; a me non dispiace una sostanziale coerenza. Se uno scrittore mette tutto se stesso nel lavoro (e che altro può metterci?) la sua opera non può non costituire un unico libro. Ho già detto in altra occasione che, se fosse stato in mio potere di cambiare le leggi mercantili della società letteraria, avrei amato passare la vita a scrivere e riscrivere sempre la stessa storia, nella speranza, se non altro, di finire col capirla e farla capire. Cosí nel medioevo vi erano dei monaci che trascorrevano l'esistenza a dipingere il Volto Santo, sempre il medesimo volto, che in realtà poi non era mai del tutto identico. Ormai è chiaro che a me interessa la sorte d'un certo tipo d'uomo, d'un certo tipo di cristiano, nell'ingranaggio del mondo, e non saprei scrivere d'altro.

« Il Concilio » dice il mio amico « ha riposto sul tappeto alcuni vecchi temi che la gerarchia aveva accantonati da vari secoli, alcuni appunto dal Trecento, quando, per merito principale di San Francesco, essi diventarono di dominio pubblico. Ma la Chiesa italiana, nel suo insieme, si trova ora alla retroguardia. »

« Vi è una storia del cristianesimo popolare italiano » io osservo « che non coincide con quella della gerarchia. Poiché non si esprime sempre nei libri, anche i laici colti la ignorano. Per questo tanti si chiedono da dove sia uscito papa Giovanni, con quel suo estro e il suo stile. »

« Sí, è stata una vera sorpresa. Speriamo che ne seguano altre. »

L'aria è invasa da un crescente e disordinato scampanio. Sul viale che mena alla basilica c'è una fitta ressa di automobili e di popolo minuto, che il servizio d'ordine cerca di spartire secondo un piano. Qua e là si sente gridare. « Lei non sa chi sono io ». Aggiungono vivacità alla folla le vetturette dei gelatai e i venditori ambulanti di palloncini colorati. « Che partita c'è? » mi chiede un distinto forestiero. « In questa città si gioca di mattino? »

« Toglimi una curiosità » mi domanda l'amico dopo un po'. « In queste tue visite a biblioteche di conventi, immagino che tu sia costretto a incontrare dei frati. Non ne provi ribrezzo? »

Non capisco e l'amico si spiega altrimenti.

« Forse la parola giusta è impaccio o imbarazzo » dice. « Tu riesci a essere disinvolto con dei frati? »

« Non capisco quello che vuoi dire » gli ripeto. « Tu non li consideri come gli altri esseri umani? »

« Non senti verso di essi un istintivo senso di ripulsa? » egli insiste. « L'equivalente morale del puzzo delle candele? »

« A te capita qualcosa di simile? » chiedo incuriosito.

« Francamente sí » egli mi risponde. « Non credo che sia un riflesso del tutto individuale. Penso che ogni scrittore di educazione liberale o radicale... »

Lo interrompo. Credo di aver capito.

« Malgrado che siamo quasi coetanei » dico « io appartengo a un'altra discendenza. Mi considero, per cosí dire, post-risorgimentale e forse anche post-marxista. Tanto nell'ideologia, quanto nella sensibilità. »

In fondo al viale, contro il grandioso scenario della montagna, la facciata della basilica produce un effetto incantevole. Contribuisce al fascino l'alta forma squadrata, rivestita del brioso paramento di masselli bianchi e rosei, la perfetta proporzione delle ripartizioni segnate da cornici e lesene, l'ariosa grazia dei profondi portali e dei finestroni a ruota.

Fu in questa chiesa che alla fine d'agosto del 1294, l'eremita fra Pietro Angelerio del Morrone venne coronato pontefice alla presenza di cardinali, vescovi, principi e d'un immenso popolo in giubilo. Egli era stato eletto, si può ben dire, di sorpresa, al termine d'un agitatissimo conclave riunito a Perugia e durato ventisette mesi, a causa dell'insanabile odio fra gli Orsini e i Colonna che vi costituivano la maggioranza. L'elezione fu considerata un prodigio e suscitò grandi illusioni. Il pio eremita arrivò dal Morrone, il monte sopra Sulmona, cavalcando un asinello e con la scorta del re Carlo d'Angiò e di suo figlio Carlo Martello, che ostentavano una protezione, ahi lui, ingenuamente gradita. Ma fra i presenti, espressamente convocati dal nuovo papa, vi erano anche i capi del movimento semiclandestino dei fraticelli "spirituali", perseguitati fino allora dai tribunali ecclesiastici per il loro fiero anticlericalismo, che si richiamavano alla primitiva regola di San Francesco. Non minore era l'esultanza degli avversari politici del potere temporale della Chiesa, i quali vedevano in Celestino il papa angelico, la colomba della profezia joachimita. Non c'è da stupire che quel pontificato durasse appena qualche mese e si concludesse in modo insolito per il diritto canonico.

« Hai riflettuto sul particolare » dice il mio compagno « che la Chiesa festeggia la data dell'incoronazione e non quella dell'abdicazione o della morte? Non hanno avuto torto alcuni padri conciliari ad accusarla di "trionfalismo". »

« È però ammirevole » rispondo « come la Chiesa sappia annettere anche gli scandali e appianarli. »

Le pietre oppongono maggiore resistenza. Il modo come sull'organismo trecentesco della basilica, rovinato dai terremoti, sono stati apportati i restauri e le aggiunte barocche è francamente deplorevole. La pittura invece è piú docile. Nei primi tempi dopo la canonizzazione, che intervenne assai presto, Celestino veniva spesso raffigurato nell'atto di deporre la tiara, o addirittura con la palma del martirio, in allusione alla leggenda che egli sarebbe stato ucciso da un agente del suo successore, Bonifazio VIII, nella rocca del Fumone dov'era prigioniero. In seguito prevalse l'accorgimento di rappresentarlo in cattedra e di chiamarlo San Pier Celestino e non San Pietro confessore, come avrebbe voluto la legge canonica, dato che al momento della morte egli non era piú papa. A questa soluzione di compromesso si ispira un bassorilievo del XVIII secolo che si trova nella basilica di Santa Maria di Collemaggio e che rappresenta Celestino mentre si libera della tiara illuminato da un fascio di luce proveniente dal Cielo. È la versione ufficiale definitiva, secondo cui lo Spirito Santo sarebbe intervenuto due volte.

L'interno della basilica ci rimane per oggi inaccessibile. « Non possiamo far entrare tutti » ci grida una guardia « non c'è posto. » Egli è costretto ad alzare la voce a causa del frastuono delle campane e della folla. Il vasto piazzale è ora gremito come un prato variopinto. Le chiare camicette estive delle donne e le candide cotte ricamate del clero sono in felice armonia con la facciata policroma della basilica. A mitigare il caldo si è intanto levata una leggera brezza che porta dai campi vicini un gradevole odore di fieno tagliato e di stoppie. Il servizio d'ordine abusa della nostra docilità e con grande energia ci respinge sempre piú indietro.

« Vieni » dico seccato al mio compagno e m'incammino per la breve via che risale la collinetta accanto alla basilica.

« Sai cosa c'è quassú? » egli mi chiede incuriosito.

« Certo » gli rispondo « Collemaggio. »

Nel linguaggio usuale della provincia la parola non indica la chiesa, ma il manicomio. Ho alcuni penosi ricordi di partenze dal nostro comune nativo di persone destinate a questo triste ricovero. Non so con quanta giustificazione, un tempo il viaggio veniva considerato senza ritorno. I familiari vi assistevano come a un funerale, a cui l'infermo prendeva parte, secondo l'umore, con allegria o con furore, mentre i vicini spiavano da dietro le porte e le finestre.

In portineria troviamo un rude vecchietto che, nell'udire i nostri nomi, si rivela essere un mio remoto compagno delle scuole elementari. Dopo il riconoscimento, egli mi fa grandi feste. « Finalmente » mi dice « finalmente. » Il suo aspetto è decisamente senile, e poiché siamo coetanei ne ricevo un'impressione assai sgradevole. Egli apparteneva a una famiglia di contadini, e non riesco a spiegarmi come e perché abbia lasciato la campagna per questo misero impiego. Sto per chiederglielo, ma il dubbio che sia un ex internato mi trattiene.

« È già finita la cerimonia? » ci domanda il vecchietto.

« No, ma ci annoiava » rispondo.

« Qui c'è piú calma » egli mi assicura e chiama un infermiere.

Lascio il mio compagno in portineria e guidato dall'infermiere vado alla ricerca del medico di guardia per avere notizie d'un ricoverato. Il sanitario mi sconsiglia d'incontrarlo. « Attraversa una fase critica » mi dice « e nemmeno vi riconoscerebbe. » I particolari che aggiunge sullo stato mentale del mio conoscente, mi mettono addosso un improvviso e indefinibile malessere. Vado via salutando in fretta. Anche al paesano dico semplicemente addio. Ma egli non vorrebbe lasciarmi partire.

« Hai il permesso? » mi grida dietro.

Mentre ridiscendiamo verso l'assembramento festivo, l'amico mi informa:

« Appena siamo rimasti soli, il tuo paesano mi ha confidato

che da molto tempo lui si aspettava il tuo internamento. Il ritardo gli era incomprensibile. »

« Mi ritiene pazzo? »

« Gliel'ho domandato e mi ha risposto con sicurezza: "Se non lui, chi allora? È stato sempre contro il governo". Pare che questa fosse l'opinione comune dei tuoi paesani. Ma ha subito aggiunto che lui ti vuole bene e che aspettava il tuo arrivo, piú che altro, per avere una persona di fiducia con la quale giocare a carte nel tempo libero. A suo dire, all'età di nove o dieci anni, una domenica, tu giocasti a carte con lui, a casa sua, e gli promettesti di tornare a giocare ogni giorno di festa; ma non hai mantenuto la parola. »

Sulle tracce di Celestino

Sulmona

Dopo vari giorni di pioggia e vento nella piana di Sulmona, un mattino ci svegliamo con un cielo interamente limpido. Una tenera luce verde dorata bagna i campi gli alberi i paesetti pedemontani il grandioso scenario della Maiella e dà una proporzione armoniosa a ogni minimo oggetto. Benché nato e cresciuto in una valle attigua, da cui la Maiella è invisibile, nessuna montagna mi tocca come questa. Elementi emotivi assai complessi si aggiungono all'ammirazione naturalistica. La Maiella è il Libano di noi abruzzesi. I suoi contrafforti le sue grotte i suoi valichi sono carichi di memorie. Negli stessi luoghi dove un tempo, come in una Tebaide, vissero innumerevoli eremiti, in epoca piú recente sono stati nascosti centinaia e centinaia di fuorilegge, di prigionieri di guerra evasi, di partigiani, assistiti da gran parte della popolazione.

Sarebbe veramente sciocco, per non dire idolatrico, voler stabilire un nesso tra avvenimenti cosí disparati, partendo dalla impassibile identità del luogo. Tuttavia, nella loro diversità ed eterogeneità, essi mettono in luce alcuni tratti costanti dell'indole di questi montanari. Tra questi non sono mai mancati individui bizzarri portati all'utopia religiosa o politica, e altri (come ovunque, la maggioranza) del tutto ordinari semplici chiusi e anche rozzi e gretti; ma, all'occorrenza, gli uni e gli altri, capaci di eccezionali prove di generosità e coraggio.

Di fronte a queste montagne, appena si entra in siffatto ordine di idee, è la figura di fra Pietro Angelerio che, prima di ogni altra, torna alla mente. Ma noi siamo qui per lui e abbiamo trascorso intere giornate nell'archivio della basilica di San Panfilo per studiare i numerosi documenti e cimeli che lo concernono. Oggi approfitteremo del bel tempo per salire all'eremo di Sant'Onofrio, in cui egli se ne stava rinchiuso quando la delegazione del conclave lo visitò per annunciargli la fatale nomina. Non è una gita, ma un pellegrinaggio all'antica irrorato da copioso sudore. La nuova strada, fiancheggiata da ginepri querce e faggi, è piacevole, ma non ci conduce lontano. Per proseguire siamo costretti ad affrontare un sentiero ripido e tortuoso, che in alcuni punti ci costringe a procedere carponi tra gli anfratti della roccia. La vista incantevole che si gode da lassú è un buon pretesto per sostare e riprendere fiato. Sotto di noi, sul pendio del monte, vediamo i ruderi della casa di Ovidio; piú in là, sul primo lembo del piano, la vasta badia del Santo Spirito; e dall'altro lato le superstiti installazioni dell'ex campo dei prigionieri di guerra.

Procedendo sul nostro sentiero incontriamo un vecchio contadino che cerca erbe medicinali e conversiamo con lui. Egli ci racconta che in gioventú andò pellegrino alla Santa Casa di Loreto e, benché noi non lo mettiamo in dubbio, egli si denuda un braccio per mostrarci il tatuaggio turchino che lo attesta. Fu anche al cosiddetto "pellegrinaggio delle sette montagne" che fa capo al santuario della Trinità, sopra Subiaco. Una volta, a suo dire, questi due pellegrinaggi erano, almeno in Abruzzo, un obbligo di coscienza per i buoni cristiani. In quanto a San Pier Celestino, o come si chiama, lui gli fa tanto di cappello, non ci mancherebbe altro, ma, ci confida, non è mai riuscito a sapere quali siano le sue competenze e perciò non ha saputo mai come regolarsi: in altre parole, nessuno gli ha mai chiarito per quali grazie o favori conviene pregarlo. Egli può aiutarti, cerco di spiegargli, a salvarti dalle tentazioni del potere. Quando infine capisce il senso del mio consiglio, egli è preso da un'ilarità a non finire. Poi dice con gravità: « Allora è un santo non per noi poveracci, ma per i preti ».

Al ritorno in albergo troviamo il poeta sud-africano Uys Krige con una sua figliola. Il Krige, di ascendenza boera, oltre che autore di versi in *afrikaans* e in inglese che lo fanno considerare il piú dotato poeta del suo paese, ha scritto *The Way Out* (tradotto in italiano col titolo *Libertà sulla Maiella*) che costituisce l'elogio piú sincero e serio che sia mai stato scritto sulla gente di questi monti. Egli era un giovane capitano dell'esercito del Sud-Africa, fatto prigioniero in Cirenaica dagli italiani e trasportato nel campo di Sulmona, dove si trovava assieme ad alcune migliaia di altri prigionieri alleati.

Dopo l'8 settembre 1943, con la passiva connivenza delle autorità italiane di sorveglianza, essi evasero tutti e si dispersero sui monti vicini, nell'intento di sfuggire al rastrellamento messo subito in atto dai tedeschi e di passare la linea del fronte, che in quell'epoca si era avvicinato al Molise. Ma l'impresa sarebbe stata piú rischiosa di quello che molti di essi avevano immaginato e costò sacrifici di ogni genere anche alla popolazione civile.

Nel suo libro il Krige narra, in forma semplice e commossa, innumerevoli episodi della spontanea e temeraria solidarietà di quella povera gente verso lui e i suoi compagni di evasione. Prima dell'uscita del libro, avevo già avuto occasione di conoscere una sua versione orale. Fu in un nostro primo incontro a Roma, verso la fine del '44 che il Krige mi parlò con le lagrime agli occhi dei pastori di Roccacasale, di Campo di Giove, di Castel Verrino, di Pietrabbondante, di Cupello. Egli non esitava ad affermare che il tempo passato fra essi era il piú bello della sua vita, avendo allora intravisto, per la prima volta, la possibilità di relazioni umane assolutamente pure e disinteressate. Alcuni episodi appresi dalla sua viva voce non li avevo piú dimenticati. Ricordavo il caso d'un fattore di Casa Giovane, sulle pendici del Morrone, che diede ricovero e nutrimento a lui e ad altri due evasi, durante piú d'un mese, anche dopo che un'ala della fattoria fu requisita dai tedeschi. La moglie e i figli del padrone di casa partecipavano a ragion veduta alla pericolosa avventura da cui poteva scaturire la loro fucilazione. In un momento in cui la catastrofe sembrò inevitabile, riuscí fortunosamente ai tre ricercati di allontanarsi travestiti da contadini.

Sulle pendici del monte della Rocca, essi raggiunsero il villaggio di Roccacasale. Benché questo fosse già gremito di ex prigionieri, e non vi fosse piú una sola famiglia a esserne sfornita, i tre furono ugualmente accolti a braccia aperte. L'intera popolazione, poverissima, si dava da fare dalla mattina alla sera per procurare agli ospiti un'alimentazione decente, mentre i tedeschi affiggevano sui muri manifesti che minacciavano la pena capitale a chiunque aiutasse i prigionieri alleati evasi. Un giorno i tedeschi arrivarono con un camion e prelevarono trenta ostaggi.

Con l'avvicinarsi dell'autunno apparvero sui pascoli delle vicinanze i primi greggi in transumanza verso le Puglie. Era la meta a cui pensavano i militari alleati fuggiaschi. A uno di quei greggi si accodò anche il Krige. Lo conduceva un pastore che ne era anche il proprietario, un tale Bartolomeo oriundo del Teramano, che non fece difficoltà ad accoglierlo. Ben presto il Krige si accorse che anche gli altri uomini al servizio di Bartolomeo erano falsi pecorai. Strada facendo, essi incontravano altri greggi col medesimo eccesso di guardiani; tutti erano diretti verso il Sud.

Durante una sosta notturna, in prossimità del fronte, vari pastori vennero da Bartolomeo. Essi erano in grave apprensione. Sedettero intorno a un gran fuoco sul quale arrostiva un agnello appena scuoiato e parlarono quasi tutta la notte. Da una grotta vicina il Krige, che sapeva un po' d'italiano, poté seguire tutta la loro conversazione.

A turno i pastori parlarono del pericolo imminente. Il passaggio del fronte, dicevano, non sarebbe stato facile. Di notte? Impossibile, le pecore si sarebbero disperse, alcune sarebbero precipitate in qualche burrone, si sarebbero ferite, i cani avrebbero abbaiato, avrebbero dato l'allarme, destato l'attenzione delle sentinelle; di giorno, ancora peggio, sarebbero con certezza avvistati dai tedeschi che avrebbero sparato. Il travestimento degli ex prigionieri non li avrebbe ingannati; erano troppo giovani e biondi e signorili, anche vestiti da contadini. I pastori si scambiarono le ultime notizie sulle rappresaglie tedesche contro la popolazione civile. Erano stati sequestrati mandrie di vacche e greggi di pecore, erano state fucilate varie famiglie. La conversazione andò avanti con lunghe pause e ripetizioni di cose già dette. Erano gli argomenti del buon senso. Il Krige prevedeva la triste e inevitabile conclusione, che però nessuno osava proporre apertamente. Lo stesso Bartolomeo disse: « Avete ragione. Nessuno potrà darci torto ». Il Krige stava per alzarsi e dichiarare ai pastori che condivideva la loro preoccupazione; avrebbe radunato gli altri ex prigionieri che si trovavano nelle vicinanze e discusso con essi come affrontare il pericolo da soli, come militari. Ma Bartolomeo aveva ripreso a parlare. « Abbiamo portato questi uomini fin qui » diceva « sono forestieri, non conoscono la montagna. Come possiamo abbandonarli? Siamo cristiani, no? » Nessuno tra i pastori mosse obiezione, la transumanza continuò per la strada prevista ed ebbe fortuna, avendo i tedeschi, poche ore prima, evacuato quel tratto di fronte.

Prima di lasciare Roma e tornarsene nel Sud-Africa, nel 1945, Uys Krige mi prese a testimone di due suoi voti: avrebbe scritto un libro su questa contrada che egli chiamava "terra amica e prediletta", e appena possibile sarebbe tornato portando con sé sua figlia, nella convinzione che avrebbe giovato all'educazione della ragazza conoscere quei posti e quella gente.

« Egli è stato uomo di parola » osservo al mio amico. « Non sono molti quelli che, in tempo di pace, ricordano i propositi del tempo di guerra. »

« Se non sbaglio » dice l'amico « un tuo personaggio di *Una manciata di more* trovò rifugio da queste parti, in un convento di francescani, durante la dittatura. »

« Esatto » dico. « Fu il vecchio Lazzaro, con la sua tromba. »

« L'indomito Lazzaro, con la sua tromba apocalittica » esclama l'amico. « Una trovata celestiniana. »

« Non del tutto una trovata » gli spiego. « Quella tromba inizialmente apparteneva alla cronaca. Era una tromba qualsiasi che veniva suonata per adunare i contadini. Poiché essi erano in maggioranza analfabeti, non sarebbe servito affiggere manifesti. Oltre tutto la convocazione a mezzo tromba era la piú rapida, sbrigativa ed economica. E poiché durante il giorno i contadini erani dispersi nei campi, la tromba veniva suonata al tramonto, quando essi erano sulla via del ritorno a casa. Cosicché in pochi minuti la piazza si riempiva di gente. I contadini avevano ancora sulle spalle le zappe, le vanghe, i picconi, di cui si erano serviti durante la giornata. Essi chiedevano a gran voce: "Che c'è? Cosa succede?", dato che non era possibile, con la tromba, spiegare in anticipo il motivo dell'adunanza. Ogni volta dunque era una diffusa ansietà, un turbamento minaccioso. Vi erano famiglie di proprietari che si rinchiudevano in casa, sbarravano porte e finestre, in preda al panico. Con l'avvento della dittatura, questo ebbe bruscamente termine. La lega dei contadini fu sciolta, i leghisti piú attivi furono banditi e fu proibito ai contadini di riunirsi. Ovviamente le nuove autorità ricercarono anche la tromba per sequestrarla; ma non fu trovata. La tromba irreperibile diventò di colpo un fatto molto importante. Finché essa sarebbe rimasta nascosta, la forza della dittatura era precaria. Infatti essa riapparve al momento della liberazione. »

« Un fatto di cronaca che diventa un mito » commenta l'amico. « Non accade tutti i giorni. »

« Sí e no. La tromba era la possibilità di stare assieme. Ma l'unione dei poveri crea, in certe circostanze di tempo e di luogo, una carica escatologica. »

L'eredità cristiana

Celano

Continuo a visitare conventi e a leggere storie edificanti. Mi sento ormai saturo d'immagini fratesche d'ogni secolo, al punto che esse cominciano ad apparirmi perfino nei sogni. Non le trovo sgradevoli, ma per il mio lavoro, come ora l'intendo, di troppo.

In questi giorni ho rivisto Luco, Trasacco, Ortucchio, antichi comuni della conca del Fucino, dove ho ricercato vecchi amici e mi sono convinto che questo girovagare mi serva meglio di ulteriori ricerche di biblioteca. Mi sono tornate a mente, nei piú minuti particolari, le prime volte che venni in questi paesi da bambino, in occasione di feste religiose. I santi patroni di questi luoghi sono in prevalenza santi martiri, obiettori di coscienza dei primi secoli dell'era cristiana. Non saprei dire fino a che punto la loro storia, esaltata nei panegirici, commuovesse la mia mente. Forse da allora cominciò a formarsi in me quell'immagine della contrada nativa e della sua gente che si trova rappresentata nei miei racconti. È un panorama realistico? Non ho difficoltà ad ammettere che non corrisponde a quello degli stampati a uso dei turisti; eppure non è arbitrario.

Effettivamente, nella maggior parte dei luoghi d'Abruzzo, a chiunque abbia gusto e interesse per le creazioni dell'arte e per il passato, dopo aver visitato le chiese e i conventi, resta poco o nulla da vedere. Mancano nella storia locale glorie civili paragonabili a quelle della maggior parte delle altre regioni italiane. La regione fu sempre governata da una capitale fuori del proprio territorio, e pertanto non ebbe mai una propria corte, un centro laico d'arte e cultura. Durante tutto il medioevo e fino al secolo scorso, salvo rare eccezioni, gli spiriti eletti non vi trovavano altro scampo e non vi conoscevano altre forme di elevazione all'infuori della religione.

Questa regione che, per l'asprezza dei suoi valichi d'accesso e il carattere chiuso degli abitanti, è sempre stata di difficile penetrazione a nuove credenze, fu invece tra le prime ad aprirsi al cristianesimo. Erano i tempi apostolici e il territorio si chiamava ancora provincia Valeria, quando il cristianesimo vi fu accolto. E la nuova religione vi fu subito professata da uomini che l'accettarono in tutto il suo rigore, alieni dalle compromissioni costantiniane, secondo attesta la memoria d'un monachesimo autoctono, diverso da quello farfense e vulturense e anteriore a San Benedetto. Quel remoto inizio fu poi distrutto dall'estrema violenza dei Longobardi, ma la forte inclinazione ascetica degli abruzzesi non si spense. Negli oscuri tempi che seguirono, divenne anzi per un numero ragguardevole di essi la forma piú accessibile di evasione e di salvezza da una condizione umana assai dura e prossima alla disperazione.

Il monachesimo non poteva tuttavia impedire che nella vita secolare delle parrocchie si inserissero in quantità cospicua, per il comune dei fedeli, miti e usanze pagani, raffigurazioni simboliche degli istinti e delle forze naturali, e vi si radicassero cosí tenacemente da sopravvivere tuttora, rivelando un tratto particolare dell'uomo abruzzese in permanente difesa da un ambiente fisico ostile.

Numerosi cenobi si formarono nelle montagne abruzzesi, specialmente nella zona della Maiella, durante le lotte acerbe che desolarono il paese e lo gettarono in preda alle discordie e al banditismo. Pur evitando l'aperta eresia, quel rigoglio di vita ascetica rimase per molto tempo al di fuori della vita ufficiale della Chiesa, accogliendo assai liberamente, e spingendo talvolta agli estremi, le ispirazioni benedettine, joachimite e francescane. La sua formazione piú cospicua fu appunto il movimento sorto a metà del Trecento attorno alla badia dello Spirito Santo a Sulmona, per opera di fra Pietro Angelerio, il futuro Celestino V. Per qualche tempo esso attirò anche la corrente dei fraticelli detti spirituali, staccatasi dal tronco dei francescani conventuali. Li univa, malgrado alcune divergenze, una comune fede nell'imminente Regno di Dio, quale era stato annunziato nel secolo precedente da Gioacchino da Fiore: l'attesa di una terza età del genere umano, l'età dello Spirito, senza Chiesa, senza Stato, senza coercizioni, in una società egualitaria, sobria, umile e benigna, affidata alla spontanea carità degli uomini.

Non è possibile vedere chiaro nella crisi spirituale di quell'epoca, e quindi del movimento celestino, senza approfondire questo tema di fondo. Che non è un tema archeologico, o di pura erudizione, almeno non da noi, dato che il mito del Regno non è mai scomparso dall'Italia meridionale, questa terra di elezione dell'utopia. Anche se nel corso della storia l'utopia si è manifestata nelle nostre regioni sotto denominazioni diverse, non può esservi dubbio sulla sua continuità.

La storia dell'utopia è in definitiva la contropartita della storia ufficiale della Chiesa e dei suoi compromessi col mondo. Non per nulla la Chiesa, da quando si fondò giuridicamente e si sistemò col suo apparato dogmatico ed ecclesiastico, ha considerato sempre con sospetto ogni resipiscenza del mito. Dal momento che la Chiesa presentò se stessa come il Regno, cioè da Sant'Agostino, essa ha cercato di reprimere ogni movimento con tendenza a promuovere un ritorno alla credenza primitiva. L'utopia è il suo rimorso. L'avventura di Celestino si svolse, per un lungo tratto, nell'illusione che le due diverse vie di seguire Cristo si potessero ravvicinare e unire. Ma, costretto a scegliere, non esitò.

Quella dolorosa lacerazione della cristianità ebbe origine dal fatto fondamentale che il Regno di Dio, annunziato da Cristo come imminente, non si era avverato. Nondimeno alcune sue significative parabole, un'esplicita invocazione del Pater Noster, ripetuti avvertimenti ai seguaci lo confermavano. I chiari riferimenti del Vangelo furono in seguito spiegati dai dottori della Chiesa in modo consono alla nuova situazione. Il loro senso primitivo non fu però dimenticato da tutti, ed è sopravvissuto ai margini della Chiesa e talvolta contro di essa.

(In una sfera ben diversa, è capitato al marxismo qualcosa di simile. Il *Manifesto del Partito comunista* del 1848 aveva annunziato come imminente la rivoluzione proletaria. Marx non aveva previsto che lo sfruttamento delle colonie, iniziato su vasta scala soltanto verso la fine del secolo scorso, avrebbe offerto ai grandi paesi industriali nuove risorse e nuovi mercati. Il movimento operaio ripiegò di conseguenza, nella sua maggior parte, sulle posizioni socialdemocratiche della II Internazionale.)

Se l'utopia non si è spenta, né in religione, né in politica, è perché essa risponde a un bisogno profondamente radicato nell'uomo. Vi è nella coscienza dell'uomo un'inquietudine che nessuna riforma e nessun benessere materiale potranno mai placare. La storia dell'utopia è perciò la storia di una sempre delusa speranza, ma di una speranza tenace. Nessuna critica razionale può sradicarla, ed è importante saperla riconoscere anche sotto connotati diversi.

La geologia abruzzese offre in proposito un'analogia, a cui non attribuisco altra importanza che didascalica. Durante molti secoli si riteneva che l'Aterno e il Pescara fossero due fiumi diversi, solo perché l'Aterno a un certo punto s'inabissa sotto una montagna e il Pescara nasce a distanza, in apparenza, "per conto suo". Quando finalmente sorse il dubbio, questo venne facilmente chiarito versando nell'Aterno una certa quantità di materia colorante che riapparve regolarmente nella pseudosorgente del Pescara. Per stabilire la continuità storica di una tendenza dello spirito bisogna ovviamente affidarsi a una ricerca meno grossolana. Ma per essere piú fruttifera questa non deve rivolgersi all'ideologia, bensí al contenuto morale. A mio parere le ideologie non meritano che raramente l'importanza che a esse si attribuisce. Il piú delle volte sono maschere, o alibi, od ornamenti. Comunque, la spiritualità d'un serio movimento di popolo non si esaurisce mai nell'ideologia, e chiunque voglia farsene una chiara nozione non deve limitarsi a osservare le sue insegne. Chi accetta questo criterio, non troverà blasfema l'affermazione, ad esempio, che gli uomini i quali una volta dicevano no alla società e andavano nei conventi, adesso il piú sovente finiscono tra i fautori della rivoluzione sociale (anche se in seguito essi rinnegano, o credono di rinnegare, la spinta d'origine).

Non esito ad attribuire ai ribelli il merito di una piú vicina fedeltà a Cristo. Non mi sento però missionario, bensí scrittore. Dirò dunque francamente che la realtà cristiana, *hinc et nunc*, mi sembra, nel suo insieme, bipolare, e forse lo resterà ancora per molto tempo: concordataria ed escatologica, storicizzata e profetica. Ogni cristiano continuerà a trovare la collocazione che il piú delle volte le circostanze gli preparano, o a far la scelta che gli detta la coscienza.

Ho già avuto modo di spiegare in altra occasione che la riscoperta dell'eredità cristiana rimane l'acquisto piú importante della coscienza d'un certo numero di noi negli ultimi decenni. Ma non si tratta, nel senso ora chiarito, di un'eredità ideologica, tanto piú che l'elemento ideologico fu scarso fin dalla prima educazione religiosa, alla quale la famiglia contribuí piú dei preti. Era abbastanza curiosa quell'educazione casalinga. Girando per questi paesi nei giorni scorsi mi sono tornate alla mente, tra l'altro, varie parabole evangeliche, naturalmente apocrife, apprese appunto in famiglia durante l'infanzia e l'adolescenza. I personaggi, i piú noti del Vangelo, erano generalmente nativi di questa contrada; e le storie, naturalmente morali, ma di una moralità non usuale, né bigotta: rispettose verso Cristo e Maria, non mancavano di spregiudicatezza e talvolta d'irriverenza nei riguardi degli apostoli e in modo speciale di Pietro, per non parlare delle autorità civili e dei loro sbirri. Un vecchio frate, al quale ieri ne ho raccontato un paio che gli sono piaciute, m'ha esortato a scriverle. « Ne potrebbe venir fuori » m'ha detto « un divertente Vangelo abruzzese. » Ma richiederebbe un lavoro di confronti e di verifiche per il quale mi manca l'attitudine.

A quei primi rudimenti di religiosità si aggiunsero, come ho ricordato, le vite dei primi cristiani obiettori di coscenza, e piú tardi l'esperienza precoce, ma non effimera, delle leghe dei cafoni, a cui mi aggregai mentre ero ancora studente liceale. Solo in apparenza questa poteva sembrare attività politica. Infatti la sola parola politica muove la maggior parte dei contadini poveri a disgusto. Piú che altrove, per tradizione atavica, essi sono refrattari e diffidenti a concepire la vita pubblica altro che come inganno, ruberia e camorra, indipendentemente da chi sia al potere, e pertanto intimamente increduli sulla possibilità di un'effettiva democrazia e di una legge eguale per tutti. L'unico vantaggio di una democrazia basata sul voto individuale è che questo, coscientemente usato, può consentire anche ai piú poveri l'accesso a una camorra. Da quel momento la lettera di raccomandazione – l'atto sacramentale che consente al povero di entrare in contatto con la burocrazia – costa di meno e diventa piú efficace. Questi pregiudizi non sono certamente favorevoli allo sviluppo di liberi ordinamenti democratici; ma sarebbe falso non ricercarne l'origine storica e ritenerli il prodotto di animi meschini.

A questo punto mi sorge un dubbio. Non sono caduto nell'errore di dare un limitato carattere regionale all'avventura di Pier Celestino? In apparenza, forse sí; ma in realtà io detesto il regionalismo, a cui non riconosco altro valore che geografico e amministrativo. Penso che la maggior parte delle differenziazioni storiche, le piú appariscenti, appartengano alla sfera del costume, ed esse sono generalmente piú marcate in campagna che in città. Ma nelle questioni fondamentali esiste, a differenti livelli, un ecumenismo contadino ben piú sostanzioso e profondo del cosmopolitismo superficiale degli ospiti dei grandi alberghi

Chiunque abbia una qualche conoscenza, anche soltanto libresca purché di libri autentici, della vita dei *peones* sud-americani, dei *coolis* cinesi, dei *fellahin* arabi non avrà difficoltà a riconoscerlo. Per non dilungarmi troppo vorrei citare una pagina di un autore polacco, riferentesi agli abitanti di un estremo lembo della Siberia. Sarebbe difficile cercare un esempio in una regione piú lontana e diversa dalla nostra. L'autore del libro è un ex ufficiale di cavalleria polacco, Slavomir Rawicz, e il libro si chiama *The Long Walk* (*La lunga camminata*).

La pagina mi è stata segnalata da un amico al quale avevo raccontato un'usanza della notte di Natale in alcuni luoghi d'Abruzzo, all'epoca della mia infanzia. (Durante quella notte la porta di casa veniva lasciata aperta, il camino acceso e la tavola imbandita, per il caso che la Sacra Famiglia, inseguita dagli sbirri di Erode, avesse un bisogno urgente di nascondersi o ristorarsi.) La pagina dell'autore polacco a cui mi riferisco, racconta un episodio della fine di gennaio 1941, quando Rawicz e altri deportati polacchi in Siberia furono trasferiti da un campo di lavoro forzato all'altro, nelle vicinanze di Yakutsk. Nella marcia a piedi da Irkutsk, località di partenza, dopo avere attraversato il fiume Lena, essi furono costretti da una bufera di neve a rifugiarsi per qualche giorno in una foresta. Poiché i camion della scorta poliziesca non potevano seguire i deportati fra gli alberi, i comandanti requisirono un gruppo di Ostyak, abitanti di razza mongola di quella zona, con le loro renne e slitte.

"I piccoli uomini" racconta il Rawicz "arrivarono con dei sacchetti di cibo e si sedevano con noi attorno al fuoco quando noi ricevevamo la nostra razione di pane e di tè. Essi ci guardavano con compassione. Con uno di loro parlavo in russo. Egli aveva forse sessant'anni, benché con quei mongoloidi sia difficile indovinare l'età. Gli parlai a varie riprese. Egli non aveva molto da dire. Per esprimere un'idea doveva riflettere a lungo e con evidente sforzo. Come tutti gli altri Ostyak, egli ci chiamava gli 'sfortunati'. Era un'antica parola della loro lingua. Fin dall'epoca degli zar, noi eravamo, agli occhi di quel popolo, gli 'sfortunati': lavoratori forzati, costretti a estrarre le ricchezze della Siberia, senza salario...

"Noi siamo sempre stati amici degli 'sfortunati'" mi disse una volta. "Fin da molto tempo fa, fin dove arriva la nostra memoria, prima di me e di mio padre, e anche prima di mio nonno e di suo padre, noi avevamo l'abitudine di lasciare un po' di cibo fuori delle nostre porte, la notte, per gli eventuali 'sfortunati' in fuga, evasi dai campi, che non sapevano dove andare..." (*The Long Walk*, London, Constable, 1956, pagg. 57-58).

I cari, piccoli, poveri Ostyak. È probabile, per non dire certo, che essi non abbiano mai sentito neppure menzionare i nomi dei nostri paesi. Ma, che importa? Essi ci somigliano come fratelli.

Uno scrittore di cui gli amici sanno che sta ricercando nel sottosuolo della sua contrada, tra vecchie storie di frati e di eretici, le tracce di un'utopia a lui cara, e che non si lascia catalogare né come bigotto, né come empio, prevede che difficilmente sfuggirà alla richiesta di chiarire infine, in termini espliciti, la propria posizione nei confronti della Chiesa d'oggi. Non è una domanda alla quale io penso che sia obbligatorio rispondere, ma l'accettarla, anzi, il precederla, non mi dà alcun fastidio, tanto piú se può servire a eliminare eventuali equivoci.

La mia collocazione al riguardo, comincio col premettere, è tutt'altro che singolare o esclusiva, pur non essendo propria d'alcun gruppo. Ma, legata com'è a una certa esperienza, può darsi che il chiarimento interessi anche altre persone. Mi riferisco in modo particolare a quelli che, dopo aver ricevuto la consueta educazione religiosa in qualche istituto o collegio di preti, si siano in gioventú allontanati dalla Chiesa, non per la naturale indifferenza che sopravviene nella maggioranza dei maschi appena escono di pubertà, né per dubbi o dissensi intellettuali sulla sostanza della fede (questi sono casi rari), ma spinti da insofferenza contro l'arretratezza, la passività, o il conformismo dell'apparato clericale di fronte alle scelte serie imposte dall'epoca. Noi ci trovavamo appunto tra i diciassette e i vent'anni, che è già di per sé, contrariamente all'opinione dei retori, l'età piú infelice dell'uomo, quando dovemmo arrangiarci da soli, in un modo o nell'altro. In quel periodo di confusione massima, di miseria e disordini sociali, di tradimenti, di violenze, di delitti impuniti e d'illegalità d'ogni specie, accadeva che le lettere pastorali dei vescovi ai fedeli persistessero a trattare invece, di preferenza, i temi dell'abbigliamento licenzioso delle donne, dei bagni promiscui sulle spiagge, dei nuovi balli d'origine esotica e del tradizionale turpiloquio. Quel menare il can per l'aia, da parte di pastori che avevano sempre rivendicato la guida morale del gregge, era uno scandalo insopportabile. Come si poteva rimanere in una simile Chiesa?

Questo non lo dimenticheremo mai, nemmeno se campassimo gli anni di Matusalemme; d'altra parte, non possiamo rimanere inchiodati nelle recriminazioni del passato mentre la vita prosegue. Ora, che la Chiesa nel frattempo si sia mossa, nessuno può negarlo. Dobbiamo dire, sinceramente, tanto meglio e augurare che essa perseveri nella direzione presa. Il Concilio è stato un avvenimento positivo che gioverà a tutti, anche ai miscredenti. Nello sforzo compiuto per "aggiornarsi" e vincere le resistenze interne, la Chiesa ha dimostrato una vitalità spirituale di cui molti non la ritenevano capace. Come non rallegrarsene? Dirò di piú. Alcune delle deliberazioni conciliari piú coraggiose contengono una risposta soddisfacente anche alle domande inascoltate che a suo tempo portarono certuni di noi alla rottura ed è il caso di ripetere: meglio tardi che mai.

Perché il nostro distacco nondimeno persiste? Mi si permetta di avvertire che sarebbe ingiurioso cercarne la causa nell'orgoglio, nel rispetto umano, o in qualche interesse. Forse non siamo immuni da debolezze del genere, ma in altri campi. Nei riguardi della Fede la spiegazione della nostra perplessità è meno triviale. Per capirla non bisogna limitarsi alla considerazione del movente iniziale della rottura, ma riflettere a quello che successivamente avviene, in casi simili, per il solo fatto dell'estraniazione, nella coscienza dell'uomo che si allontana dalla Chiesa, o da altra organizzazione equivalente, anche politica. A meno che il ribelle, nel momento in cui si allontana, non cada in catalessi, è inevitabile che, col passare del tempo, l'area del dissenso vieppiú si estenda. Per quale determinismo? Non sempre e non necessariamente, per il livore, il risentimento, l'astio del "rinnegato"; ma semplicemente perché ogni realtà, vista dal di fuori, cambia aspetto. Forse non si è riflettuto abbastanza al fatto che il vincolo disciplinare e la mera frequentazione, anche passiva, di una collettività, sono elementi essenziali di una docile acquiescenza alle credenze comuni. Non intendo dire che, una volta "fuori", i dogmi religiosi appaiano all'improvviso artificiosi e arbitrari; no, essi non perdono subito il loro prestigio, il loro fascino, la loro plausibilità; ma, presto o tardi, finiscono col manifestarsi per quello che sono: le verità proprie ed esclusive della Chiesa, il suo patrimonio spirituale, quello che la distingue dalle altre chiese, anche cristiane; in una parola, la sua ideologia. Non piú, dunque, messaggio del Padre ai figli, a tutti i figli, limpida luce naturale scoperta nascendo, bene comune, verità universale, evidente, irresistibile a ogni intelligenza in buona fede; ma prodotto storico complesso, prodotto di una determinata cultura, anzi amalgama di varie culture, elaborazione millenaria di una comunità chiusa, in permanente travaglio interno e in lotta e concorrenza con altre. Infine, considerata con benevolenza: una nobilissima, una veneranda sovrastruttura. Ma che diventa il povero Cristo in una sovrastruttura?

Si capisce che l'ingenuità perduta difficilmente si ricupera e che neanche può essere decentemente rimpianta. La si può simulare? Dopo essere passati per quella esperienza, tornare a fingere di accettare un sistema di dogmi la cui validità non è piú riconosciuta in assoluto, sarebbe sopraffare la ragione, violare la coscienza, mentire a sé e agli altri, offendere Dio. Nessuno ce lo può chiedere; nessuna lusinga o violenza, nessuno sforzo di buona volontà può imporcelo. Fortunatamente Cristo è piú grande della Chiesa.

Ho già accennato che qualcosa di simile può accadere al "transfuga" d'un partito politico che abbia una struttura somigliante a quella della Chiesa, una società chiusa, com'è il caso del partito comunista. Dopo il già detto, l'esemplificazione può limitarsi a un semplice accenno. Chi uscí dal partito comunista dopo gli anni trenta, perché rifiutava la stupida teoria staliniana del socialfascismo e il suo famigerato corollario, secondo cui la distruzione delle istituzioni democratiche per opera del nazismo doveva essere considerata un passo avanti dell'emancipazione proletaria, non contestava, in quel momento, il resto della teoria e della prassi comunista; al contrario, egli si illudeva di trovarsi ancora in piena ortodossia. Non pertanto, una ventina d'anni dopo, quando il XX Congresso del PCUS ha condannato lo stalinismo e alcune delle sue piú nefande aberrazioni, addebitandole al cosiddetto culto della personalità, egli non ha pensato che si fosse riaperto per lui alcun problema personale di ritorno all'ovile. Perché? Il XX Congresso non era stato, a suo modo, un tentativo di aggiornamento, un fatto positivo? Senza dubbio, ma da parecchio tempo egli non si sentiva piú comunista. Stando "fuori", sottratto alla suggestione mentale della società chiusa e respirando aria libera, il suo primo, limitato dissenso si era gradualmente esteso a tutta l'impalcatura ottocentesca, pseudoscientifica del leninismo e alla sua prassi totalitaria.

Quel che nella mente rimane, stando fuori di ogni chiesa o partito, non può essere dichiarato in forma di credo e paragrafi: a me sembra che, nell'insieme, per ciò che mi riguarda, esso conservi, malgrado tutto, un carattere cristiano e socialista. Comunque, alle etichette non do alcun peso. I primi cristiani erano da taluni ritenuti atei solo perché negatori dei culti convenzionali. Se, secondo il loro esempio, io dichiarassi pubblicamente, mettiamo, quel che penso del rito di portare corone al cosiddetto "altare della patria", rischierei probabilmente anch'io di essere incriminato di vilipendio.

Rimane dunque un cristianesimo demitizzato, ridotto alla sua sostanza morale e, per quello che strada facendo è andato perduto, un grande rispetto e scarsa nostalgia. Che piú? A ben riflettere e proprio per tutto dire, rimane il Pater Noster. Sul sentimento cristiano della fraternità e un istintivo attaccamento alla povera gente, sopravvive anche, vi ho già accennato, la fedeltà al socialismo. So bene che questo termine viene ora usato per significare le cose piú strane e opposte; ciò mi costringe ad aggiungere che io l'intendo nel senso piú tradizionale: l'economia al servizio dell'uomo, e non dello Stato o d'una qualsiasi politica di potenza.

L'avventura d'un povero cristiano

Persone

Fra Pietro Angelerio (Celestino V, Pier Celestino)
Matteo da Pratola, *tessitore*
Concetta, *sua figlia*
Don Costantino, *parroco sulmonese*
Cerbicca, *un poveraccio con vari mestieri*

Fra Bartolomeo da Trasacco Fra Angelo da Caramanico Fra Tommaso da Sulmona	*monaci morronesi*
Fra Ludovico da Macerata Fra Berardo da Penne Fra Tommaso da Atri Fra Clementino da Atri	*fraticelli spirituali*

Cardinale Benedetto Caetani (Bonifazio VIII)
L'aiutante militare del re Carlo II di Napoli
Il segretario di Celestino V

Gioacchino Luca	*chierici napoletani,* *poi novizi morronesi*

Il baglivo di Sulmona
Un gendarme
Un messo del vescovo, un giovane monaco morronese, alcuni prelati, un gruppo di popolani.

I

Sulmona, maggio 1294

Una giovane artigiana cerca di spiegare una confusa storia di uomini di chiesa in rissa fra di loro

Una piazzetta appartata di Sulmona, ai piedi del monte Morrone; nel fondo una larga scalinata, da cui si elevano muri bassi e ineguali di una chiesa in costruzione; i lavori però sembrano sospesi da anni. Al lato sinistro della piazzetta sta un'edicola con un'immagine sacra, davanti alla quale arde un lumino a olio. Al lato destro una modesta casa a un piano che serve d'abitazione e laboratorio a una famiglia di artigiani tessitori: la casa ha un'ampia porta e una finestra protetta da un'inferriata. Sui muri, ad altezza d'uomo, sono infissi alcuni legni a uso di attaccapanni; allo stesso fine, accanto alla porta, c'è un cavalletto di legno che può essere spostato secondo il bisogno. Una via poco frequentata, che collega la piazzetta al centro della piccola città, passa davanti alla scalinata.

È l'alba. Dopo qualche secondo, a scena vuota, dalla porta già aperta della tessitoria appare una giovane donna, Concetta. Ella reca sulle braccia alcune matasse di lana rossa che appende agli infissi accanto alla porta. La donna è vestita di scuro, molto semplicemente, come usano le artigiane povere nei giorni di lavoro; non porta copricapo ed è pettinata al modo tradizionale, coi capelli raccolti in una piccola crocchia sulla nuca; calza pianelle di stoffa scura. È una donna di gradevole aspetto, sui venticinque anni, robusta, un po' rustica, timida, ma non servile. Dopo essersi guardata a destra e a sinistra, ella avanza esitante verso il pubblico.

Concetta. Buona sera a tutti. Vi sembrerà strano che, a darvi qualche spiegazione su questa storia che sta per cominciare e che è una storia d'uomini, sia proprio una donna, e una donna ordinaria come me, tessitora. Vi posso assicurare che anche a me pare strano. Ma l'autore, per non so quale motivo, ha voluto cosí. Vi prego dunque di compatirmi se sarò troppo semplice. È una storia d'uomini, mi pare d'averlo già detto: sono uomini che litigano fra di loro; uomini di chiesa che si disputano sul modo d'intendere il Vangelo e la regola stabilita da San Francesco appena poche decine d'anni fa; e talvolta essi perfino si azzuffano, si prendono a bastonate, si scomunicano a vicenda. Finanche un uomo tranquillo e onesto come mio padre, n'è stravolto a un punto da far pena. Egli riceve visite strane, e per un certo tempo, se io mi avvicinavo mentre lui confabulava con sconosciuti, usava dirmi: « Concetta » (Concetta è il mio nome) « per favore va' di là » oppure mi faceva cenno di allontanarmi. Badate, che non mi veniva mai a mente che potesse trattarsi di cose brutte o disoneste, perché, grazie a Dio, mio padre non ne è capace.

Ma in seguito a vari indizi, e principalmente per aver visto talvolta tra gli sconosciuti qualche religioso di quelli che ora si chiamano fraticelli zelanti o spirituali, avevo finito con l'indovinare che si trattasse di questioni di chiesa. Mi chiedevo: perché allora tanti misteri? La religione riguarda le donne almeno quanto gli uomini. Per cui un giorno, in tono un po' scherzoso e un po' provocante, dissi a mio padre: « Ho sentito raccontare che un tempo si dubitava che le donne avessero un'anima; forse a te è tornato quel dubbio? ». Non me lo fossi mai permesso, egli si offese sul serio. Ora non è il caso che io stia qui a ripetere le sue parole appassionate per respingere quel mio rimprovero. « Volevo soltanto risparmiarti delle angustie » mi disse infine per giustificarsi. « Ma, poiché tu lo vuoi, non ho difficoltà a informarti di ogni cosa. »

Adesso devo ammettere che il caro uomo, per quel che mi riguarda, aveva previsto giusto. Anche se cerco di nasconderlo, dopo quello che lui m'ha raccontato delle discordie e risse tra i francescani detti spirituali e gli altri, i conventuali, ho il cuore pieno d'angoscia. Però non sono pentita di aver voluto conoscere la verità. Anzitutto, per un obbligo di

coscienza: mio padre è vedovo ed io, come ogni ragazza mi capirà, non posso lasciarlo solo in eventuali pasticci. E poi, come può una cristiana rimanere indifferente alle sofferenze della Chiesa?
Ma sono anche tormentata dal dubbio di accettare giudizi sbagliati. Cosí, pochi giorni fa, per averne la coscienza in pace, io e un'altra ragazza mia amica abbiamo finito col parlarne al nostro parroco, don Costantino. A dire la verità era stato lo stesso parroco che ci aveva mandato a chiamare per un altro motivo. Non so se parlarvene; ma forse sí, in due parole, tanto piú che anche quest'altro motivo avrà un piccolo seguito. È dunque accaduto che noi ragazze dell'Unione delle Figlie di Maria, di comune accordo, da un paio di domeniche, non assistiamo piú alla messa cantata di mezzogiorno, chiamata anche la messa dei signori, ma a quella piana delle cinque del mattino. La novità non è passata liscia, perché il posto riservato a noi ragazze era nella navata centrale della chiesa, davanti a tutti, vicino alla balaustra, avendo a destra e a sinistra i banchi sopraelevati delle famiglie signorili. Ora, una delle ultime domeniche, nella chiesa gremita per la messa di mezzogiorno, il nostro posto è apparso inaspettatamente vuoto. E cosí la domenica seguente. I signorotti, che evidentemente hanno la coda di paglia, se la sono presa a male, e uno di essi, un barone assai noto, sia per le sue birbonate, sia, non posso negarlo, per frequenti doni generosi alla chiesa, è andato a lagnarsi addirittura dal vescovo. Pare anzi che il nobil uomo, informato dalle sue spie, abbia incolpato me e la mia amica di aver fomentato l'affronto.
« Si può sapere » ci ha chiesto il parroco con finta severità « per quale ragione non vi si vede piú la domenica alla messa di mezzogiorno, ma a quella delle cinque del mattino? » « Abbiamo pensato » io gli ho risposto « che alle cinque del mattino il Padre Eterno sia già sveglio. Oppure ci sbagliamo? » Il parroco è scoppiato a ridere, e siccome sulla onesta ragione del nostro comportamento egli ne sa quanto noi e in cuor suo ci approva, non ha insistito. Ha solo aggiunto: « Col vescovo me la vedrò io, ma col barone e gli altri signori? Che la Madonna vi protegga ».
Detto questo, potevamo andarcene; ma giacché eravamo lí, abbiamo pregato don Costantino d'illuminarci su quella ziz-

zania sorta nella Chiesa e specialmente tra i francescani. Con nostra grande sorpresa la domanda l'ha messo in serio imbarazzo ed è stato colto da un violento accesso di tosse. Infine, essendo una persona istruita, ha cercato di cavarsela con qualche frase né carne, né pesce. « Vi sono pie persone » ci ha detto « che leggono la Santa Scrittura in modo diverso. Chi la legge per diritto e chi a rovescio, oppure un po' storto, di sbieco. » « Non si potrebbe fare in modo che il libro stia fermo? » gli abbiamo suggerito noi per stare a quel suo modo di parlare. « Non si potrebbe in qualche modo inchiodare la Santa Scrittura sopra un leggio o sul muro? » « Non servirebbe, perché non dipende mica dal libro, ma dalla vista. Vi sono quelli che vedono tutto alla rovescia e altri un po' storto. » Noi abbiamo insistito; ci sembrava impossibile che non si trovasse un rimedio. « Non si potrebbe » gli abbiamo anche proposto « togliere il libro a quelli che hanno lo sguardo storto? » Il parroco ha scosso la testa. « Come si fa a riconoscerli? » ha obiettato. « Ognuno pretende che sia l'altro a leggere alla rovescia. » A questo punto, per finirla con le divagazioni, m'è venuta un'idea. « C'è però il papa » ho detto. « Non c'è, al di sopra di tutti, il papa? » Il buon prete a quel punto ha tirato un profondo sospiro. « L'ultimo papa è morto circa due anni fa » ci ha detto « e da allora i cardinali sono riuniti in conclave, prima a Roma e adesso, a causa del caldo, a Perugia, senza riuscire a mettersi d'accordo per nominarne un altro. » « In due anni non sono riusciti a mettersi d'accordo? » io non ho saputo trattenermi dall'esclamare. « Ma non è lo Spirito Santo che detta la scelta del papa? Vostra Signoria ce l'ha insegnato alla scuola di religione. » « Sí, è lo Spirito Santo » egli ha confermato. « Ma si vede che da quell'orecchio i cardinali adesso non ci sentono. » « Se quelli non ci sentono, ne facciano degli altri » è subito insorta la mia compagna. « Ne facciano degli altri con l'udito in ordine. Come si può lasciare per anni la Chiesa senza papa? » « Solo il papa può nominare nuovi cardinali » ci ha risposto il prete pazientemente. « Perché non li nomina? Perché non si sbriga? » abbiamo ribattuto noi senza troppo riflettere. Allora il parroco ha perduto la pazienza. « Non li nomina perché il papa non c'è » ha gridato. « Il trono è vacante, ve l'ho già detto. Da piú di due anni siamo senza papa... » Gli abbiamo

chiesto scusa per la nostra confusione mentale, e il parroco, come pentito di aver alzato la voce, ha voluto accompagnarci fino alla porta.
Eravamo deluse. Con tante parole non avevamo cavato un ragno dal buco. Ma, in modo inaspettato, le ultime parole scambiateci sulla soglia della sacrestia, sono state però di speranza. « Questo vecchio eremita del Morrone, di cui tanto si parla e di cui si raccontano anche vari miracoli, questo fra Pietro » ho domandato « per chi parteggia? » A quel punto la faccia del vecchio parroco si è illuminata. « È un uomo buono e semplice come il pane » ci ha detto. « È un vero cristiano dei tempi apostolici. Lo conoscete? » ci ha chiesto. Abbiamo dovuto ammettere di averlo visto solo una volta da lontano, perché lui non sopporta la vicinanza delle donne. « Egli detesta la popolarità » ha confermato il parroco. « Ogni tanto cambia luogo di rifugio appunto per sfuggire agli importuni. Fortunatamente per lui, la Divina Provvidenza ha provvisto le nostre montagne, il Morrone e la Maiella, di molte grotte. Ma per rispondere alla tua domanda » egli ha aggiunto rivolto a me « ebbene, posso dirti che fra Pietro è al di sopra delle beghe. Naturalmente anche lui ha le sue preferenze, egli protegge gli spirituali, come i piú vicini all'insegnamento di San Francesco, ma è rispettato da tutti. » « Se è cosí » ha detto impulsivamente la mia amica « perché non lo fanno papa? » A quelle parole il buon vecchio ha alzato le braccia verso il cielo ed è rimasto parecchio senza fiatare. « Magari, magari » ha borbottato. « Non sarebbe mica contro la legge canonica; ma i cardinali preferiscono eleggere uno di loro. » Poi ha aggiunto sottovoce, come parlando a se stesso: « Ci vorrebbe un intervento diretto dello Spirito Santo, un vero colpo di mano dello Spirito Santo sulla Curia romana ». « Se allo Spirito Santo gli sta veramente a cuore la sua Chiesa » a me allora m'è scappato di dire « dovrebbe concedersi un colpetto di mano di quella specie. » A quelle parole il parroco ha bruscamente cambiato di aspetto. « Andate via, tentatrici » ci ha comandato. Poi ha aggiunto sorridendo: « Mi sembrate povere di discernimento, ma ricche di fede ».
Dopo di che ce ne siamo tornate a casa, come potete immaginare, piú turbate di prima. È certo che, per i poveri cri-

stiani, questi sono tempi assai confusi e rozzi. Scusate la lunga chiacchierata. Cosí comincia questa storia.

Mentre Concetta pronunzia le ultime parole, sulla porta di casa appare suo padre, Matteo, il quale l'osserva sorpreso e divertito.

Matteo. Concetta, che fai? Parli con gli uccelli?
Concetta (accorre verso di lui). Magari.

Matteo non insiste, come uno che ha altro per la mente. È un uomo anziano, alto e magro, vestito poveramente, ma pulito e dignitoso; non ha copricapo, porta un camiciotto di cotone aperto al collo, con maniche larghe e delle brache fino al ginocchio; ai piedi calza ciabatte di corda.

Matteo. Oggi sarà una giornata pesante. Ce la farai a terminare la coperta per quella ragazza che si sposa domani?
Concetta. Mi manca poco. Siccome stanotte non riuscivo a dormire, mi sono alzata e l'ho mandata parecchio avanti. Il rumore del telaio non t'ha svegliato?
Matteo. Ho un sonno da mugnaio, lo sai. Ma tu, figlia mia, ti rovini la salute. Lavori troppo e mangi come un passero.
Concetta. Nel sonno ho avuto una visione spaventosa. Un lupo enorme, nero, con le fauci spalancate e gli occhi di fuoco, era fermo lí, guarda proprio lí, in mezzo alla scalinata, e guardava verso la nostra porta. Mi sono svegliata di soprassalto, come puoi immaginare, col cuore in tumulto, ho recitato un Padre Nostro e ho cercato di riprendere sonno. Ma appena chiudevo gli occhi, riappariva la bestiaccia. Dimmi, che può significare? È forse un avvertimento? Di che specie? Non so, ho però capito che il solo modo di liberarmene era di alzarmi e di mettermi al telaio.
Matteo (la guarda impietosito). Forse pensi troppo.
Concetta. Ti assicuro però che non sono pensieri cattivi. Bene, non perdiamo tempo, e per impedire che torni quella bestiaccia, mettiamoci al lavoro. Mi mancano alcuni rocchetti per le navicelle e, se tu hai tempo, dovresti cercare di riparare l'aspo, che non gira.

Il dialogo fra padre e figlia prosegue mentre, ognuno per suo conto, si danno da fare. Matteo porta fuori, dall'interno della casa, l'aspo, lo posa accanto alla porta e si applica a riparare il guasto: nello stesso tempo Concetta dipana a mano il filo da una delle matassine appese al muro e l'avvolge attorno a un rocchetto.

Concetta. Non aspetti per oggi l'arrivo d'alcuni di quei fraticelli detti spirituali?

Matteo. Ci stavo pensando proprio adesso. Ma non so a che ora arriveranno.

Concetta. Saranno parecchi?

Matteo. Non so, anzi non si sa mai. Di sicuro questa volta ne arriveranno un paio da Macerata, che è uno dei loro centri piú vivi; ma, strada facendo, altri possono unirsi a loro.

Concetta. Verranno da Macerata fino a Sulmona a piedi? I poveretti giungeranno estenuati.

Matteo. Certo che, senza il sostegno di una grande fede, solo pochi, i piú giovani, resisterebbero. Basta pensare allo strapazzo dei lunghi tratti di montagna, ai temporali, cosí frequenti in questa stagione, e alla scarsità o mancanza di cibo. Senza contare le persecuzioni delle autorità, specialmente in certe diocesi degli Stati della Chiesa. Ogni tanto ne imprigionano qualcuno tra i piú conosciuti.

Concetta. Non sono mica malfattori!

Matteo. Agli occhi di certe autorità, essi lo sono e della peggiore specie: sono considerati eretici.

Concetta (allarmata). Veri eretici?

Matteo. Sui principi della fede cristiana no, di certo. Come non lo era San Francesco, di cui essi si considerano i discepoli piú fedeli. *(Matteo scruta il cielo)* Vedi quelle nuvole sul Pescara e dalla parte di Penne? Se danno pioggia, essi arriveranno in ritardo.

Concetta. Questi fraticelli resteranno da noi a lungo?

Matteo. Il tempo di rifocillarsi e di mettersi in contatto con fra Pietro.

Concetta. Non sarà facile, io temo. Da un po' di tempo nessuno sa dove fra Pietro sia rifugiato.

Matteo. L'abate di Santo Spirito, almeno lui lo saprà, e io l'ho fatto avvertire da fra Bartolomeo da Trasacco. Lo conosci anche tu. È uno dei monaci piú rispettati, uno dei primi compagni di fra Pietro.

Concetta. Ma se questi fraticelli di Macerata vengono qui per parlare con fra Pietro e, come tu dici, gli sono graditi, perché non cercano ricovero nella sua badia?

Matteo. Essi detestano i grandi conventi. Credo di avertelo già spiegato. Questo è anzi uno dei punti principali del loro dissenso con gli altri francescani e per questo stesso motivo, malgrado la loro devozione per fra Pietro, non entrano nella sua congregazione. Una volta che li accompagnai alla badia, suscitarono tra i monaci un putiferio assai spiacevole. Essi dicono che i grandi conventi generano fatalmente spirito di caserma e diventano centro di potere e di ricchezza, in contrasto col vero spirito cristiano. Perciò essi preferiscono piccole comunità libere, provvisorie e senza patrimonio.

Concetta. Scusami se sono indiscreta. Padre, questi fraticelli cosiddetti spirituali tu li approvi in tutto?

Matteo. Ecco, forse non in tutto. Se li approvassi interamente, non farei vita di famiglia.

Concetta (vivamente). Padre, non vorrei esserti d'impaccio nella tua vocazione.

Matteo. Mia cara, lo so, non temere. Anche nelle questioni dell'anima, tu mi sei d'aiuto e non d'impaccio. Ma, giacché ne parliamo, voglio essere con te interamente sincero. La mia istruzione è limitata, lo sai, perciò non riesco a capire tutto. Il motivo piú forte che m'induce ad aiutare questi fraticelli in fin dei conti è abbastanza semplice ed è che essi sono perseguitati per motivi di coscienza. D'altronde, lo stesso fra Pietro, l'ultima volta che l'ho incontrato, m'ha raccomandato espressamente di farlo.

Concetta sorride. L'approvazione di fra Pietro è per lei di grande sollievo.

Concetta. Mi sono preoccupata di che sfamare questi poveretti al loro arrivo. Ammetterai che a queste cose dobbiamo pensarci noi donne. Hai visto accanto al camino la pignatta coi fagioli? Sono già cotti e basta un momento per riscaldarli. Purtroppo non ce ne restano altri. Abbiamo anche un paio di cipolle e nella madia c'è un piatto di farina di segala e mezza pagnotta. Temo che, a uomini denutriti, tutto questo servirà piú a stimolare l'appetito che a calmarlo.

Matteo. Ho riflettuto se abbiamo dei conoscenti a cui chiedere aiuto, magari a prestito, e non m'è venuto in mente nessuno. Una miseria come questa, nelle nostre parti, non si è mai vista. Ho udito di intere famiglie di artigiani malate perché costrette a nutrirsi d'erba e di foglie d'alberi, come le bestie.

Concetta. Sai che gli ultimi soldi abbiamo dovuto darli alla filanda, in acconto al vecchio debito, altrimenti non ci fornisce piú lana. E la ragazza che stasera verrà a ritirare la coperta, ci ha onestamente avvertito in anticipo di non poterla pagare subito. Come faremo se i fraticelli che aspettiamo saranno numerosi? E se resteranno qui anche domani? Perciò...

Matteo. Dio provvederà. Volevi aggiungere qualcosa?

Concetta. Riflettendo a questo, ieri sera mi sono decisa a parlarne col parroco, don Costantino. L'ho subito avvertito che non ero mandata da te e che parlavo per conto mio. Chiedere un atto di carità è permesso anche a una donna. Padre, perché mi guardi in quel modo? Forse ho agito male?

Matteo (con insolita durezza). Malissimo.

Concetta (scossa, ma pronta a difendersi). Non gli ho chiesto nulla per noi, né che ci rimetta di tasca sua. Si sa che la parrocchia ha delle rendite; come parrocchiana penso che le rendite dovrebbero servire in casi come questi, quando la carità privata non basta. Dar da mangiare agli affamati è una delle opere di misericordia.

Matteo. Non c'è nell'elenco delle opere di misericordia, ma meriterebbe di esservi aggiunta la raccomandazione di non tradire i perseguitati.

Concetta (con viva sorpresa). Tradire? Padre, credi che sia la parola giusta? Ti prego di non parlare in collera.

Matteo (senza attenuare la durezza). Ti ripeto che don Costantino non è persona da fidarsi.

Concetta (osserva se qualcuno si avvicina alla piazzetta e lascia libero sfogo alla sua protesta). Non c'è da fidarsi del parroco? Beh, me lo dici un po' in ritardo. Non fosti tu che mi lasciasti battezzare da lui? Ogni volta che ne ho bisogno, è a lui che mi rivolgo per confessarmi. Da lui, a Pasqua, riceviamo assieme la Santa Comunione. È stato lui che ha assistito mia madre sul letto di morte, e andasti tu a chiamarlo. Devo aggiungere altro?

Matteo (infastidito). Lo so, lo so, ma io non mi riferisco alle sue qualità sacerdotali; voglio dire, non ai poteri, conferitigli nell'ordinazione sacra, di amministrare i sacramenti. Parlo del suo comportamento nei riguardi dei fraticelli spirituali. Non c'è da fidarsi, ti ripeto; è un vile. Non mi hai ancora riferito come ha accolto la tua richiesta.

Concetta (improvvisamente presa dal dubbio di avere agito senza ponderazione, quasi balbetta). Mi ha risposto di non essere, per cosí dire, personalmente contrario; ma, come parroco, ha aggiunto di aver l'obbligo, forse ha detto un'altra parola, non ricordo bene, l'obbligo di chiedere il parere, oppure l'autorizzazione, del vescovo. Scusami, padre, ma ora ho un gran mal di testa.

Matteo (senza far caso al lamento della figlia, con immutata durezza). Lo vedi? Quando mai per le opere di misericordia c'è voluto un permesso speciale? Non sono esse doverose verso tutti, e perfino verso i miscredenti?

Concetta. Un cristiano qualunque, certo non ha bisogno di permessi, ma don Costantino è un prete e forse è tenuto a maggiore prudenza.

Matteo (c.s.). Che altro ti ha detto?

Concetta (avvilita). Mi ha chiesto se conoscevo qualche nome dei fraticelli in arrivo.

Matteo. A che scopo voleva saperlo, se non per una denunzia? Tu non gli hai chiesto, a che scopo? Per dare un tozzo di pane ad un bisognoso adesso c'è bisogno di conoscerne il nome?

Concetta (sfinita, tenta di diminuire la gravità del proprio errore). Nel peggiore dei casi, il vescovo rifiuterà l'autorizzazione.

Matteo. No, figlia mia, quello sarebbe il piú benigno dei casi. Il peggiore può essere un altro: che il vescovo esiga dalle autorità civili l'arresto dei fraticelli; di motivazioni legali egli ne ha quante ne vuole. Per condannare degli innocenti, quelli che hanno il potere trovano sempre qualche legge. Sono essi che le fanno, le leggi. In questo modo la nostra modesta casa, che doveva essere, per quei poveretti, un luogo di sosta amichevole, rischia di diventare una trappola.

Concetta non trattiene piú i singhiozzi, si copre la faccia con le mani e si rifugia in casa. Matteo, anche lui depresso e preoccupato, rientra l'aspo e le matassine rimaste sugli infissi murali.

Cristiani fuori legge in cerca d'asilo

In un momento in cui la piazzetta è vuota, giunge dalla sinistra un primo fraticello, fra Ludovico. Ha un aspetto polveroso e sudato; sui quarant'anni, vestito di un sacco di lana non tinta, stretto ai fianchi da una corda, la sua barba è di un paio di settimane. Benché mal ridotto, non è indecoroso, né "spettacolare"; prevale in lui un'espressione di uomo colto e tenace. Egli fa una piccola riverenza davanti all'edicola e compie un lento giro di ricognizione attorno alla piazzetta. Quando Matteo riappare sulla porta di casa, il fraticello gli si avvicina sorridente.

Fra Ludovico. Abita o lavora da queste parti un tessitore, un certo Matteo da Pratola?

Matteo (festoso). Sono io. Tu arrivi da Macerata?

Fra Ludovico. Sí, sono fra Ludovico. Viva San Francesco.

Matteo. Evviva. Sei solo?

Fra Ludovico. Con me sono tre fraticelli. Un altro paio abbiamo dovuto lasciarli per strada, malati. Per strada è la parola esatta, non un modo di dire. Abbiamo cercato invano di ricoverarli in un ospizio.

Dall'angolo della via da cui è arrivato, fra Ludovico fa segni col braccio ai fraticelli rimasti in attesa.

Matteo. Aveste altri incidenti durante il viaggio?

Fra Ludovico. Nell'Ascolano siamo stati interrogati a lungo da un gendarme cretino e pedante. Non sapendo che pesci pigliare, il tipo ci ha detto di aspettarlo, mentre lui sarebbe corso al vescovato. Va pure con calma, gli abbiamo raccomandato, non c'è mica fretta. Naturalmente, partito lui, partiti noi.

Matteo. Anche qui, bada, può sorgere qualche complicazione.

Fra Ludovico (sorridendo). Non ci spaventa. Da noi si dice, se Cristo avesse paura dei sorci, non starebbe in chiesa.

Matteo. Dobbiamo ugualmente riflettere a qualche scappatoia. *(I due confabulano un po' sottovoce)* È bene che tu informi anche gli altri appena arrivano.

Ben presto appaiono due fraticelli anziani, fra Berardo da Penne e fra Tommaso da Atri, e dietro di essi, giocherel-

lando con un lungo ramo fronzuto, fra Clementino pure da Atri, che è quasi un ragazzo. Sono vestiti allo stesso modo, con un sacco di rozza lana, stretto ai fianchi da una corda, scalzi o con i piedi avvolti da cenci. Tuttavia ciò che prevale in essi non è la stranezza dell'abbigliamento ma l'espressione seria, caparbia, forse un po' allucinante. Fra Berardo e fra Tommaso sono degli artigiani, fra Clementino uno studente; passando di fronte all'edicola sacra, i tre fanno una riverenza. Fra Clementino sosta piú a lungo, per infilare nella grata che protegge l'edicola il suo ramo d'albero.

Fra Clementino (con gesto e voce ispirata).

O figlio figlio figlio
Amoroso giglio

(Quindi si rivolge ai fraticelli piú anziani, già seduti in ordine sparso sulla gradinata della chiesa) Bisognerebbe scrivere a Todi, al nostro fra Jacopone, che componga per noi un inno speciale, che ci tenga allegri nel camminare.

Fra Berardo. Sí, e che ci protegga dalla pioggia e dalla fame.

Fra Tommaso. E allontani da noi le mosche, i cani arrabbiati e gli sbirri.

Matteo. Penso che probabilmente desiderate lavarvi. Dietro la casa scorre un ruscello. Vi ci accompagno senz'altro e porterò qualche panno per asciugarvi.

Matteo entra in casa e ne esce con due drappi di tela bianca; dopo un momento di riflessione chiude la porta; i quattro fraticelli lo seguono dietro la casa.
Appena essi sono spariti, sopraggiunge dalla destra un gendarme con una lunga sciabola e il portamento borioso proprio delle autorità inferiori nelle province meridionali. Egli fa il giro della piazzetta e si sofferma davanti alla finestra rimasta aperta.

Gendarme (ad alta voce). Matteo... Matteo... Non c'è nessuno in casa? *(Poiché non riceve risposta, sta per andarsene, poi torna indietro)* Concetta, siete in casa?

Concetta (dall'interno). Mio padre non c'è.

Gendarme. Sono arrivati qui, poco fa, dei frati forestieri?

Concetta (c.s.). Lo domanderete a mio padre.

Gendarme. Qualcosa però posso domandare a voi. Avete forse una licenza da locandiere? Eh, no, solo da tessitori. Strani panni tessete voi e vostro padre. Perché poveri come siete, vi mettete nei guai?

Concetta (appare dietro l'inferriata della finestra). Non accettiamo compenso dai pellegrini, non siamo quindi locandieri. L'ospitalità è un'opera di misericordia.

Gendarme. Vedo che avete la lingua pronta. Cosí forse saprete anche giustificarvi per l'affronto che avete capeggiato contro il signor barone. Mi riferisco all'affronto in chiesa di cui tutti parlano.

Concetta. Su quello potrà rispondervi il parroco don Costantino. Sulle questioni di chiesa è lui la persona competente.

Gendarme. Su altre questioni però comanda il baglivo. È lui che mi ha mandato qui.

Il gendarme torna sui suoi passi e sparisce.
Subito dopo riappare Matteo e dietro di lui, uno a uno, i fraticelli, che vanno a sedersi in ordine sparso sulla scalinata. Solo fra Clementino resta in piedi, come un ragazzo che non riesce a calmare la propria irrequietezza.

Fra Ludovico. Siedi anche tu, ragazzo mio; non sei stanco?

Fra Clementino. Al contrario. Se penso che siamo ai piedi del Morrone, non lontano da fra Pietro, devo frenarmi per non fare capriole.

Fra Tommaso. Non vantarti. Non sta bene, a un fraticello, il vantarsi. Ammetti anche tu di essere stanco. *(Bruscamente, in tono di sfida)* Saresti capace di saltare quel cavalletto?

Fra Clementino. Certo, cosa vuoi scommettere?

Fra Ludovico. Ragazzo mio, prendine nota una buona volta, un fraticello non fa scommesse.

Fra Clementino (finge di non aver udito). Scommetti la tua parte del bottone di metallo che abbiamo trovato assieme, per strada, e che è la nostra proprietà comune, indivisa e indivisibile?

Fra Ludovico. Proprietà? Adesso parli proprio come un conventuale.

Fra Clementino. Bene, rinunzio al premio, mi basterà la gloria.

Si fa silenzio per la prova del salto. Il giovane frate misura un paio di volte l'ostacolo, si pone alla distanza necessaria per la rincorsa, scatta e raggira il cavalletto, suscitando una risata generale.

Fra Clementino. Che c'è da ridere? L'essenziale non era di sorpassare il cavalletto?

Finalmente va anche lui a sedersi. L'inquieto Matteo si sposta di continuo da un punto all'altro per meglio sorvegliare gli accessi della piazzetta. Dalla casa esce intanto Concetta che regge un tozzo tagliere con tre ciotole e una tazza, piene di minestra di fagioli e con due cucchiai. La ragazza ha ancora gli occhi rossi di pianto, ma si sforza di parere disinvolta. I fraticelli si alzano in piedi per la preghiera.

Fra Ludovico. Benedicite, Domine.

Il resto della preghiera è detto sottovoce. Dopodiché i fraticelli tornano a sedersi.

Matteo. Questa è mia figlia, si chiama Concetta.

Concetta (serve i fraticelli). Scusate se non abbiamo che due cucchiai. Ma, tanto, le mani ve le siete lavate. I cucchiai li do ai piú anziani, è giusto?

Fra Berardo. A dire la verità ci siamo lavati anche la faccia e i piedi.

Fra Clementino. Sí, non per vantarci, pure i piedi. Ma per mangiare di solito ci serviamo delle mani. Devo dirvi, signora padrona...

Concetta. Non sono la vostra padrona, ma la vostra serva.

Fra Ludovico. Non vi sono padroni né servi in casa del Padre, ma solo figli eguali e liberi.

Fra Clementino. Dunque, sorella, i vostri fagioli hanno un odore delizioso, al punto che io temo di commettere un peccato di gola.

Concetta. Li ho conditi semplicemente con erbe colte sul Morrone.

Fra Clementino. Allora non c'è peccato, dico bene, fra Ludovico? Poiché il Morrone è purificato dalla presenza di santi eremiti. Comunque, a modo di ringraziamento, voglio insegnarvi un segreto che può esservi molto utile nel vostro avvenire. Fate attenzione. *(Si avvicina alla ragazza e con una cordicella esegue davanti a lei, e al pubblico, il gioco del falso nodo scorsoio, riscotendo dalla ragazza facili esclamazioni di sorpresa)* Il segreto è questo, prego di fare attenzione. *(Egli lo rivela senza difficoltà)* Ora, se l'arte della tessitura dovesse un giorno cadere in disuso, purtroppo questo è il destino di tutte le cose umane, voi potrete andare in giro per il mondo, nelle città e nelle campagne, a eseguire questo gioco; vi assicuro che guadagnerete dei bei denari.

Concetta (sta allo scherzo). Ma io non saprei che farmene di tanti denari.

Fra Clementino. Li potete sempre donare a un convento di francescani.

Concetta ride, raccoglie sul tagliere le stoviglie e i cucchiai e li riporta in casa.

Lo scandalo del conclave

Matteo torna alla sua funzione di guardia e ben presto trae di tasca un grande fazzoletto e l'agita in direzione di fra Ludovico, senza dire una parola: fra Ludovico sa ch'è segno d'allarme. Tre fraticelli, fra Berardo, fra Tommaso e fra Clementino, risalgono in fretta la scalinata e spariscono dietro i muri, mentre fra Ludovico resta seduto dove si trova e Matteo finge di essere occupato a spostare il cavalletto di legno. Dalla via che sbuca al lato destro della piazzetta, appare don Costantino. Il parroco è un uomo anziano, dall'aspetto bonario e paterno.

Don Costantino (è sorpreso che Matteo non lo saluti e gli volti anzi le spalle, e di trovare un solo fraticello; dopo un lungo silenzio egli si rivolge a fra Ludovico). La pace sia con voi... Sono il parroco di quella chiesa che vedete laggiú. Dove sono andati i vostri compagni? Si sono nascosti?

Fra Ludovico. Purtroppo la veste da prete non ispira fiducia.

Don Costantino. Mi dispiace. Cosa devo fare per vincere la vostra diffidenza? Poco fa ho detto la Messa ed ho chiesto al Signore di predisporre i vostri cuori a un incontro amichevole.

Fra Ludovico. Vi avverto subito, signor parroco, di non farvi illusioni. Se si trattasse di risentimenti personali, di offese o torti privati, beh, allora sarebbe facile; anzi, sarei il primo a inginocchiarmi davanti a voi e a chiedervi perdono. Ma noi non ci conosciamo e tra noi non esistono litigi personali. Quello che c'è invece, è l'abisso scavato dalla degenerazione della vostra Chiesa e dal tradimento dello spirito di San Francesco da parte di molti che si richiamano a lui. Il tradimento è stato reso possibile dall'aiuto del papa, dei vescovi e dei preti.

Don Costantino. Neghi perfino ogni possibilità di parlarci?

Matteo avvicina il cavalletto al muro e vi si appoggia o siede sopra, secondo gli riesce piú comodo per assistere alla disputa. Nello stesso tempo, dietro l'inferriata della finestra appare Concetta con le mani giunte in atto di preghiera.

Fra Ludovico. Alle corte, signor parroco, non perdiamo tempo. Siete venuto qui di vostra volontà, oppure siete stato mandato?

Don Costantino. L'uno e l'altro. Ho chiesto io stesso al vescovo di essere mandato al posto di un altro, col quale l'incontro sarebbe stato certamente piú severo.

Fra Ludovico. E quindi piú spicciativo. Quale missione vi è stata affidata?

Fra Clementino (appare tra due pezzi di muro, sulla sommità della scalinata, e vi resta il breve tempo necessario per recitare, con voce e gesto leggermente declamatori, alcuni versi di una lauda sacra).

Quattro venti move 'l mare
che la mente fan turbare
lo temére e lo sperare
il dolére e il gaudiare.

Don Costantino (dopo aver osservato con curiosità il giovinetto fra Clementino, si rivolge a fra Ludovico). Mi dispiace di dover cominciare senz'altro con domande penose. Beninteso, esse presumono fiducia nella vostra sincerità. Sono dunque incaricato di chiedervi se fra voi si trovi qualche evaso dal carcere o ricercato da un tribunale ecclesiastico.

Fra Ludovico (si alza di scatto e pieno di indignazione va verso il parroco che indietreggia intimorito). Avete detto di aver celebrato poco fa la Santa Messa? E con tale sveltezza vi trasformate in sbirro?

Don Costantino (in profondo imbarazzo). Il mio compito, me ne rendo conto, è antipatico, ma l'ho accettato e l'adempirò senza lasciarmi intimorire. *(Riprende fiato)* Dovreste almeno dichiararmi se tra voi c'è Pietro da Fossombrone.

Fra Ludovico (che stava tornando verso la scalinata, a quel nome si volta e grida). Cercate Pietro da Fossombrone? Sapete chi è? E osate pronunziare il suo nome senza coprirvi la faccia per la vergogna? Avete tenuto in lurido carcere, durante diciassette anni, quel cristiano meraviglioso, l'avete poi esiliato in Cilicia, solo perché con la parola e gli scritti diffondeva il pensiero autentico di San Francesco, e ora gli date di nuovo la caccia.

Richiamati dalla voce adirata di fra Ludovico, appaiono alla sommità della scalinata i tre fraticelli che si erano nascosti dietro i muri.

Don Costantino (estenuato e sul punto di crollare). Pare che Pietro da Fossombrone sia tornato segretamente in Italia e cospiri di nuovo contro la Chiesa. Personalmente posso dirvi solo questo: spero che non sia fra voi.

Fra Ludovico. Egli venne iniziato alla conoscenza del pensiero autentico di San Francesco, dal suo discepolo piú caro e fedele, frate Leone. Per questo voi lo odiate e lo perseguitate come un bandito.

Fra Berardo e fra Tommaso scendono unitamente dalla scalinata e si schierano accanto a fra Ludovico. Fra Clementino invece resta sull'ultimo gradino, sorride e si sposta da un lato all'altro a passi ineguali, come di danza, guardando il cielo. Don Costantino non ce la fa piú a reggersi in piedi e va a sedersi dove prima era fra Ludovico. I fraticelli inveiscono contro di lui.

Fra Berardo (al parroco). Voi preti ci fate rimpiangere Nerone e Diocleziano. Essere perseguitati da quei nemici dichiarati di Cristo doveva essere meno doloroso.

Fra Tommaso. L'odio tra fratelli, non c'è nulla di piú spietato.

Don Costantino (si difende debolmente). Badate che codesta massima si applica anche a voi, zelanti fraticelli.

Fra Ludovico (ai suoi confratelli, indicando il prete). È il parroco di quella chiesa laggiú. Il vescovo l'ha mandato alla nostra ricerca per interrogarci alla maniera degli sbirri.

Fra Berardo (al parroco). Sua Eccellenza il vostro vescovo, immagino, porta anche lui una grande croce d'oro al petto, legata a una bella catena d'oro.

Fra Tommaso (con aperto sarcasmo). Croce e catena, suppongo, sono d'oro puro. D'oro, è proprio il caso di dire, come quello del vitello d'oro della Bibbia. Infatti è lecito pensare che quel rinomato vitello fosse anch'esso di oro fino.

Don Costantino (scrolla le spalle, infastidito). La vostra è una critica ridicola, infantile, demagogica. Il nostro vescovo, sappiatelo, è una degnissima persona. Non è certo per amore di pompa che anche lui usa certi ornamenti rituali, ma per adeguarsi alla dignità della sua funzione. *(I fraticelli l'attorniano e fanno a gara nel respingere il suo argomento.)*

Fra Ludovico (al parroco). La croce di Cristo, se non sbaglio, era di legno, come pure lo sono la maggior parte dei crocifissi che ora si vedono, sia nei luoghi di culto che fuori. Non so se voi pensate che per questo essi siano privi di dignità.

Fra Berardo (al parroco). Credete che se Cristo fosse andato in giro per la Palestina con la mitra o il triregno sulla testa, sarebbe stato piú dignitoso?

Fra Ludovico (al parroco). Strana idea vi siete fatti della dignità cristiana voi preti.

Don Costantino (riprende fiato e pazienza). Ma perché non cercate di essere seri e ragionevoli. Riflettete almeno a questo: il cristianesimo, nella maggioranza dei paesi civili, è ormai accettato da tutte le classi sociali. Non possiamo mica continuare a riunirci nelle catacombe, o nelle stalle, come voi usate.

Fra Tommaso. Talvolta, sí, ci incontriamo nelle stalle. Lo sapete perché? Non certo per amore del sudiciume, ma perché voi ci impedite di predicare in chiesa. E poi, dal momento che Cristo è nato in una stalla, non dovrebbe essere lecito a un prete parlarne con disprezzo, come voi fate.

Fra Ludovico. Una decina di anni fa, anche nella nostra provincia marchigiana arrivò la notizia che fra Pietro del Morrone, prima di dimettersi da abate dell'ordine da lui fondato, vendette i calici e gli altri oggetti preziosi delle sue chiese per distribuirne il ricavato ai poveri. Siate sincero, reverendo, credete che, con quell'atto, egli si compromise e perdette la sua dignità? Noi ne rimanemmo edificati e da allora concepimmo il progetto di venire da lui in pellegrinaggio.

Don Costantino (a fra Ludovico). Si possono dunque criticare certi aspetti del costume ecclesiastico e anche agire in senso contrario, pur rimanendo figli devoti della Chiesa, come appunto fra Pietro. Perché non lo imitate nell'umiltà e obbedienza? Voi invece siete invasati da spirito di ribellione e non avete piú alcun rispetto dell'autorità.

Fra Ludovico. Può darsi che abbiamo qualche divergenza con fra Pietro. Ne discuteremo fraternamente con lui. Ma come puoi tu affermare che bisogna ubbidire sempre all'autorità? E se l'autorità cade in errore?

Fra Berardo (furente d'indignazione). È scandaloso che un cristiano ponga l'ubbidienza prima della verità.

Don Costantino. I figli non possono giudicare il padre. E l'autorità della Chiesa, voi lo sapete come me, è fondata su una delega ricevuta direttamente da Cristo.

Fra Tommaso. Non pensi che possano esservi delegati infedeli? Quando il tradimento è palese, bisogna continuare a obbedire? Se, ad esempio, il capo della Chiesa predica l'odio e benedice le armi, cioè il contrario di quello che Cristo ha insegnato, i cristiani devono continuare a ubbidirgli?

Fra Ludovico (a fra Tommaso). Perché parliamo per ipotesi? Il discorso è piú chiaro se concreto e preciso. Intanto, chi rappresenta in questo momento l'autorità della Chiesa? In assenza del papa, è il sacro collegio dei cardinali, riuniti in conclave. Da piú di due anni, dalla morte di Niccolò IV, i cardinali si sono riuniti per nominargli un successore, prima a Roma, poi a Rieti, infine a Perugia, senza riuscirvi. Perché non riescono a mettersi d'accordo? Forse per qualche grave motivo di fede? No. Come tutti sanno, quei principi della Chiesa sono divisi, in parti pressoché uguali, in due fazioni nemiche, da una parte quella dei Colonna e dall'altra quella degli Orsini. Essi non si preoccupano delle condizioni disastrose in cui si trova il popolo cristiano, ma degl'interessi delle proprie famiglie. Si può immaginare sacrilegio piú rivoltante?

Don Costantino. È un'ora di smarrimento e di decadenza che ci rattrista tutti.
Fra Berardo. Non è un episodio isolato. Anche dopo la morte di Clemente IV i cardinali impiegarono ben diciannove mesi prima di eleggere Gregorio X.

Don Costantino se ne sta a capo chino e con lo sguardo a terra, come assente. Ma la requisitoria dei fraticelli non si placa.

Fra Ludovico. La causa di questi spettacoli sconci è una sola ed è conosciuta da tutti. È l'appartenenza dei cardinali alle grandi famiglie romane, costituite da proprietari terrieri e da usurai. Ognuna di esse, non paga delle proprie ricchezze male acquistate, aspira avidamente ad aumentarle, mettendo la mano sul patrimonio della Chiesa e dello Stato Pontificio.

Don Costantino annuisce tristemente senza alzare la testa.

Fra Tommaso (rivolgendosi un po' a Matteo e un po' al pubblico). Non vale neanche consolarci col pensiero che quei car dinali sono vecchi. Pare infatti che essi si riproducano in famiglia.
Fra Ludovico. Ma sí. Tanto per fare qualche esempio, il cardinale Latino Malabranca è nipote per sorella di papa Niccolò III degli Orsini. E Giovanni Buccamazio è stato creato cardinale da Onorio IV suo congiunto ed ha avuto l'accortezza di diventare signore di undici castelli e città...

Don Costantino non esce dal suo stato di apatia, ma continua leggermente ad annuire.

Fra Berardo (a fra Ludovico). Com'è la storia del Grande Penitenziere di cui ci ha parlato quel canonico di Chieti?
Fra Ludovico. È legata alla nomina del nuovo papa. Dopo la morte di Niccolò IV, i cardinali decisero che anche i poteri del Grande Penitenziere fossero sospesi e, con i suoi, quelli dei penitenzieri diocesani. Da due anni vi sono di conseguenza molte anime tormentate in attesa dell'elezione del nuovo papa che rimetta in funzione la penitenzeria.
Don Costantino (si scuote e per un momento si alza in piedi per

dare piú forza alle sue parole). Malgrado tutto quello che avete detto e tutto quello che potete aggiungere; malgrado i nostri peccati, i nostri errori, i nostri tradimenti; ebbene, la Chiesa, alla lunga, non può fallire, perché è protetta dalla promessa e dall'intercessione di Cristo. Dirò di piú. Il fatto che essa sopravviva ancora è una conferma della sua origine divina.

Matteo (con timidità, dopo aver tossicchiato per raschiarsi la gola). Scusate se, come semplice laico, oso interloquire. Ho sentito raccontare che, dopo molte zuffe anche sanguinose, gli Orsini e i Colonna hanno stretto un compromesso per la carica di senatore di Roma. Non potrebbero fare lo stesso per la Santa Sede?

Fra Ludovico. Che Dio ce ne liberi. La soluzione per il seggio di senatore è stata, come si suol dire, salomonica: invece di uno, si sono fatti due senatori, un Colonna e un Orsini. Vorresti tu avere due papi?

Matteo. Oh no, di certo.

Don Costantino (si riscuote). La vostra critica è onesta e giusta, ma non vi accorgete che il vostro comportamento aumenta il disordine? Il contrario di un errore è spesso un errore piú grave.

Fra Tommaso. Il dovere di disubbidire ai superiori che tradiscono è sacrosanto, è il piú cristiano dei doveri. La coscienza è al di sopra dell'ubbidienza.

Don Costantino (appare esterrefatto). Vi rendete conto delle conseguenze di quello che dite?

Fra Ludovico. Ma come si può rifiutare un principio giusto solo per timore delle conseguenze?

Don Costantino. A me pare che il disordine sia la peggiore delle ingiustizie.

Matteo (scende dal cavalletto sul quale è rimasto seduto durante l'intero alterco e si pone tra il parroco e i fraticelli). Durante tutto il vostro scambio di parole, mi sono domandato: com'è possibile che ci si sia ridotti a questo? Eppure San Francesco è morto appena una sessantina di anni fa. Mio nonno l'aveva visto e udito e amava raccontarci di quando passò da queste parti, di ritorno da Celano. Arrivò attraverso Forca Caruso, sopra un asino, ma nelle salite e quando non era attorniato dalla folla, preferiva camminare a piedi. L'intera popolazione di Sulmona gli andò incontro, e molti si spinsero fino a Raiano. In tutta la sua umiltà e semplicità, il Poverello sembrava Cristo tornato in terra; molti anzi credevano che fosse Cristo reincarnato. Di quell'immenso fervore, di quell'insegnamento cosí limpido e irrefutabile, cos'è rimasto? Si conservano delle reliquie, perfino alcuni crini del suo asino, ma le sue parole...

Fra Ludovico. Le sue parole furono tradite, prima ancora che lui morisse, dall'infame frate Elia, con l'appoggio del papa e dei vescovi. Nel concetto francescano della povertà essi vedevano un pericolo per i loro privilegi e quelli delle loro famiglie.

Fra Clementino (mentre continua le sue evoluzioni sull'ultimo gradino della scalinata).

Povertate è nulla avere
è nulla cosa poi volere
e ogni cosa possedere
in spirito di libertate.

Don Costantino. La regola francescana del 1223 contiene precetti piú ragionevoli. Perché non seguite quelli? *(Di nuovo è come se il parroco avesse messo il piede in un vespaio. I fraticelli l'attorniano aggressivi.)*

Fra Ludovico. Vi furono inseriti contro la volontà di San Francesco. La testimonianza di frate Leone non lascia dubbi in proposito. Il Poverello ne rimase ferito a morte.

Fra Berardo (con veemenza). La verità predicata da San Francesco è quella del Vangelo, e nessun papa o concilio può mutarla, e quei papi che vi si provano, si autoscomunicano, e quelli che a tali papi obbediscono, si rendono complici e si dannano.

Fra Tommaso. Perché dovrebbe essere concesso ai frati e ai preti quello che Cristo non permise agli apostoli?

Don Costantino (si sforza di sorridere e di essere conciliante). La società umana ha preso uno sviluppo imprevisto, dovreste prenderne atto anche voi. Voi prendete il Vangelo alla lettera e continuate a ispirarvi alla profezia di Gioacchino da Fiore sull'imminenza della terza età e del Regno di Dio. Profezia nobilissima, ma... si è forse attuata?

Fra Ludovico (scoppia a ridere). Signor parroco, mi sembra che tu confonda i tempi dello Spirito con le scadenze delle lotterie e delle polizze degli usurai. Abbi un po' di pazienza col Padre Eterno.

Fra Berardo. Circa poi a quel giorno e a quell'ora, ci è stato detto, nessuno sa nulla, neanche gli angeli in cielo, né il Figlio, fuorché il Padre.

Fra Tommaso. L'ora verrà, disse Cristo, come un ladro nella notte.

Fra Clementino (come sopra).

Viver io e non io
e l'esser mio e non esser mio
questo è un tal traversio
che non so diffinitate.

Don Costantino (conciliante). Malgrado i disagi fisici e le persecuzioni, tutto sommato, voi avete la parte bella. Però la vostra fortuna è di essere in pochi. Cosa fareste se dietro di voi venisse la maggioranza del popolo?

Fra Clementino. Quello che fra Jacopone da Todi chiamava la "sancta nichilitate".

Don Costantino. L'anarchia?

Fra Clementino (ridendo). Perché no? Un modo di vivere assieme, secondo la carità e non secondo le leggi.

Fra Ludovico (al parroco). Non so se voi avete mai meditato sul primo libro di Samuele, dove sta scritto che la donna sterile partorità piú figli della donna feconda.

Dalla sinistra riappare all'improvviso il gendarme.

Gendarme (al parroco). Sono ai vostri ordini, *(sottovoce)* i miei uomini sono qui dietro, nelle vicinanze.

Don Costantino. A che fare? Non ce n'è bisogno. Abbiamo avuto un'interessante conversazione, direi, un colloquio assai amichevole.

Gendarme. Avete preso nota dei loro nomi? Sapete, il baglivo li aspetta. *(Mormora qualcosa all'orecchio del parroco.)*

Don Costantino. Sono sospetti infondati. Parlerò io col baglivo.

Gendarme. Scusate se insisto. Egli mi aspetta con la lista dei nomi. Dice di aver ricevuto segnalazioni precise e di dover fare il controllo.

Don Costantino (imbarazzato). Non è mio ufficio, io sono un parroco.

Gendarme (spazientito). Ma la richiesta è partita da voialtri, voglio dire, dal vescovato.

Don Costantino (prima di allontanarsi, si avvicina a Matteo e gli dice a bassa voce). Il baglivo ha ricevuto una denunzia contro di te e Concetta di una stravaganza da non immaginare. Tenetemi informato del seguito che potrà avere.

Il parroco e il gendarme si allontanano parlottando vivacemente tra loro.

Matteo (a fra Ludovico). Temo che vi sarà un seguito; anzi, piú di un seguito.

La doppia vocazione di fra Pietro Angelerio

Mentre Matteo e i fraticelli fanno cerchio e parlano sottovoce, arriva inavvertito fra Bartolomeo da Trasacco, monaco della badia di Santo Spirito, con una bisaccia in spalla. Ha l'aspetto d'un vecchio contadino forte e bonario e veste la tonaca bianca con cappuccio nero dei monaci morronesi.

Matteo (riconfortato da quell'arrivo). Benvenuto, fra Bartolomeo, c'è proprio bisogno di te.

Fra Bartolomeo (affabile). La pace sia con voi tutti.

I fraticelli. E col tuo spirito.

Fra Bartolomeo (consegna la bisaccia a Matteo). Il nostro abate ti manda un po' di pane e qualche cipolla per i tuoi ospiti. *(Ai fraticelli)* Da dove provenite?

Fra Ludovico. Da Macerata.

Fra Berardo. Da Penne.

Fra Tommaso. Noi due *(accenna a fra Clementino)* da Atri.

Fra Bartolomeo. Macerata, Penne, Atri sono provenienze gloriose, terre fertili di storia francescana, evviva. Fra Pietro era stato avvertito del vostro arrivo e naturalmente vuole incontrarvi. Tra l'altro *(a fra Ludovico con voce piú bassa)* egli è ansioso di avere notizie di Pietro da Fossombrone.

Fra Ludovico. Il rifugio di fra Pietro è lontano di qui? Qualcuno potrebbe guidarci subito da lui?

Fra Bartolomeo. Non sta lontano, ma il sentiero per arrivarvi è molto faticoso. Fra Pietro è preoccupato per l'età e lo stato di salute di qualcuno di voi.

Fra Tommaso (sorridendo). Se sono bene informato, egli è piú vecchio di noi.

Fra Bartolomeo. Sí, di parecchi anni, ma è cresciuto in montagna. Il sentiero che sale al suo eremo è assai ripido e in un paio di tratti perfino pericoloso. Accade a certuni che vorrebbero visitarlo, di tornare indietro a metà strada. *(Sorride)* Non per nulla fra Pietro ha scelto quel posto. Ma nei vostri riguardi lui se ne rammarica e m'ha detto che avete fatto già troppa strada e che scenderà lui al piano. Vi dispiacerebbe d'incontrarlo alla badia?

Matteo (per dar tempo ai fraticelli di superare l'imbarazzo in cui l'invito li ha posti). Perché non ci sediamo? *(A fra Bartolomeo)* Questi amici sono appena arrivati da un lungo viaggio.

Essi fanno circolo, un paio si siedono sul primo gradino della scalinata, gli altri per terra.

Fra Bartolomeo. Non vorrei che il mio invito alla badia fosse mal compreso. Ho pensato che là sareste al sicuro; né il vescovo né il baglivo oserebbero molestarvi. Ma conosco e rispetto la vostra antipatia contro i grandi conventi.

Fra Ludovico. Ti ringrazio della franchezza. Possiamo parlarci chiaramente, senza scortesie e reticenze. Se siamo venuti fin qui, pur conoscendo le divergenze che esistono tra noi, è perché abbiamo molti punti in comune.

Fra Bartolomeo. Vogliamo aiutarvi, ma solo nel modo che vi sia gradito. Niente di piú. Fra Pietro una volta ci ha spiegato che le differenze fra noi, in fin dei conti, sono quelle che esistono tra San Benedetto e San Francesco.

Fra Ludovico. Purtroppo non è facile rimanere alla loro altezza. A udire questi due nomi, San Benedetto, San Francesco, uno sente piegarsi le ginocchia. I fondatori sono di solito delle aquile, i seguaci generalmente delle galline.

Fra Bartolomeo (ride a lungo e di cuore, col compiacimento di tutto il cerchio; poi bruscamente si fa triste). Sí, è vero, in ogni grande agglomerazione è inevitabile una certa tendenza al pollaio. Ma mi permetto di domandarti se credi che basti rimanere fuori...

Fra Ludovico. Oh no, non basta. Anche fuori, all'aria libera, ci si può addomesticare.

Fra Clementino. Alla maniera, per cosí dire, dei polli ruspanti. *(A fra Bartolomeo)* Parlaci di fra Pietro, dicci com'è. È severo, è triste? Ci sta agli scherzi?

Poiché fra Bartolomeo tace, gli altri insistono.

Fra Berardo. Non vorremmo, quando lo incontreremo, rivolgergli delle domande inutili, è solo per questo.

Matteo. Forse già sapete che fra Bartolomeo è stato uno dei primi compagni di fra Pietro nella vita eremitica, una cinquantina d'anni fa, assieme ad Angelo di Caramanico, a Berardo di Guardiagrele, a Francesco d'Atri e a qualche altro. La nostra montagna sembrava allora come un'arnia di api, e il gruppetto di fra Pietro, in quel tempo, era un piccolo sciame che ogni tre o quattro anni si spostava da una contrada all'altra per sfuggire alla molestia dei curiosi e anche di quelli che chiedevano benedizioni o addirittura miracoli.

Lunga pausa, in attesa che parli fra Bartolomeo.

Fra Bartolomeo. Non sta bene pronunziare panegirici per un uomo che, grazie a Dio, è ancora vivo. Che volete che vi dica? Forse basta questo: tutto sommato, egli è veramente un buon cristiano.

Fra Ludovico. Hai ragione. Non ci interessano gli elogi, ma di conoscere il suo modo di pensare e di agire. Quali sono, ora, i suoi rapporti con la congregazione dei morronesi, da lui fondata, se non sbaglio, una quarantina d'anni fa?

Fra Berardo. È vero che nel frattempo se n'è separato?

Fra Bartolomeo. Non è esatto. *(Lunga pausa)* C'è un particolare importante per capire fra Pietro. Egli è un cristiano che ha avuto la grazia di due vocazioni, e tutte e due di una forza eccezionale, direi quasi irresistibile: quella dell'eremita e quella del pastore.

Fra Ludovico. Di avere due vocazioni è capitato anche ad altri e può essere principio di grandi dolori. È una grazia, voglio dire, che può diventare una disgrazia.

Fra Bartolomeo. Come eremita fra Pietro era in gioventú, quando io l'ho conosciuto, parlo di una cinquantina di anni fa, un uomo semplicemente meraviglioso. Chi lo sentiva cantare nelle ore meno prevedibili della notte le lodi al Creatore; chi lo vedeva giocare e conversare con gli animali meno addomesticabili, come una volpe, una serpe, altre bestiole della montagna; chi lo vedeva pregare, scopriva come fosse un uomo felice, un uomo con l'anima in pace. Lo stesso monte Palleno, dove eravamo rifugiati in quel primo tempo, sembrava trasfigurato. La montagna era spesso avvolta da una luce limpida che non ho piú rivista in nessun luogo. Un giovane di Caramanico, che non aveva trovato una grotta per sé, aveva costruito la sua cella in cima a una quercia, per non allontanarsi troppo da noi, e l'albero era in permanenza gremito di uccelli di ogni specie. Ma col passare degli anni la fama di fra Pietro cominciò ad attirare al suo eremo un numero crescente di fedeli. Erano giovani che gli chiedevano di essere guidati, ma non con un fervorino e una volta per sempre, bensí giorno per giorno, lavorando ai suoi ordini. Come scacciarli? Erano anche pecorai e altri poveracci dai quali egli udiva racconti raccapriccianti sulla miseria, le ingiustizie, le prepotenze, le nefandezze dei nobili, e anche sull'ignavia, la complicità, la corruzione del clero secolare. Arrivò il giorno in cui fra Pietro non ne poté piú. Cominciò a dirci di vergognarsi di fuggire quei lamenti trasferendosi da una grotta all'altra per rendersi irreperibile. Non riusciva piú a cantare. Le notti stellate gli diventarono odiose. Finalmente si decise di scendere al piano e di riunire gli amici. Contro ogni previsione, anche nel nuovo compito egli rivelò doti pratiche straordinarie. Si vedeva che era nato per essere guida di altri uomini. *(Pausa)* Scusatemi. Sono caduto nel panegirico che volevo evitare. *(Fa segno di non voler aggiungere altro.)*

Matteo. È difficile che un buon cristiano possa estraniarsi dalla sorte dei suoi simili. Il fratello maggiore non può disinteressarsi dei fratelli minori. Anche Cristo andò nel deserto, ma per un tempo limitato.

I fraticelli tacciono e guardano fra Ludovico come il piú indicato dei loro per una risposta. Poiché egli tace, fra Bartolomeo aggiunge qualcosa.

Fra Bartolomeo. Secondo San Matteo, Cristo promise ai suoi: Quando vi troverete insieme, sarò con voi. Non disse: Quando sarete soli, o quando sarete lontani dal mondo.

Fra Ludovico. Forse nemmeno intendeva dire: Sarò con voi quando sarete nella folla, quando sarete inquadrati in una grande formazione di gente, con capi, sottocapi, aiutanti d'ogni sorta.

Fra Berardo. Disse semplicemente: Quando due o tre di voi sarete insieme.

Fra Bartolomeo. Avete ragione; tuttavia mi pare che non sia da cristiano disprezzare il gregge. Nella loro maggioranza, gli uomini non sono in grado di seguire il vostro esempio spregiudicato e audace. Eppure anche le creature piú deboli hanno diritto alla salvezza. Cristo è morto anche per loro.

Fra Ludovico. Certo, fra Bartolomeo, certo; ma in che modo salvare il gregge? Una grande comunità è una macchina pericolosa, quasi diabolica, per gli stessi che ne fanno parte. L'esperienza dimostra che la grande comunità genera spontaneamente aspirazioni di potenza, volontà mai interamente soddisfatta di successi e di trionfi. Al nobile scopo di servire l'incremento della comunità, vengono accettati continui compromessi e accomodamenti. Avviene questo per ambizione dei capi o per esigenza del gregge? Non lo so, può darsi che nella maggior parte dei casi gli egoismi si sommino, ma non ho difficoltà di ammettere le buone intenzioni dei capi. In altre parole, posso trovare naturale che, nell'interesse della comunità, e a maggior gloria di Dio, un abate o un priore o un padre guardiano non voglia inimicarsi le autorità, né i ricchi, dato che soltanto con il loro aiuto egli può aprire nuovi conventi, costruire nuove chiese, ottenere nuovi lasciti, dispense, privilegi, e sottrarli alle comunità rivali. A mano a mano che una comunità si allarga, diventa perciò fatale che essa assomigli alla società che l'attornia. E allora? Dove va a farsi benedire la salvezza del gregge?

Fra Bartolomeo tace e guarda per terra. Questo incoraggia gli altri fraticelli a riprendere l'argomento, senza però ostilità verso di lui.

Fra Berardo. È triste, ma non si scappa. Se la terra appartiene ai ricchi, su quale sito costruire un convento se non lo si riceve da essi? E se il ricco donatore, come spesso accade, è un prepotente, un corrotto, o addirittura un criminale, diventa impossibile condannarlo. Cosí si spiega, a me pare, che fra Pietro abbia finito col dimettersi da abate del suo ordine e sia tornato in montagna.

Fra Tommaso. Anche Gioacchino da Fiore si dimise da capo del suo ordine. Anche San Francesco. Una grande comunità esige compromessi che, non dico un santo, ma un semplice onest'uomo non può accettare.

Fra Clementino (in polemica con i suoi). Tutto si riduce dunque, secondo voi, a una questione di numero? Gli apostoli erano dodici, il tredicesimo tradí. Forse dodici è il limite?

Fra Bartolomeo. No, si può tradire anche in meno di dodici. Nel pretorio di Pilato il Maestro fu rinnegato dal primo dei dodici, proprio da quello sul quale egli aveva deciso di edificare la sua Chiesa. Penso che la fedeltà non sia questione di numero. Non credete che si possa peccare anche da soli?

Fra Clementino. Nessun buon cristiano è mai del tutto solo Quando prega, non dice: Padre mio, ma Padre nostro.

Come di sorpresa, arriva e compie un rapido girotondo attorno al gruppetto in conversazione, un buffo personaggio soprannominato Cerbicca, dall'aspetto di cafone e dai modi e smorfie del pagliaccio da circo, agile, allegro, nello stesso tempo ossequiente e familiare con tutti, anche con gli sconosciuti.

Cerbicca. Oh, ecco finalmente i miei padroni e signori; sapete da quanto tempo vi aspetto?

Matteo (lo riconosce e subito cerca di scacciarlo). Cerbicca, qui non hai nulla da cercare, lasciaci in pace.

Cerbicca. Se non mi sbaglio, questi nobili forestieri non appartengono alla frateria che predica la povertà in pubblico e che nel convento se la sciala. Appunto uno di essi, l'anno scorso, in una predica di quaresima, ci spiegò che San Francesco considerava il denaro come sterco e raccomandava questo modo di sentire a ogni buon cristiano. Dopo la predica accorsi perciò da lui in sacrestia e mi offersi, unicamente per rendergli servizio, di portargli via ogni specie di quell'immondizia, sia che l'avesse in tasca, sia in qualche ripostiglio del convento. Sapete come accolse la mia generosa proposta? Aprí la porta e senza dire una parola mi buttò fuori.

Risate.

Matteo. Cerbicca, adesso che sei riuscito a farci ridere, puoi andartene.

Cerbicca. Prima però voglio avvertire questi nobili forestieri che sono a loro disposizione se hanno bisogno d'un mezzo di trasporto. Le mie tariffe non temono concorrenza.

Fra Bartolomeo (ridendo). Ti sei fatto una carrozza?

Cerbicca. No, ma ora dispongo di una formidabile bestia da soma.

Matteo. Come te la sei comprata?

Cerbicca (imitando la voce dei predicatori). Colui che provvede agli uccelli dell'aria e ai fiori dei campi, può soccorrere una creatura fatta a sua immagine.

Fra Bartolomeo. Parli per caso dell'asino che ho visto dietro di te, ieri sera, sulla via di Pratola?

Cerbicca. Non era un asino, monsignore, in certo senso era perfino il contrario.

Fra Bartolomeo. Ah sí? Aveva però l'aspetto d'un asino.

Cerbicca. Aveva l'aspetto d'un asino, salvo in un particolare, monsignore. Infatti era un'asina.

Fra Bartolomeo. L'avevi rubata?

Cerbicca. Voi scherzate, monsignore. Non avete osservato che la bestia mi seguiva volontariamente?

Fra Bartolomeo. Ho osservato che seguiva il sacco di paglia che tu reggevi sotto il braccio, aperto all'indietro, e che ogni tanto essa riusciva a raggiungere con le fauci affamate.

Cerbicca. Monsignore, non volete mica rinfacciarmi quel po' di carità cristiana da me offerta a un povero animale abbandonato? Dato che ieri sera mi avete visto, non vi sarà sfuggito, io spero, che varie volte, con buone parole, ho invitato l'infelice bestia a tornarsene a casa, dai suoi. Se ne vada, le dicevo, se ne vada, la gente di qui è sospettosa e chissà che potrebbe pensare di noi due. Non ci fu modo. Proponevo dunque a questi signori forestieri...

Bruscamente si interrompe.
Sulla piazzetta riappare il gendarme di poc'anzi.

Gendarme (al cafone). Cerbicca, che fai qui?
Cerbicca. Discorrevo, piú o meno, o su per giú, di religione, con questi miei vecchi e gloriosi compagni di scuola.
Gendarme. Non sono venuto qui a causa tua, Cerbicca, ma dal momento che ti incontro, ho una piccola domanda da rivolgerti. Un contadino di Pratola ci ha denunziato questa mattina il furto del suo asino. Tu non ne sai nulla?
Cerbicca. Han rubato un asino? La cattiveria umana non conosce dunque piú limiti. Come si fa a separare un asino dai suoi cari?
Gendarme. Siccome sei stato già altre volte condannato per furto...
Cerbicca. A torto; questi vecchi amici lo possono testimoniare, non è vero? A torto, sempre a torto.
Gendarme. Adesso, però, vattene, ne riparleremo. Per il momento ho altro da fare.

Cerbicca si allontana; i fraticelli si alzano e attorniano fra Bartolomeo; Matteo chiude la porta di casa e se ne sta sulla soglia, come di guardia.

Gendarme. I forestieri sono invitati a non allontanarsi. Arriverà per essi, da un momento all'altro, il signor baglivo. Anche voi, Matteo, assieme a vostra figlia, avete qualche conto da regolare, rimanete dunque a disposizione. Quanto a voi, fra Bartolomeo, potete andare.
Fra Bartolomeo. Preferisco restare coi miei amici.
Gendarme. Volevo soltanto dire che voi non siete in causa. D'altronde, ecco il baglivo.

Il braccio secolare in imbarazzo

Il baglivo amministra la giustizia penale spicciola, ed ha l'uniforme e il portamento adeguato, una barbetta a punta e alti stivali di cuoio.

Baglivo. Fra Bartolomeo, gradite i miei ossequi, noi ci conosciamo da molti anni, da quanti? non saprei dire, non importa. La vostra presenza non mi disturba, ma devo pregarvi di non interferire nella azione istruttoria che sono costretto a iniziare nei riguardi di codesti individui, la cui identità, d'altronde, dev'essere ancora accertata. *(Ai fraticelli)* Avete su di voi carte, documenti di qualsiasi specie, ecclesiastici oppure civili, adatti a stabilire chi siete?

Fra Ludovico (tira fuori da una tasca un piccolo crocifisso di legno e l'avvicina fino al naso del baglivo che indietreggia disgustato). Lo conoscete? Lo ritenete valido?

Fra Bartolomeo (conciliante, al baglivo). Essi sono nostri amici. Io posso testimoniare per loro.

Baglivo. Appunto per riguardo a voi e al parroco don Costantino, che ha avuto parole benevole nei loro riguardi, e anche per evitare lo scandalo di condurli incatenati alla sede di giustizia – voi sapete, fra Bartolomeo, come il popolino di queste parti subito si impressiona – mi sono degnato di venire qui, io personalmente. *(Ai fraticelli)* Poiché non dimostrate di aver su di voi documenti personali d'alcun genere, abbiate la compiacenza di seguire il gendarme qui presente al mio ufficio.

In risposta i fraticelli si siedono in ordine sparso sulla scalinata.

Gendarme (con voce di comando militaresco). Orsú, andiamo.

Fra Ludovico. Non è possibile, siamo stanchi, abbiamo già acmminato abbastanza.

Baglivo (frena la sua rabbia). Il mio ufficio non è lontano di qui. Alzatevi e ubbidite.

Fra Ludovico. Il vostro ufficio, devo informarvi, non è nel nostro programma. Non siamo mica venuti fino a Sulmona per visitare gli uffici. Luoghi simili se ne trovano, disgraziatamente, dappertutto.

Baglivo. Cosa temete, se avete la coscienza pulita?

Fra Clementino (a cui invano fra Ludovico fa segni di moderazione). Se voi aveste la bontà di spiegarci cosa intendete per coscienza pulita, magnifico signore, è probabile che dareste un contributo originale alla storia dell'umorismo. Su, coraggio, bando alla timidezza.

Baglivo. Giovanotto, non siate insolente. *(All'intero gruppo dei fraticelli)* Per l'ultima volta vi do l'ordine di alzarvi e di seguire me e il gendarme.

Fra Ludovico. Scusate, a parte il resto, non si è mai visto che due persone riescano a imprigionarne quattro.

Baglivo. Cosa intendete? È una sfida? L'inizio di un'insubordinazione?

Fra Clementino. No, non abbiate paura, è una semplice equazione aritmetica. La legge dei numeri è la prima delle leggi profane.

Gendarme (al baglivo). Devo richiamare il rinforzo?

Fra Bartolomeo (con grande soddisfazione). Ecco, sta arrivando.

Un uomo di Dio

Con anticipo sul previsto, arriva fra Pietro. Egli porta il saio bianco col cappuccio nero dei frati morronesi, come fra Bartolomeo, ma è un po' piú vecchio di lui, alto, magro, e malgrado l'età, dal portamento vigoroso ed eretto. Appena scorge il gruppo di fraticelli sulla scalinata, egli alza le braccia in segno di saluto.

Fra Pietro. La pace sia con voi, fratelli miei.

I fraticelli (balzando in piedi, rispondono con gesti e voci festose). Viva, viva.

Fra Clementino. L'anima nostra magnifica il Signore...

Baglivo (tirando da parte il gendarme). Questo scocciatore, adesso proprio non ci voleva. *(Rivolto a fra Pietro, si toglie il cappello e gli fa una profonda riverenza.)*

Fra Pietro (al baglivo, in tono scherzoso). Cosa state facendo? Non volete mica privarmi dei miei amici?

Baglivo. Li considerate dei vostri?

Fra Pietro. Certamente, essi sono dei miei, come, se mi accettano, io sono dei loro. Altrimenti perché sarebbero venuti a visitarmi da tanto lontano?

Baglivo. Eppure non vestono come i frati morronesi.

Fra Pietro. Si può essere figli della stessa madre e vestire in modo diverso.

Baglivo. Dal punto di vista della legge...

Fra Pietro. Scusate, di quale legge parlate? Di quella civile o di quella canonica? Voi non dovreste intervenire in questioni interne della Chiesa.

Baglivo. Giusto, giustissimo. Ma esistono ancora questi compartimenti stagni? Non mi pare, comunque hanno perduto la loro rigidità. Non so se voi avete avuto notizia che il nostro re, il glorioso Carlo II, ha preso la parola alcuni giorni fa al conclave di Perugia. È un grande avvenimento, un avvenimento storico, come voi ben capite.

Fra Ludovico (ai suoi, con una smorfia di disgusto). Non ci mancava che questo, un re nel conclave.

Fra Pietro. Su all'eremo, come potete immaginare, le notizie arrivano con ritardo. Non dubito che il re sia intervenuto per appianare i dissensi, e tutto ciò che può contribuire alla pace interna della Chiesa mi rallegra.

Baglivo. In quanto a costoro *(egli indica sprezzantemente i fraticelli)* devo precisare che la denunzia contro di essi è arrivata dagli Stati della Chiesa e ci è stata trasmessa dal vescovo.

Fra Pietro. Qui non siamo negli Stati della Chiesa, bensí nel regno di Napoli. In quanto al vescovo forse ha dimenticato i legami già esistenti tra noi morronesi e i francescani spi rituali. L'ordine dei morronesi ne ha un grande giovamento morale, anche se gli spirituali non ne fanno parte.

Baglivo. Voi siete dell'opinione, se ho ben capito, che la protezione di codesti individui rientri nel vostro diritto? Ebbene, per il mio rapporto al vescovo e al Gran Giustiziere, devo dirvi, questo mi basterebbe.

Fra Pietro (passa dal tono severo al benevolo e paterno). Sí, c'è il diritto, ma non solo il diritto. Prima di essere baglivo, anche voi siete, assieme a tutti noi, qualcosa di piú importante.

Baglivo (incuriosito). Che cosa? Mi diverte saperlo.

Fra Pietro. Un cristiano, no?

Baglivo. Ah, sí, sono stato battezzato; d'altronde qui lo siamo tutti, appena nati.

Fra Pietro. Ora, è vero che si diventa cristiani per la grazia del battesimo, ma lo si rimane sul serio soltanto se ci vogliamo bene gli uni con gli altri. L'ha detto Gesú e, badate, non per modo di dire.

Baglivo. La mia funzione di baglivo però...

Fra Pietro. Devo anche aggiungere che, verso quest' fraticelli, noi cristiani abbiamo un obbligo speciale. È nell'interesse dell'intera cristianità che l'insegnamento di San Francesco sia salvaguardato in tutta la sua purezza, anche se la situazione della Chiesa, per il momento, è quella che è, e a certuni il ricordo del vero San Francesco può costare dei rimorsi. Signor baglivo, voglio dire che i cristiani come voi e come me hanno bisogno di avere degli amici che siano piú avanti di noi, e se li vediamo in pericolo, va da sé che dobbiamo aiutarli.

Baglivo (allibito). Io dovrei aiutare... costoro?

Fra Pietro. Qui poi, tra questi monti, c'è una grande tradizione, ancora piú antica della venuta di Cristo, ed è l'ospitalità. Per i nostri antenati piú lontani, signor baglivo, secondo la legge naturale impressa nei loro cuori, l'ospite era sacro. È il caso di questi poveretti venuti a visitarci, a piedi, da un'altra provincia. Perseguitarli qui, in casa nostra, sarebbe un orribile sacrilegio. Scusatemi, signor baglivo, se ho l'aria di darvi una lezione. Non dubito che queste cose voi le sentite meglio di me.

Baglivo (sembra smarrito, indietreggia fino ad urtare col gendarme, al quale borbotta qualcosa che gli altri non possono udire). Parola d'onore, quest'uomo è pazzo.

Fra Pietro (ai fraticelli). Se il modo d'esprimermi non vi è del tutto gradito, vi prego di smentirmi. La nostra forza non è nei giuochi di parole, al modo dei legulei, ma nella sincerità.

Fra Ludovico (a fra Pietro, con voce commossa). Ti ringraziamo per ogni parola da te pronunziata. Non dico questo per convenienza del momento.

Il baglivo fa un vistoso gesto di rinunzia. Prende però da parte fra Pietro per confidargli qualcosa. Dietro di essi si insinua il Cerbicca, tornato da poco sulla piazzetta.

Baglivo. Forse voi ne sapete piú di me, fra Pietro, ma è mio dovere informarvi che tra codesti individui, voglio dire tra codesti fraticelli cosiddetti spirituali, v'è gente d'ogni risma e anche autentici farabutti.

Fra Pietro. Può darsi, ma a me non risulta.

Baglivo. Sapete che uno della loro setta, davanti al tribunale ecclesiastico di Macerata, ha confessato di aver fornicato addirittura con la moglie del diavolo?

Fra Pietro. Ha confessato? Ma un uomo di legge come voi, signor baglivo, sa meglio di me che cosa un giudice esperto riesce a far dire a un imputato in catene. E poi se quell'imputato ha detto il vero, se ne dovrebbe dedurre che il diavolo è regolarmente sposato. Non è del tutto ribelle dunque, come si racconta.

Cerbicca (inframmettendosi tra i due). Ah, per questo di solito egli è rappresentato con le corna? Il poveretto è sposato. *(Il baglivo non riconosce subito Cerbicca, si mostra tuttavia infastidito dal suo intervento. L'altro insiste)* Non capisco però una cosa, come possa essere peccato fare un torto al diavolo! *(Il baglivo cerca di allontanarsi, ma l'altro lo segue)* Ancora una domanda: il fortunato fraticello, voglio dire l'imputato, ha dato l'indirizzo della generosa dama, ne ha fornito dei particolari? È giovane? Grassottella?

Baglivo. Lasciatemi in pace. Non so altro.

Cerbicca. Avete dimenticato di riferirci l'essenziale. Quel fraticello ha dovuto pagare, oppure la buona signora...

Baglivo (finalmente lo riconosce). Ah, sei tu il Cerbicca? Come ti permetti tanta familiarità? *(L'afferra per un braccio e lo indica a fra Pietro che si era scostato)* Costui ha perfino osato rubare in chiesa, sí, si è impadronito della cassetta delle elemosine, alla presenza del Santissimo esposto sull'altare.

Cerbicca (protesta con indignazione). Non è vero, è una calunnia. La cassetta delle elemosine stava dietro la colonna dell'acquasanta, e dall'altare Lui non poteva assolutamente vedermi. D'altra parte, sulla cassetta stava scritto "Per i poveri" e dentro non c'era quasi niente.

Il gendarme tenta di colpire Cerbicca con una pedata, ma quello la sfugge scappando via. I fraticelli, con fra Bartolomeo e fra Pietro, si spostano intanto sui gradini superiori della scalinata per poter conversare tra loro. Matteo rimane di guardia sulla porta di casa.

Gendarme (al baglivo). Dobbiamo tornarcene in ufficio con le pive nel sacco?

Baglivo. Non pretendi mica che mi metta in urto con fra Pietro? Sai che perfino il Gran Giustiziere del re protegge questo pazzo.

Gendarme. Possiamo però prenderci una piccola rivincita sul tessitore. Avete dimenticato l'istanza del barone?

Baglivo. La soddisfazione sarà magra, ma è sempre qualcosa. *(A Matteo, con arroganza)* Chiamate vostra figlia, ho una citazione per voi due.

Matteo apre la porta e chiama Concetta, che però si mostra restia a uscire di casa.

Concetta (sottovoce). Padre, mi sembra di riconoscere il lupo sognato stanotte.

Matteo. Figlia mia, non temere, c'è ancora fra Pietro.

Padre e figlia restano l'uno accanto all'altra, nel vano della porta, tenendosi per mano.

Baglivo (a Concetta). C'è una richiesta grave che vi riguarda e coinvolge vostro padre, come capofamiglia. Avete mai messo piede nella casa del signor barone? Mi riferisco agli anni passati.

Concetta (dopo aver riflettuto). Alcune volte, vari anni fa, vi andai per portare alcune matassine di lana alla figliola che me le aveva richieste.

Baglivo. Le matassine vi furono pagate?

Concetta. Sí, al prezzo corrente.

Baglivo. Non riceveste nulla in piú?

Concetta. In piú del prezzo? Non credo.

Baglivo. Non riceveste, ogni volta, una scodella di minestra di fave?

Concetta. Sí, ora lo ricordo. Tre o quattro volte. Era vicina l'ora della cena e la serva mi accompagnò ogni volta in cucina per offrirmi una scodella di fave cotte.

Baglivo. La minestra era compresa nel prezzo delle matassine?

Concetta. No, non mi era dovuta.

Baglivo. Ebbene, non il signor barone, poiché un gran signore non ha memoria per queste miserie, ma la serva che vi accompagnava in cucina, se n'è ricordata nei giorni scorsi. Quei piatti di minestra le sono tornati in mente a causa del recente scandalo da voi provocato nella nostra parrocchia, sobillando le "Figlie di Maria" contro il signor barone e altri signori. La fantesca ha dunque riferito il suo ricordo all'amministratore della casa baronale, e lui, per punirvi della vostra ingratitudine, ha presentato un'istanza alla giustizia al fine di ottenere la restituzione delle fave da voi non meritate.

Matteo. Era un dono; è chiaro che si trattava di un dono e non di un prestito. E poi, in fin dei conti, una o piú scodelle di minestra...

Baglivo (trascurando l'osservazione di Matteo, tira fuori da una tasca un foglio di carta. Il gruppo dei frati interrompe la conversazione e segue la scena). L'amministrazione ha dunque fatto un calcolo preciso del credito che può vantare nei vostri riguardi, tenendo conto del raccolto che quella determinata quantità di fave avrebbe fruttato se fosse stata regolarmente seminata in un buon terreno, come sono gli orti del signor barone, e se, anno per anno, ogni raccolto fosse stato a sua volta integralmente destinato a una nuova semina, fino all'anno corrente incluso. Per spirito di equità, superiore a ogni interesse privato, noi della giustizia abbiamo fatto esaminare il conto da persona competente che l'ha trovato esatto. Ho dunque il dovere di comunicarvi una copia del calcolo da cui risulta il debito pendente tra voi e l'amministrazione del signor barone.

Matteo (esamina il foglio sbigottito). Trenta sacchi di fave? Dove le vado a prendere?

Baglivo. Vi diamo una settimana di tempo. Non siamo generosi? In piú dovete pagare, naturalmente, le spese di giustizia.

Nel frattempo fra Pietro è sceso dalla scalinata e si è avvicinato al baglivo, seguito dagli altri frati.

Fra Pietro (a Matteo e Concetta sorridendo). Non vi preoccupate.

Baglivo (visibilmente seccato della presenza di fra Pietro). Fra Pietro, mi dispiace, ma qui non c'entra il diritto canonico, e non si tratta di forestieri, bensí di paesani. Nessuno può negare, mi sembra, il diritto dell'amministrazione baronale a chiedere la restituzione del suo.

Fra Pietro. Trattandosi di un dono, lo si potrebbe facilmente negare, ma in questo caso non è necessario. Dunque, se ho capito, una serva del barone offrí a Concetta, a varie riprese, una minestra di fave cotte? È cosí? Si tratta ora di calcolare che cosa quelle fave avrebbero fruttato in tutti questi anni.

Baglivo (rassicurato). Perfettamente, la lite è tutta qui: fare un giusto computo. Matteo, se vuole, può contrapporre una sua perizia.

Fra Pietro. Matteo, vuoi affidare a me questo incarico? Grazie. Sai, da ragazzo, nella campagna di Isernia, anch'io sono cresciuto, per cosí dire, tra fagioli e fave; benché in questo caso non sia necessaria molta esperienza. Il calcolo è infatti facilissimo. Ecco, si tratta di sapere che cosa rimanga, dopo alcuni giorni o alcuni anni, di una o piú scodelle di fave cotte, sia che vengano mangiate e digerite, sia che, per una ragione qualsiasi, vengano gettate in un solco e sotterrate. *(Al baglivo)* Con tutto il rispetto dovuto alla faccia vostra e dell'amministratore baronale, mi pare che la risposta sia ovvia: rimane un po' di letame. L'amministratore del signor barone, voi dite, ci tiene assolutamente alla restituzione di esso?

Baglivo (pallido di rabbia). Se si tratta di quello, ne sono certo, non ci tiene. Comunque, grazie per l'offerta.

Il baglivo e il gendarme si allontanano da una parte; fra Pietro e i suoi, compreso Matteo, dall'altra; mentre Concetta rimane confusa e come frastornata sulla soglia di casa. Fra Clementino si volta verso di lei e bruscamente torna indietro.

Fra Clementino (con voce affettuosa e sommessa). Poiché il povero non è sempre dimenticato fino alla fine, la speranza degli infelici rinasce sempre.

Buio.

II

Eremo di Sant'Onofrio, luglio 1294

La conclusione "miracolosa" d'un conclave impotente

L'eremo detto di Sant'Onofrio, a mezza costa del monte Morrone, su un breve spiazzo scavato tra dirupi rocciosi. Il sentiero d'accesso, assai ripido, sbocca al lato sinistro della scena; al lato destro, chiusa da un tavolato sconnesso che funge da porta, è la cella in cui dimora fra Pietro. Un giovane monaco dell'ordine morronese, dall'aspetto e i modi di un energumeno, sta di guardia al termine del sentiero e ogni tanto fa gesti di diniego e di ripulsa a visitatori diretti verso l'eremo, per dissuaderli dal proseguire. Su grossi sassi appoggiati alla parete rocciosa, sono seduti altri due frati: fra Ludovico, il fraticello spirituale che già conosciamo, e il monaco morronese fra Angelo da Caramanico, uno dei primi compagni di fra Pietro. Il suo confratello fra Bartolomeo da Trasacco, a noi già noto, se ne sta invece presso l'ingresso della cella, in attesa d'una eventuale chiamata. La rustica porta ha un'apertura che lascia passare un po' di luce e aria e permette di guardare nell'interno. Sono le prime ore del mattino.

Giovane morronese (balza in piedi, adirato contro qualcuno che non ubbidisce al suo ordine di tornare indietro, lo ammonisce ad altissima voce). No, no, farabutto, mascalzone, ti dico di no.

Fra Bartolomeo (allarmato, al giovane confratello). Non gridare, ti prego di non gridare *(e coi gesti gli spiega, o meglio ricorda, che le grida disturbano chi nella cella medita o prega.)*

Giovane morronese (a voce moderata). Mi permetti in cambio di tirare sassate?

Fra Bartolomeo. Non con la fionda però, e non mirare a colpire.

Fra Ludovico se ne sta in silenzio, con lo sguardo fisso a terra, profondamente assorto; ogni tanto gli sfugge qualche piccolo gesto come di uomo che discute con se stesso.

Fra Angelo (premuroso). Che c'è, fra Ludovico?

Fra Ludovico. Devi scusarmi, fra Angelo, sono sempre allo stesso dubbio. Francamente, non riesco a crederci.

Fra Angelo (sorpreso). Non riesci a credere che il nostro fra Pietro sia stato eletto papa?

Fra Ludovico. Non questo. L'elezione sembra ormai fuori dubbio: ho visto io stesso, giú a Sulmona, i prelati giunti da Perugia col messaggio, e per puro caso ho anche assistito all'arrivo del re di Napoli con i suoi cortigiani. Quello che invece non mi va giú è la storiella del modo come al conclave sarebbe avvenuta l'elezione. Siamo ragionevoli. Com'è possibile che, dopo ventisette mesi di chiacchiere e di zuffe indecorose, un certo pomeriggio, all'improvviso, tutti i cardinali, si dice tutti, senza eccezione, si sarebbero trovati concordi in questa scelta miracolosa?

Fra Angelo. Tu non credi ai miracoli?

Fra Ludovico. Sí, posso credervi quando riguardano innocenti pastorelle, e anche allora però con la dovuta prudenza. Ma il conclave è composto di cardinali, che sono uomini tutt'altro che ingenui, tutt'altro che innocenti, tutt'altro che disinteressati; sono esponenti dell'alta aristocrazia, nominati al Sacro Collegio non per le loro virtú, ma per la potenza delle loro famiglie. Or dunque, per ben ventisette mesi i rappresentanti degli Orsini, dei Colonna, dei Caetani erano stati irremovibili in una lotta rabbiosa per arraffare a sé il pontificato, e, d'un tratto, quei vecchioni cinici, testardi, sordi ai veri bisogni della cristianità...

Fra Angelo (lo interrompe). Anche i cardinali, fra Ludovico, voglio dire, se preferisci, perfino i cardinali sono creature di Dio, a lui soggette.

Fra Ludovico. Però Cristo non dimostrò mai il minimo interesse verso di loro. Fra Angelo, tu sai, come me, che Nostro

Signore non li guardava neanche in faccia e preferiva avere a che fare con pescatori e artigiani.

Fra Angelo (ridendo). Ma, caro fra Ludovico, che dici? Ai tempi di Cristo, di cardinali non ce n'era ancora.

Fra Ludovico. Si chiamavano in altro modo, si chiamavano grandi sacerdoti o che so io, ma, come ceto, ci sono sempre stati. Ebbene, Nostro Signore non si diede mai la pena di convertire i membri del Sinedrio o di operare miracoli su di essi. Questo almeno risulta dai Vangeli.

Fra Angelo. Lo Spirito soffia dove e quando vuole. Tu appartieni, fra Ludovico, ai francescani detti spirituali, e come potresti non credere all'infinita potenza e libertà dello Spirito Santo?

Fra Ludovico (dopo un istante di riflessione). Allora, a tuo parere, fra Angelo, al conclave di Perugia è avvenuta una nuova Pentecoste? C'è stato un intervento palese violento irresistibile dello Spirito Santo sui cardinali colpiti da smarrimento? Vuoi dire questo?

Fra Angelo (in grave imbarazzo). Come faccio a risponderti? La tua, fra Ludovico, è una domanda terribile che sorpassa la mia povera mente. *(Dopo una pausa si riprende)* Ma è certo che, a Perugia, la seduta del conclave in cui è stato eletto il nostro fra Pietro, non ha avuto uno svolgimento usuale. Ti basti sapere che dopo il voto tutti i cardinali piangevano.

Fra Ludovico (scosso, ma ancora incredulo). Piangevano? I cardinali?

Fra Angelo. È un particolare confermato da ognuna delle persone arrivate da Perugia.

Con l'inoltrarsi del mattino, la luce si fa piú chiara e rosea, e attorno all'eremo si infittisce un allegro pigolio di uccelli.

Fra Angelo (a fra Bartolomeo, indicando la cella). Riposa?

Fra Bartolomeo. No, prega.

Fra Angelo. Ha mangiato qualcosa?

Fra Bartolomeo (per non alzare la voce si avvicina ai due). Non tocca cibo da tre giorni; ogni tanto beve acqua.

Fra Angelo (in tono benevolo, accennando al fraticello). Il nostro Ludovico è ancora turbato.

Fra Ludovico. Vi prego di perdonarmi, cari amici, ma sarei felice di partecipare al vostro giubilo. I dubbi che riesco a scacciare dalla mente, mi riappaiono sotto forme di visioni. Cosí, poco fa, mentre pregavo, ho assistito al levarsi del sole sulla Maiella, e nella sfera incandescente m'è parso di vedere la testa mozza del Battista. *(Egli si copre gli occhi con le mani, come per scacciare la visione ritenuta funesta.)*

Fra Bartolomeo (con un'esclamazione di gioia). Ma la tua, fra Ludovico, è stata una visione di buon auspicio. Che vorresti di piú consolante del Battista trionfante nel sole, mentre l'astro è sulla nostra Maiella?

Fra Ludovico sorride.

Fra Angelo. Sí, ecco giunto il tempo che fu promesso ai nostri padri, fra Ludovico. La colomba prevale sull'aquila. Dovresti aprire anche tu il cuore alla speranza.

Fra Bartolomeo (con ingenuo fervore). Quando Dio vuole, nulla resiste alla sua santa volontà. Egli esalta gli umili e abbatte i superbi. Guardate come la stessa natura sembra trasfigurata. Questa valle non è mai stata cosí bella e luminosa. Avete mai visto un'aria cosí limpida?

Dal piano comincia ad arrivare l'eco smorzata di scampanii festosi e di scoppi di mortaretti. È l'ora in cui il neoeletto è atteso in città per la formazione del corteo che dovrà condurlo all'Aquila, dove avverrà l'incoronazione in Santa Maria di Collemaggio. Si sentono anche, a tratti, frasi staccate del Te Deum e di altre laudi cantate da cori di donne, di ragazzi, di montanari, alcuni inoltratisi sulle prime rampe del monte.

Giovane morronese (a fra Bartolomeo, mostrando un grosso sasso in mano). Mi sembra che venga su un monsignore. Gli tiro?

Fra Bartolomeo. Mettigli paura, ma non colpirlo.

Giovane morronese (rivolto a valle, compie gesti di ripulsa e minaccia sassate). Ehi, ehi, indietro, indietro, indietro.

Fra Bartolomeo (dal ciglio del sentiero osserva anche lui la persona che s'avvicina). È un messo della curia vescovile. Non gli si può impedire di salire.

Dopo un po' appare ansimante e sudato un giovane prelato; l'affanno gli impedisce di parlare.

Fra Angelo. La pace sia con voi. Sedetevi, riprendete fiato.
Messo vescovile. Perché tanto ritardo? Dov'è Sua Santità?
Fra Bartolomeo (accennando all'eremo). Egli prega.
Messo vescovile. Potreste annunziarmi?
Fra Bartolomeo. Mentre prega? Impossibile.
Messo vescovile (timidamente). Non è che gli sono tornate delle perplessità?
Fra Bartolomeo. No, possiamo rassicurarvi. Ormai egli è deciso.
Messo vescovile. Dio sia lodato. Sapete, mi trovavo nella curia vescovile con i prelati giunti da Perugia, quando uno dei vostri monaci venne a riferirci che, alla prima notizia della sua elezione, fra Pietro aveva preso la fuga e si era reso irreperibile. Ci fu un momento di panico. Nessuno sapeva cosa suggerire per il caso che il sant'uomo avesse persistito nel suo rifiuto. La storia della Chiesa non conosce precedenti in materia .
Fra Ludovico. Si capisce, ogni grande amministrazione si regola sui precedenti. Perciò la regola di San Francesco, non avendo precedenti...
Fra Angelo (si affretta a interloquire per mantenere alla conversazione un tono cortese). Quella di fra Pietro non è stata un'accettazione facile.
Fra Bartolomeo. E non sarà un pontificato facile.
Messo vescovile. L'intera diocesi è in stato di esaltazione senza eguale.
Fra Bartolomeo. I vecchi raccontano che qualcosa di simile accadde una sessantina d'anni fa, al passaggio di San Francesco da queste parti.
Messo vescovile. A Sulmona ora esultano perfino le famiglie dei ghibellini, anzi quelle in modo particolare. Non dovete dimenticare che quasi la metà degli uomini di Sulmona sono ancora in esilio, avendo parteggiato per gli svevi.
Fra Bartolomeo. Essi sanno che fra Pietro ha promesso un perdono generale e il ritorno degli esuli.
Messo vescovile (è ripreso dall'impazienza). Scusate, credete che vi sia molto ancora da aspettare?
Fra Bartolomeo. Non possiamo saperlo.
Messo vescovile. Non vorrei sembrare importuno, ma sono stato mandato quassú per sollecitare. Il corteo ufficiale è nella cattedrale in attesa di Sua Santità. L'ora era stata stabilita di comune accordo, ed è già trascorsa.

Fra Ludovico. Essi non aspettano mica per strada. Nella cattedrale, chi vuole, può anche pregare. Non sarebbe tempo perso, mi pare.

Messo vescovile. Certo, si capisce, altroché. Ma la delegazione del conclave, come forse sapete, è composta dall'arcivescovo di Lione e dai vescovi di Orvieto e di Patti; e del tutto inatteso, poco fa è arrivato anche il cardinale Pietro Colonna.

Fra Ludovico. Pietro Colonna? Quello che ha ripudiato la moglie mettendola in un monastero? Ah, ah, ah, vi sarà da rivedere una parte del cerimoniale, immagino. Che posto gli assegnerete a Pietro Colonna?

Giovane morronese (a fra Bartolomeo, afferrando un grosso sasso). Sta venendo su un gentiluomo con una piuma sul cappello e uno spadino alla cintura. Posso tirargli?

Messo vescovile (dopo averlo osservato). Dio te ne guardi, giovanotto, egli è un messo del re.

Dopo un po' appare il gentiluomo anche lui alquanto affaticato per la dura salita, ma ancora abbastanza in forze per manifestare subito la sua stizza.

Messo regale. Che state aspettando? Non sapete che siete in grave ritardo? Sua Maestà Carlo II e suo figlio, Sua Altezza Carlo Martello, sono già pronti. Oltre, s'intende, alla delegazione ecclesiastica. Dov'è l'eletto?

Fra Bartolomeo (indicando l'eremo). Egli prega. Per favore, non alzate la voce.

Messo regale. Non lo potete chiamare?

Fra Bartolomeo. Impossibile.

Messo regale. Da parte nostra tutto è pronto, capite? Tutto, in ogni particolare. Per ultimo è stata spedita, lungo l'itinerario da qui all'Aquila, una staffetta militare con l'ordine di requisire cento vacche da macello.

Fra Bartolomeo. Non sapevate che fra Pietro non mangia carne? Per lui anche un solo agnello sarebbe di troppo.

Messo regale. Se lui non mangia carne, la mangeranno quelli del seguito.

Fra Bartolomeo. A dire la verità, neanche noi mangiamo carne.

Messo regale. Ma noi sí. *(Impaziente)* Potete dirmi quanto durano di solito le sue preghiere?

Fra Angelo. Non si può prevedere.

Messo regale. Vi ho detto e vi ripeto che Sua Maestà il re...

Fra Angelo. Il nostro rispetto verso Sua Maestà è fuori discussione.

Fra Ludovico. D'altra parte, anche il Padre Eterno merita qualche riguardo, non credete? E se fra Pietro adesso si trovasse a colloquio proprio con Lui...

Messo regale (incuriosito). Ah, potrebbe darsi che in questo momento il Padre Eterno si trattenga là dentro, in quella grotta?

Fra Ludovico. Vi sorprenderebbe? Voi pensate che Egli abbia fissa dimora in cielo, sopra le nuvole?

Messo regale. Non so, non sono esperto in religione, non si può mica sapere tutto. Ma, giacché siamo sull'argomento, gradirei da voi, amici del nuovo papa, un'informazione confidenziale. È una domanda che in questi giorni, a corte, ho udito da parecchi, senza che nessuno fosse in grado di dare un chiarimento. Si tratta di questo: lui *(accennando a fra Pietro)* ci crede veramente?

La tentazione del potere

Mentre i frati e il messo vescovile restano muti per la domanda inattesa e si scambiano occhiate imbarazzate, la porta dell'eremo si apre e appare fra Pietro. Egli porta l'abituale saio morronese, sembra piú magro, ed è semplice mansueto e timido come al solito.

Fra Pietro. La pace sia con voi, fratelli.

I frati. E con lo spirito tuo.

Messo regale (facendosi decisamente innanzi, compie un profondo inchino). Sono stato incaricato da Sua Maestà re Carlo di mettermi a disposizione di Vostra Santità per ogni occorrenza. Supplico la Santità Vostra di non disdegnare i miei servizi. Ai piedi di questa salita ho già fatto apprestare, per il viaggio di Vostra Santità fino all'Aquila, un magnifico e docile cavallo bianco, tutto bardato di rosso, con un esperto palafreniere.

Fra Pietro. Vi ringrazio. Devo però dirvi che la mia cavalcatura preferita, quando la distanza non mi consente di camminare a piedi, è l'asino. *(Il messo regale accenna a volere insistere, ma fra Pietro non glielo consente).* Beninteso, nutro per il cavallo il massimo rispetto, ma ho le mie ragioni di anteporgli l'asino. Badate, non intendo stabilire una regola, né dare lezione ad altri. Ma, per ciò che mi riguarda, sento che, se cominciassi a prediligere il cavallo all'asino, le belle vesti di seta al panno ruvido, la tavola riccamente imbandita all'umile desco senza tovaglia, finirei col pensare e sentire come quelli che vanno a cavallo, vivono nei salotti e banchettano. Ora, per conto mio, non penso che una autorità religiosa abbia assolutamente bisogno di lusso per ispirare rispetto. Comunque, anche nella mia nuova condizione, io non intendo separarmi dal modo di vivere della povera gente, a cui appartengo.

Il messo regale allibisce e nasconde il proprio imbarazzo in un profondo inchino di apparente condiscendenza. Rivolgendosi quindi verso i suoi monaci, fra Pietro riconosce tra essi il fraticello spirituale di cui ignorava la presenza; va subito verso di lui, l'abbraccia e lo prende a parte, trascurando gli altri.

Fra Pietro. So che nei giorni scorsi hai avuto, sulla decisione che dovevo prendere, i miei stessi dubbi. Te ne ringrazio. Non è stata una scelta facile, come puoi immaginare. Ho trascorso ore e ore in comunità di spirito con l'abate Gioacchino, con San Benedetto, con San Francesco, ma anche da essi ricevevo ispirazioni contrastanti. Se accetto, mi dicevo, non pecco di presunzione? Io sono un povero cristiano qualsiasi e come posso ardire di diventare il vicario di Nostro Signore tra gli uomini? A questo dubbio, ne subentrava però un altro, del tutto opposto. E se, per non peccare di presunzione, peccassi di viltà e di sfiducia nell'aiuto dello Spirito Santo? Quanti secoli dovranno passare prima che una simile occasione si ripresenti? Il caso appunto d'un povero cristiano qualsiasi proposto a quel soglio che da troppo tempo è riservato ai rampolli delle grandi casate principesche. Se rifiuto, mi dicevo, come potremo continuare a lamentarci che la Santa Sede, invece di essere un centro di pace e di fraternità, si lasci trascinare nei conflitti tra i principi e gli stati e perfino benedica le armi fratricide? Come potremo rammaricarci che l'insegnamento di San Francesco, pur cosí recente, sia volutamente travisato e i suoi seguaci piú fedeli siano deferiti ai tribunali ecclesiastici? Appena però propendevo per l'accettazione e riflettevo ai miei doveri imminenti, mi sentivo daccapo cadere le braccia. Mi chiedevo: dove troverò il sapere, la saggezza, l'esperienza che mi mancano? Di chi potrò fidarmi nella curia di Roma?

Fra Ludovico (commosso). Padre mio, sai bene che sta scritto: Nessuno è mai tentato da Dio al di là delle sue forze. Posso aggiungere altro. Forse tu non te ne rendi conto, perché in questi giorni sei stato rinchiuso in una grotta, ma l'attesa dei buoni cristiani è immensa. Non credi che anche questa sia una forza? Ho udito con le mie orecchie un contadino che piangeva di gioia e ripeteva: « Finalmente avremo un papa che crede in Dio ».

Fra Pietro. Ma è proprio questa attesa eccessiva che mi dà le vertigini. *(Il messo regale e quello vescovile cominciano a tossicchiare discretamente)* Scusami, fra Ludovico, questi signori mi ricordano che sono in ritardo. Ancora una parola, per favore: fa' subito avvertire Pietro da Fossombrone e qualche altro uomo di sua fiducia che li aspetto all'Aquila con te, ho assoluto bisogno di voi tutti. *(Rivolto agli altri)* Scusatemi, possiamo andare. *(Si avvia; sull'orlo del sentiero si ferma un istante)* Mi chiamerò Celestino. Sarò Celestino V.

Fine del primo tempo

III

Napoli, ottobre 1294

La residenza provvisoria di Celestino V

Una grande stanza semibuia in Castelnuovo presso il Molo, a Napoli, residenza provvisoria di Celestino V. La stanza serve, secondo le occorrenze, da anticamera papale e da sala delle udienze private. Al lato destro della stanza una porta solitamente chiusa, essendo riservata al re e ai suoi messi, e accanto una porticina su cui è scritto "Clausura" per indicare la cella voluta dal papa per sé. Sulla medesima parete è dipinto lo stemma da lui adottato: un leone rampante. Sulla parete di fondo si apre un balcone che guarda sulla piazza delle Corregge. A sinistra c'è una grande porta comunicante con altri saloni.

Fra Bartolomeo da Trasacco e fra Angelo da Caramanico, che il papa ha voluto come assistenti personali, sono intenti a disporre lo scarso mobilio della stanza: una poltrona, alcune sedie, un tappeto, un tavolo con sopra un crocifisso, un candeliere e alcune carte.

Fra Bartolomeo. Anche stamattina, lagnanze da Roma. Perché papa Celestino, dicono, se ne sta a Napoli? La sede apostolica è a Roma. Preferisce fare il cappellano del re di Napoli?

Fra Angelo. Ieri sera l'arcivescovo di Benevento in contraddittorio col cardinale Caetani ha sentenziato: *ubi papa ibi Roma.* Però è chiaro che qui a Napoli non potremo rimanere a lungo.

Fra Bartolomeo. Non so come il nostro Celestino farà a sormontare la ripugnanza per la curia di Roma e anche per le funzioni di capo dello stato pontificio, che a Roma dovrà esercitare.

Fra Angelo. Non ha tutti i torti. Sono due grosse disgrazie.

Fra Bartolomeo. Non so se ricordi quando nelle litanie dei santi aggiungevamo: dalla curia romana libera nos Domine. Benché, se vogliamo essere sinceri, anche Napoli ha i suoi inconvenienti.

Fra Angelo. Il guaio maggiore di Napoli sono i napoletani. Per di piú il nostro Celestino non sopporta questo caldo. Il suo stato di salute è diventato preoccupante. Hai notato come respira male?

Fra Bartolomeo. Dopo sessant'anni di vita di montagna, non è facile abituarsi a una città di mare. Questo golfo poi sembra la casa madre dello scirocco.

Si ode il suono d'una campanella. Fra Angelo tira da parte le tende del balcone e rischiara la stanza.

Fra Angelo. È sonata l'ora per l'udienza settimanale delle suppliche. *(Dal balcone osserva la piazza)* Ogni settimana aumenta l'affluenza.

Fra Bartolomeo. Guarda se nella folla ci sia qualcuno che porta ancora pollastri, cacicavalli, prosciutti per i monsignori dell'ufficio delle suppliche.

Fra Angelo (si sporge dal balcone e osserva piú attentamente). Non mi pare. Dopo la sfuriata del nostro Celestino, non credo che i monsignori...

Fra Bartolomeo. Ai supplicanti daranno l'indirizzo di casa. Oppure prenderanno denaro. Non è gente che indietreggia davanti a certe difficoltà.

I morronesi deludono papa Celestino

Preceduto da due chierichetti con candelieri accesi, il papa appare sulla porta di sinistra, di ritorno dalla cappella dove ha celebrato la Messa. Egli veste un semplice camice bianco e reca appeso al collo un piccolo crocifisso di legno. Fra Bartolomeo e fra Angelo l'accolgono con un profondo inchino.

Celestino V (ai chierichetti). Potete andare.

Il papa risponde con un gesto e un sorriso al saluto dei suoi frati e si dirige verso il tavolo.

Celestino V (osservando un foglio). Notizie di fra Jacopone da Todi. È stato qui? Dovevate avvertirmi.

Fra Angelo. Quel foglio ci è stato lasciato da Pietro da Fossombrone...

Celestino V. Ora egli si chiama Angelo Clareno, non dimenticarlo. E il suo amico Pietro da Macerata si chiama Liberato. La nuova congregazione dei poveri eremiti è in buone mani. *(Si siede e legge)* "Che farai Pier da Morrone? / Se' venuto al paragone; / Vedremo il lavorato / Che in cella hai contemplato." *(Continua la lettura in silenzio; in fine ripete a bassa voce i primi due versi)* "Che farai Pier da Morrone? / Se' venuto al paragone... /" *(Quindi riprende l'esame delle altre carte; ben presto ha un brusco moto di insofferenza e si rivolge ai due frati)* Avete letto queste altre richieste dei nostri di Sulmona e di Atri? Avete visto fin dove può arrivare l'ingordigia dei nostri priori e abati? *(Il papa è preso da profondo scoramento, poggia gli avambracci sul tavolo e vi reclina sopra la testa; in seguito riprende con voce accorata)* Essi esagerano. Ho già dato alla congregazione larghissimi privilegi. Ho incorporato ai suoi monasteri chiese, terre, selve, pascoli, togliendoli ai vescovi e agli altri ordini religiosi. Ho dato molto; diciamo la verità, ho dato troppo. Ebbene, avete letto le nuove richieste? Come se io non fossi informato della piega che sta prendendo la vita nei nostri monasteri. La loro è una vita da nuovi ricchi, e non sono ancora sazi. Raramente i nuovi ricchi si considerano sazi. Pensano dunque che il mio sia il pontificato della cuccagna? Mi credono un capo camorrista?

Fra Angelo e *fra Bartolomeo (cercano d'interloquire).* Padre...

Celestino V. In che cosa i nostri monasteri ora si distinguono da quelli dei francescani conventuali? Per quello che mi risulta, in nulla. Perché dunque criticavamo i conventuali? Perché deridevamo il nepotismo dei passati pontefici? Forse per invidia? *(Un accesso di asma gli impedisce di continuare, ma a poco a poco si riprende).* Da quando mi trovo qui non mi sono mancate mortificazioni; ma, piú o meno, me le aspettavo e le ho accettate senza rancore, anzi, con riconoscenza, come occasioni di esercitare l'umiltà. Le ferite piú dolorose le ricevo invece dalla mia stessa famiglia. Me ne vergogno davanti a Dio, perché le colpe d'una famiglia ricadono in primo luogo sul padre. Che delusione. Non me l'aspettavo, anzi, mi aspettavo il contrario. Mi dicevo: conosco le mie debolezze, sono vecchio, non sono abbastanza istruito, sono inesperto delle cose del mondo, e non posso pretendere tutto da Dio; ma, nelle dure prove che mi aspettano, almeno, in quelle veramente essenziali, non sarò solo, avrò dietro di me una famiglia spirituale, dei figli educati da me...

Fra Angelo e *fra Bartolomeo (c. s.).* Padre...

Celestino V. Pensai insomma che la congregazione mi potesse essere di aiuto nella lotta per il risanamento della Chiesa, per quel ritorno al modo di vivere cristiano, alla povertà e semplicità evangelica, che non ho bisogno d'illustrare a voi. Fu a quel fine che, imprudentemente e stupidamente, sí, stupidamente, mi preoccupai di rafforzare i nostri conventi al piú presto, colmandoli di privilegi e di doni. Dimenticai che il cavallo ingrassato non corre piú.

Fra Bartolomeo. Padre, non è detta l'ultima parola.

Celestino V. Avrei dovuto agire nel senso contrario, espropriarli, buttarli sul lastrico, allo sbaraglio, metterli a una dura prova.

Fra Angelo. Vuoi lasciare a noi l'incarico di rispondere a quelle lettere? Vuoi permettere a fra Bartolomeo e a me di fare nei prossimi giorni una visita ai nostri principali monasteri?

Celestino V. Ne riparleremo. Adesso ho bisogno di riposare. *(Egli si avvia verso la sua cella.)*

Fra Angelo. Nel pomeriggio, subito dopo il vespro, vi sarà l'udienza ai predicatori napoletani designati per l'Avvento.

Celestino V (imbarazzato). Oggi pomeriggio? No, oggi proprio non me la sento. I predicatori napoletani sono dei famosi chiacchieroni, e io non sono preparato ad affrontarli. Per favore, rinvia l'udienza alla prossima settimana.

Il papa sparisce nella sua cella, e sulla scena si fa buio.

Dopo una breve pausa torna la luce e la scena presenta questi cambiamenti: fra Angelo è seduto dietro il tavolo, sul quale mette in ordine alcune pergamene e a poca distanza dalla porta, rivolto verso di essa, c'è un inginocchiatoio con una poltrona. Sulla mensola dell'inginocchiatoio sono un crocifisso e un candeliere con un cero. Dall'attiguo salone, arriva il brusío tipico di un'assemblea prima del suo inizio; dal brusío emergono frasi isolate: «Dove ti hanno destinato quest'anno a predicare?», «Non ti capisco, ché sei rauco?», «Oh, don Cecè carissimo, come? ancora a piede libero?», «Mi fa tanto piacere, anzi, m'incoraggia», «Parola d'onore, lo giuro sui miei morti» e ripetuti zittii: «Non alzare la voce», «Silenzio, disturbate il Santo Padre». Nel vano della porta, attorno all'inginocchiatoio, si forma un piccolo crocchio di preti e di frati, ben visibili dal pubblico, che si scambiano impressioni confidenziali sul nuovo pontefice, tenendo però d'occhio fra Angelo che potrebbe ascoltare.

Voci. «L'hai già incontrato? È vero che parla solo l'abruzzese?»
«Avete visto la stanzetta di clausura? Egli dorme lí? Sul pavimento?»
«È lí dentro che il Santo Padre conversa con lo Spirito Santo.»
«La porta accanto è riservata al re.»
«È vero che il nuovo papa non tocca mai carne? Neanche pollo?»
«Solo verdure, di preferenza crude.» *(Risate.)*
«Avrà anche lui le sue golíe, magari di nascosto.»
«Pare di sí, i ravanelli.» *(Risate.)*
«Gesú, Gesú.»
«Beve? Certamente beve.»
«Sí, latte.»
«Solo latte? Come i neonati?»
«Non come i neonati. Lui non succhia latte di donna, ma di pecora o di capra.» *(Risate.)*
«E in quanto a miracoli? Continua a farne ogni tanto?»
«Conoscete quello spassoso fatto a Lione, in Francia? State a sentire. Quando andò a Lione, in occasione del Concilio,

per ottenere da Gregorio X il riconoscimento dell'ordine morronese, egli capitò un giorno in una sala piena di gente, e nessuno gli badava. Allora egli buttò in aria la sua cocolla e quella rimase sospesa a un raggio di sole, come a un attaccapanni... »
« Meraviglioso. Fu verbalizzato? »
« Diciamogli di ripeterlo oggi davanti a noi. »

Dalla stanzetta di clausura arriva un suono di campanello.

Fra Angelo (si alza e annunzia ad alta voce). Il Santo Padre.

Si fa improvviso silenzio. Le persone che chiacchieravano vicino alla porta, si affrettano ai loro posti. La porticina della cella si apre e appare Celestino V, nel solito vestito bianco con la croce di legno sul petto. Accompagnato da fra Angelo, egli si dirige verso l'inginocchiatoio e per un po' osserva i presenti nella sala. Fra Angelo accende il cero del candeliere e rimane accanto al papa a qualche distanza.

Celestino V (ad alta voce). Figli miei, la pace sia con voi.
Voci di predicatori. E con lo spirito tuo.
Celestino V. Preghiamo.

Il papa s'inginocchia e prega in silenzio, facendosi alla fine il segno della croce. Appena egli si rialza, appare nel vano della porta un prelato con un lungo foglio in mano che compie davanti al papa una breve genuflessione.

Celestino V. Che volete?
Prelato. Con licenza di Vostra Santità, dovrei leggere, a nome dei predicatori qui presenti, un indirizzo di omaggio alla Santità Vostra.
Celestino V (con benevolenza). Grazie, non ce n'è bisogno. Per favore, tornate a sedervi.

Mormorio, rumore di sedie e colpi di tosse nella sala. Il papa parlerà molto lentamente, a voce alta.

Celestino V. Diletti figli, anche quelli di voi che ancora non mi conoscono di persona, sanno che non debbono aspettarsi da me una lezione di oratoria sacra. So che un'arte simile esiste, con regole e modelli; ma, ve lo confesso umilmente, io non l'ho studiata, mentre ho sentito dire che alcuni di voi sono in essa espertissimi e addirittura celebri. Tenete anche conto che per molti anni ho fatto vita eremitica, che è un genere di vita in cui si parla poco. Mi intratterrò dunque con voi alla buona, da padre a figli, e in anticipo vi chiedo scusa se sarò noioso, come spesso lo è il padre che parla a figli piú istruiti di lui. Mi limiterò pertanto a due sole raccomandazioni. Devo anzitutto dirvi: nel predicare, se vi è possibile, cercate di essere semplici. Ah, so bene che non è facile parlare con semplicità. Per riuscirvi sarebbe necessario, questo va da sé, di essere interiormente semplici, e la vera semplicità è una conquista assai difficile. L'intera esistenza d'un cristiano, si può dire, ha appunto questo scopo: diventare semplice. *(Mormorio)* Ma se la semplicità non è ancora per qualcuno di voi un dono meritato, egli faccia almeno lo sforzo di ottenerla nel modo di esprimersi. Dunque, vi supplico paternamente di adoperare nelle vostre prediche parole che tutti capiscano. La parola di Dio si rivolge a ogni creatura e in particolare alle piú umili. A quelli, cui il parlare semplice riuscisse piú difficile, posso consigliare un espediente. Ognuno di voi, immagino, ha relazione con qualche persona incolta, un uomo di fatica, che conosce appena il proprio mestiere e nient'altro. Ebbene, prima di profferirla in pubblico, recitate a lui, privatamente, la vostra predica e sopprimete ogni parola che lui non capisca. *(Mormorio, colpi di tosse)* La mia seconda avvertenza è piú importante. C'è un proverbio che dice: bada a quello che il prete dice e non a quello che il prete fa. Probabilmente è un proverbio inventato, per proprio comodo, da qualche predicatore. *(Risate)* Ma vi assicuro che il popolo cristiano la pensa e giudica al contrario e, a mio avviso, esso ha perfettamente ragione. Esso bada di piú a quello che i preti o i frati fanno che a quello che essi dicono. Il cristianesimo infatti non è un modo di dire, ma un modo di vivere. E non si può decentemente predicare il cristianesimo agli altri, se non si vive da cristiani. Questa è dunque la mia paterna avvertenza; predicatori miei cari, volete essere creduti? Cercate di essere dei buoni cristiani, fate il bene e fatelo di cuore. Non lo fate per furberia, non per tornaconto, non per essere popolari, non per far carriera. Fate il bene gratuitamente e non raccontatelo a nessuno. Tanto piú che Dio in ogni caso vi vede e vi ricompenserà, se non in questo, nell'altro mondo. Ma anche se Dio non vi badasse o trovasse la vostra virtú del tutto naturale – ci vuole una grande presunzione a esigere che Dio si occupi di ognuno di noi – anche allora fare il bene è una buona cosa, ed è una bella cosa. Francamente, che c'è di piú bello? *(Mormorio)* Mi pare di avervi detto quello che volevo, vi ringrazio di avermi ascoltato e vi benedico.

Il papa alza il braccio e lentamente impartisce la benedizione. Mentre egli si allontana, seguito da fra Angelo, dalla sala si leva un crescente mormorio che si spegne nel buio.

Gli inganni di una curia venale

Dopo breve pausa, la scena torna a illuminarsi. Non c'è piú l'inginocchiatoio, la stanza ha l'aspetto abituale. Il papa è seduto dietro il tavolo, con la testa appoggiata all'alto schienale della poltrona, immobile, con gli occhi socchiusi. Assieme a una grande stanchezza s'intravede in lui una penosa sofferenza. Il cero del candeliere è acceso. Il papa sembra non accorgersi dell'arrivo, dal salone attiguo, del prelato facente funzione di segretario privato, con un voluminoso pacco di rotoli e di pergamene da firmare. Il segretario è un personaggio grassottello, cerimonioso, servile e subdolo. La naturale modestia e inesperienza di Celestino V hanno spesso incoraggiato il segretario ad assumere con lui pose da consigliere o addirittura da precettore. Costui gli parla perciò come a un bambino o a un deficiente, accompagnando le parole con superflui gesti esplicativi.

Segretario (accenna a una breve genuflessione e posa sul tavolo il suo pacco burocratico). Santità...

Il papa lo guarda senza dare segni di essere disposto ad ascoltarlo.

Segretario. Santità... Mi ascoltate?
Celestino V. Che volete?
Segretario. Sono il vostro segretario, sono venuto per la solita

formalità della firma. Anche oggi vi sono alcuni affari urgenti, oltre, si capisce, ai soliti arretrati, che stiamo cercando di regolare un po' per settimana. *(Il segretario prende la penna d'oca che si trova sul tavolo, la intinge nella boccetta d'inchiostro e la porge al papa, facendo il gesto del firmare.)*

Celestino V. Fatemi vedere. Voglio esaminare un documento per volta. Ho le mie ragioni per far questo.

Il tono di voce del papa è del tutto nuovo, quasi gelido, ben diverso dal suo abituale, paterno e benevolo. Il segretario ne rimane allibito.

Celestino V (esamina la prima pergamena che gli porge il segretario). Di questo non vedo la documentazione o il sunto in volgare.

Segretario. Il latino, Santità, è la lingua ufficiale della Chiesa...

Celestino V. Se avete altre informazioni di questo genere, ve le potete risparmiare. Avevo stabilito che di ogni documento in latino mi si presentasse, per mio uso privato, un sunto in volgare, in modo da averne facilitata la lettura. *(Pausa. Egli sembra incerto se limitarsi a ribadire l'ordine, oppure darsi la pena di giustificarlo daccapo; infine prevale in lui la pazienza)* Ho già spiegato che la mia conoscenza del latino si limita a quello della Messa e delle Sacre Scritture. Ora, in queste pergamene, vengono spesso trattati temi profani e giuridici con i quali non ho dimestichezza. *(Egli mette da parte il documento in un angolo del tavolo.)*

Segretario (non nascondendo la sua sorpresa, quasi il suo scandalo, essendo la prima volta che il papa rifiuta di firmare). Vostra Santità non firma? La lettera è stata redatta da Sua Eminenza...

Celestino V (con ironia). Voi pensate per caso che il papa debba firmare senza rendersi conto di che si tratta?

Segretario (resta a bocca aperta e tarda a porgergli la pergamena seguente). Questa è accompagnata dalla documentazione, ecco, la vedete?

Celestino V (legge attentamente). Magonza? Dove si trova esattamente? Immagino, all'estero.

Segretario. Quando io ero studente, stava al di là delle Alpi.

Celestino V. Possiamo supporre che vi sia rimasta.

Segretario. Era di Magonza quel famoso arcivescovo che partecipò a un assedio della città di Ancona traendo con sé un gran numero di concubine.

Celestino V. Vedo che siete molto esperto in storie sacre. *(Pausa)* Questo signor barone chi è?

Segretario. Egli chiede l'annullamento di una scomunica che gli fu inflitta dal vostro augusto predecessore. *(Porge al papa la penna per la firma.)*

Celestino V. Non so nulla di questo signore. *(Depone il foglio sul precedente già messo da parte.)*

Segretario. Vostra Santità non firma neanche questo?

Celestino V (non gli fa caso). Passiamo ad altro.

Segretario (pallido e disorientato, porge al papa un'altra pergamena). Anche qui, come potete constatare, è allegata una larga documentazione. Si tratta di una vecchia lite tra l'abate benedettino di Einsiedeln, in Svizzera, e l'abbadessa del monastero femminile di Zurigo. Ho letto l'incartamento per riferirne a Vostra Santità. La vertenza riguarda un censo annuale di cera e miele che l'abate rivendica e che l'abbadessa pretende ormai scaduto. Voi sapete, Santo Padre, come sono fatte le donne...

Celestino V. Non lo so e non m'interessano.

Segretario. Due anni fa l'abate e l'abbadessa hanno deciso di rimettersi all'arbitrato di Vostra Santità. Da allora essi hanno piú volte sollecitato una decisione.

Celestino V (legge in fretta). Se ho ben capito, l'abate pretende che l'abbadessa mente, ma l'abbadessa ritorce l'accusa contro di lui. Come faccio a giudicare? Non li conosco. Dovrei andare lassú, ascoltarli, informarmi; ma posso fare questo viaggio? No. E anche se lo potessi, non sono mica sicuro che arriverei a un giudizio certo, nient'affatto sicuro.

Segretario. L'abate ha dalla sua parte il cardinale...

Celestino V: Se sono io che devo decidere, preferirei sapere chi abbia dalla sua parte la verità. *(Egli depone la pergamena sulle precedenti.)*

Segretario. Consentitemi di ricordarvi umilmente che essi hanno fatto appello all'arbitrato di Vostra Santità e l'aspettano da due anni.

Celestino V. Non sono in grado di pronunziarmi secondo coscienza. In questa condizione nessun uomo onesto prenderebbe una decisione; è una regola che vale anche per il papa, no?

Segretario (profondamente turbato, ha qualche difficoltà a presentare il foglio seguente). Questo è un provvedimento locale, di ordine amministrativo, per il quale vi è già il beneplacito di Sua Maestà il re.

Celestino V (legge attentamente e con voce ben percettibile; a mano a mano che prosegue, la sua voce si altera profondamente). "Decreto apostolico che riserva alla costruzione d'un tempio in onore della Vergine Immacolata i proventi della sovrattassa imposta dal Regio Governo *(pausa)* della sovrattassa imposta dal Regio Governo ai frequentatori dei bordelli della zona del porto di Napoli..." Cos'è questa sozzura? Chi l'ha ideata?

Segretario. Se vi riferite al progetto di chiesa in onore della Vergine Immacolata, posso assicurarvi che l'architetto...

Celestino V (a voce alta e indignata). No, mi riferisco alla sovrattassa sui lupanari a favore di Maria Vergine.

Segretario. Capisco la stizza di Vostra Santità, e naturalmente la condivido. Non ci mancherebbe altro. Io sono e resterò sempre dalla parte di Vostra Santità. Solo a titolo d'informazione posso aggiungere che quei tali luoghi sono istituzioni antichissime e, pare, insostituibili. Anzi, alcuni addirittura pretendono che sia il mestiere piú vecchio del mondo. Già gli antichi Egizi, dico per sentito dire, parola d'onore, io non c'ero...

Celestino V. Lasciate stare gli antichi Egizi; qui si tratta dei napoletani di oggi.

Segretario. Ebbene, Santo Padre, a parere dei medici, sembra che di quei tali luoghi non si possa purtroppo fare a meno. Specialmente nei porti e nelle città di guarnigione, dovunque risiedono molti uomini robusti, lontani dalle loro spose, dicono i medici...

Celestino V. Dicono che non se ne possa fare a meno? Non è vero. Comunque, la Vergine Immacolata può benissimo fare a meno di una chiesa costruita con denaro maleodorante, no? Ora ditemi chi ha ideato questo vergognoso progetto.

Segretario (si spaurisce e rientra nel suo ruolo subalterno). M'informerò, Santo Padre, ve lo prometto, non ci mancherebbe altro, personalmente non ne so nulla. D'altronde, chi sono io? un modesto passacarte, l'ultima ruota del carro; l'unico mio merito, se cosí posso chiamarlo, è un'assoluta devozione a Vostra Santità... Dico di piú...

Celestino V. Continuate.

Segretario. Niente. Ho parlato fin troppo.

Celestino V. Stavate per aggiungere altro. Avete detto: dico di piú e avete taciuto.

Segretario. Non ho aggiunto altro?

Celestino V. No.

Segretario. Ah, ecco quello che stavo per dire. Non piú tardi della settimana scorsa, avete firmato per Civitavecchia un decreto in tutto simile a questo, con la sola differenza che in quel caso il beneficio è stato destinato, non alla Vergine Immacolata, ma a sua madre, Sant'Anna.

Celestino V. Com'è possibile? Perché non mi avete avvertito al momento della firma?

Segretario. Il filiale timore che nutro per Vostra Santità...

Celestino V (si alza in piedi, in preda a irrefrenabile disgusto). Dio mio, Dio mio, che schifo, che abbiezione, che nefandezze... Perché non mi avete lasciato in montagna, tra la mia povera gente?... Non avrei mai immaginato di dover affrontare inganni di tale bassezza proprio qui, all'apice della vostra Chiesa. *(Si rivolge minaccioso al segretario che indietreggia in preda a sgomento).* Ho già saputo d'un paio di truffe perpetrate mediante la firma da me concessa senza diffidenza. Ma quest'ultimo tranello sorpassa ogni misura. *(Estenuato dall'emozione egli torna a sedersi e si copre la faccia con le mani. Dopo un lungo silenzio il papa si rivolge di nuovo a lui)* Correte all'ufficio legale e chiedete, a nome mio, che sia immediatamente revocata l'ignominiosa ordinanza per Civitavecchia.

Il segretario si affanna a riunire in fretta i vari documenti sparsi sul tavolo, qualche rotolo gli sfugge per terra ed egli fa fatica a raccoglierlo; infine s'inchina davanti al papa con una genuflessione piú lunga del solito e si avvia verso la porta; ma il papa lo richiama.

Celestino V. Un momento... *(La sua voce è affranta, ma già pacata)* Vogliate perdonarmi di aver parlato poco fa in stato d'ira... L'ira è un peccato e ne sono pentito... Mantengo però gli ordini dati.

Si fa buio.

L'inefficienza del buonsenso messa alla berlina

Quando torna la luce, si vedono due giovani chierici, sotto la guida del segretario, intenti a trasportare nello studio del papa rotoli di pergamena, fascicoli e incartamenti, e a disporli sul tavolo, sulle sedie e su sgabelli apprestati allo scopo.

Segretario. Sbrigatevi. Dobbiamo terminare prima che Sua Santità torni dalla cappella reale.

I chierichetti hanno l'aria di divertirsi, portano gli incartamenti in bilico, sul capo o su una spalla, arrivano dal salone l'uno dietro l'altro, e, prima di deporre il loro carico, compiono evoluzioni attorno alle sedie e al tavolo, come in un balletto.

Segretario (burbero). Non fate le scimmie, siate seri.

I chierichetti adottano subito i gesti di una cerimonia funebre.

Segretario. Non posate i fascicoli alla rinfusa, ma per ordine di data, in gruppi separati.

Primo chierico (osserva alcuni pacchi). Questo aspetta da nove anni; questo qui da sette.

Secondo chierico. Questo addirittura ha quattordici anni, è del 1280. Mi stupisco che i sorci non se lo siano mangiato.

Segretario. Ce li hanno spediti da Roma. I mulini del Signore macinano lentamente. La Chiesa non conta gli anni, ma i secoli.

Primo chierico. Magari gli interessati di queste carte saranno già morti.

Segretario. Non fa niente. I decreti del papa valgono anche per l'altro mondo. Avete dimenticato la promessa? Quello che tu legherai sarà legato e quello che tu scioglierai sarà sciolto.

Primo chierico (al segretario, quasi con invidia). Vedete ogni giorno il Santo Padre? Che fortuna è la vostra.

Segretario. Dite piuttosto, che grande responsabilità.

Secondo chierico (con fervore). Il papa attuale è un vero santo.

Segretario. Da che cosa lo vedete? Non porta mica l'aureola attorno al capo.

Secondo chierico (c. s.). Oh, si indovina da tutto, dallo sguardo, dalla voce, dalla grazia d'ogni suo gesto.

Primo chierico (con intenso affetto). Hai ragione, cosí io immagino gli apostoli; cosí immagino, ad esempio, San Pietro; forte, rude, buono, generoso, leale, forse anche ingenuo, ma dell'ingenuità dei santi.

Segretario. Non perdete tempo con le chiacchiere, dovete sbrigarvi, siamo in ritardo.

Primo chierico. Dobbiamo portare qui l'intero archivio? Non c'è posto.

Segretario. Non tutto l'archivio, sciocco, ma solo la parte che vi ho indicato, gli incartamenti in attesa di firma. Sua Santità ha deciso di esaminarli uno per uno; vuol farsene, di ognuno, un giudizio proprio.

Secondo chierico. Non gli resterà tempo neanche per pregare.

Segretario. Vedo che un ragazzo di buonsenso può capire cose che sfuggono a un santo. I santi, ragazzi miei, stanno bene sugli altari, dopo la morte; ma finché vivono, sono sempre guai.

I due chierici si guardano sorpresi per quella irriverente frecciata all'indirizzo del papa, mentre uno squillo di campanello chiama il segretario nel salone attiguo.

Secondo chierico. In questo palazzo la derisione del papa sta diventando un gioco di società. Sai che adesso lo chiamano l'orso della Maiella? Mi fanno una rabbia che non ti dico.

Primo chierico. Raccontano su di lui storie stupidissime, oppure le inventano. L'altro giorno, in casa del mio zio canonico, le storielle sul nuovo papa sono state il passatempo della serata. Tieni conto che c'erano anche delle signore. Ho pianto quasi tutta la notte.

Secondo chierico. Sí, sono storielle quasi sempre meschine. Conosci quella della coppa d'acqua per le dita? L'ho sentita raccontare stamattina, mentre servivo i rinfreschi, tra una seduta e l'altra della Commissione dei Sacramenti. Dunque, a ogni fine pasto, se si può chiamare cosí lo scarso cibo di cui si nutre il Santo Padre, gli viene messa davanti una tazza d'acqua tiepida per lavarsi le dita. Non conoscendo l'usanza, egli la beve. Dopo le prime volte, l'inserviente l'ha rispettosamente avvertito dell'errore. Al che il papa gli ha chiesto se l'acqua fosse pulita. « Certamente » gli ha risposto. « Se è cosí » ha concluso il papa « devo dire che, a fine pasto, un po' d'acqua tiepida mi è assai gradita. » Ed ha continuato a berla... Avresti dovuto sentire che risate, stamattina tra i monsignori della Commissione.

Sulla porta dello studio riappare il segretario, subito seguito da fra Angelo. Il frate rimane assai sorpreso nello scoprire il grande ammasso di rotoli e d'incartamenti che ricoprono i mobili dello studio papale.

Fra Angelo (al segretario). Chi vi ha ordinato di trasformare lo studio di Sua Santità in un magazzino di deposito?

Segretario. Sua Santità medesima.

Fra Angelo. Mi sembra strano, dev'esserci un equivoco.

Segretario. Egli mi ha comandato di mostrargli tutti gli incartamenti in attesa della sua augusta firma.

Fra Angelo. Tutti in una volta? O non piuttosto uno a uno, mano a mano che lui li esamina?

Segretario. Egli ne ha già uno presso di sé, sul quale sta riflettendo da tre giorni, senza venirne a capo. Sapete che vi sono alcuni importanti tribunali ecclesiastici che non funzionano per la mancata ratifica pontificale?

Fra Angelo. Finalmente una buona notizia. È proprio vero che non funzionano?

Segretario (a cui sfugge l'ironia di fra Angelo). Insomma ho ritenuto opportuno che Sua Santità si formasse un'idea della quantità delle questioni in sospeso, in parte mandateci da Roma, in parte nuove, e che si accrescono di giorno in giorno.

Fra Angelo. Non potevate farne un elenco? Oppure invitare Sua Santità per qualche minuto negli uffici di Cancelleria? *(Il segretario tace e secondo il suo carattere passa senza resistenza dalla millanteria alla paura).* Avete voluto fare dello spirito? Avete voluto, anche voi, farvi zimbello dell'orso della Maiella?

Il segretario gesticola senza riuscire a spiccicare una parola. Nel tirar fuori dalla tasca un fazzoletto per asciugarsi il sudore, ne cade per terra un corno di capretto, che fra Angelo si affretta a raccogliere.

Fra Angelo. Cos'è? Se non sono indiscreto; a che vi serve?
Segretario. Contro il malocchio. Qualche cosa del genere qui lo portiamo tutti.
Fra Angelo. Voi ci credete?
Segretario. Altroché. D'altronde il malocchio è menzionato anche nel nostro atto di fede. Non ci avete mai fatto caso? In esso è detto: Credo in unum Deum factorem coeli et terrae visibilium omnium et invisibilium... È un latino facile: nell'invisibilium omnium è ovviamente compreso anche il malocchio.
Fra Angelo (gli restituisce il corno). Questo qui è anche prescritto in qualche nostro atto liturgico?
Segretario. No. Esso è raccomandato però dalla nostra tradizione napoletana che è piú antica del cristianesimo.

Fra Angelo e i due chierici si guardano allibiti. Si fa buio.

Il Pater Noster nell'ingranaggio dell'alienazione

Col ritorno della luce lo studio ha ripreso il suo aspetto normale. Celestino V è seduto su una poltrona in mezzo alla stanza, accanto a una poltrona vuota. Sulla scrivania c'è un piccolo pacco.

Fra Angelo (annunzia dal vano della porta). Sua Eminenza il cardinale Benedetto Caetani.

Il papa va incontro al porporato, che lo saluta con un profondo inchino. Mentre essi prendono posto sulle poltrone, fra Angelo si ritira e chiude la porta dietro di sé.

Celestino V. Vi ringrazio di venire in mio soccorso. I vostri consigli mi sono sempre stati di grande aiuto, anche se non sempre ho potuto seguirli.
Card. Caetani. Sono io che vi sono grato della benevolenza che mi dimostrate... *(S'interrompe e annusa qualcosa di sgradevole nell'aria.)*
Celestino V. Qualcosa vi disturba?
Card. Caetani. Scusate, Santità, cos'è questa puzza? A Napoli non sono in grado di tenere pulita neanche la residenza del papa.

Celestino V (dopo essersi guardato attorno con imbarazzo, scopre l'origine dell'odore, che non piace al cardinale, in un pacchetto depositato sopra il tavolo). Ah, è il pecorino arrivatomi poco fa da Pescasseroli. C'è un pastore di lí che me ne manda regolarmente, perché teme che quello di Napoli potrebbe essere avvelenato. È una storiella autentica, da aggiungere a quelle, piú o meno inventate, che circolano già sul mio conto.

Card. Caetani. In ogni corte vi sono sciocchi che non sanno come riempire le loro giornate oziose. Ma posso assicurarvi, Santità, che anche qui vi sono persone serie, le quali guardano a voi con la venerazione che meritate e al vostro pontificato con assoluto rispetto.

Celestino V. Se foste venuto ieri, avreste trovato questa stanza trasformata in un magazzino di pergamene e di codici di ogni genere.

Card. Caetani. Mi è stato riferito. Purtroppo, a causa del lungo conclave, avete trovato un cumulo eccessivo di affari arretrati.

Celestino V. Esso aumenta di giorno in giorno, da quando io mi rifiuto di firmare gli atti senza una piena conoscenza degli argomenti. Non m'è facile, vi assicuro. D'altra parte, non me la sento piú di designare per incarichi delicati persone sconosciute e risolvere su due piedi vertenze complicate, di cui non conosco né l'origine, né i litiganti.

Card. Caetani. È un'arte difficile e capita anche ai piú esperti di sbagliarsi. Comunque, avete fatto bene a sbarazzarvi del segretario fellone. Appena ne avrete uno di vostra fiducia...

Celestino V. Non firmerò piú il minimo pezzo di pergamena se non saprò di che si tratta e se non sarò convinto della bontà della decisione che mi si propone. Fu uno sbaglio gravissimo da parte mia l'aver portato in quest'ufficio, tra individui estranei e in affari per me sconosciuti, la stessa fiducia che sentivo verso i miei monaci. Io stesso perciò non mi sento immune da colpa nelle sregolatezze del segretario.

Card. Caetani. Da chi l'avevate ricevuto quel bel tomo?

Celestino V. Da una persona al di sopra d'ogni sospetto, da Giovanni di Castrocoeli, arcivescovo di Benevento e mio vice cancelliere, che anche voi ben conoscete.

Card. Caetani. Eh, eh, eh, voi ritenete costui al di sopra di ogni sospetto? Mi dispiace, se è cosí, di dovervi preannunziare altre delusioni. I suoi colleghi di curia hanno creato per l'arcivescovo di Benevento questo giuoco di parole: a differenza di noi che crediamo in un Dio uno e trino, egli crede in un Dio uno e quattrino.

Celestino V. Non so se vi risulta, ma anche su di voi circolano dicerie del genere, magari meno spiritose. Devo crederle?

Card. Caetani. Perché no? Ma sfido chiunque a provare che i fatti, a cui i pettegolezzi si riferiscono, comportino una diminuzione della mia indipendenza. Comunque, potremo riparlarne. Adesso per quel che riguarda le birbonate del segretario, è urgente correre ai ripari, possibilmente senza attirare l'attenzione dell'autorità civile.

Celestino V. Qualche furfanteria è stata scoperta dalla polizia stessa ed è tale da non poter essere rimediata in silenzio. Cosí la raccolta di ragazze, anche minorenni, nelle province abruzzesi per le case di malaffare del napoletano. Sapete che l'infame traffico si mascherava sotto l'apparenza di pellegrinaggi patrocinati dalla Santa Sede? Per colmo di scherno le false pellegrine venivano chiamate "Celestine generose".

Card. Caetani. Sono lestofanti, si direbbe, non privi di immaginazione.

Celestino V. Veniamo ora ai casi nostri. Cosa ne pensate del mio progetto di affidare l'intera ordinaria amministrazione a una commissione di tre cardinali? S'intende che essi ne porterebbero la responsabilità pubblica.

Card. Caetani. Mi dispiace di dirvelo, ma lo trovo impossibile. Sarebbe come avere tre papi invece di uno, o dare tre mariti a una moglie. So che ne avete parlato anche ad altri cardinali. Se non sono male informato, tutti vi hanno dichiarato di essere contrari.

Celestino V. Vi fa certamente comodo avere me come capro espiatorio.

Card. Caetani. Almeno in questo caso, Santità, il motivo è piú elevato. La riforma a cui avete accennato, sarebbe contraria a tutto il nostro ordinamento. La struttura della Chiesa è monarchica e non potrebbe essere altrimenti. Un solo spirito, un solo corpo, una sola fede, un solo Dio, un solo vicario. E poi, avete riflettuto alla composizione della progettata triarchia? È probabile che, in omaggio alla giustizia distributiva che voi seguite nei nostri riguardi, voi chiamereste a farne parte un Orsini, un Colonna, un Caetani, o almeno nostri fiduciari. Pensate che un comitato siffatto funzionerebbe speditamente e in buona armonia? Non prevedete che esso vi chiamerebbe arbitro per decidere ogni questione d'una qualche importanza?

Celestino V (con un gesto di rassegnazione). Se è cosí, non mi resta che pregare il Signore di non farmi mancare la pazienza. Andrò avanti da solo, come potrò, cioè male. Fatemi però il favore di non lamentarvi piú della lentezza della mia segreteria. Non posso, ve l'assicuro, non posso firmare atti di cui io non sia sufficientemente informato o convinto. Se mi accadrà di trattenere allo studio un singolo incartamento fino a una settimana, accusatemi pure, se credete, di fiacco intelletto. Non posso farci nulla. La mia coscienza, vi ripeto, non mi consente una decisione piú rapida.

Card. Caetani. Mi pare di avere capito dov'è l'inceppo. No, non è minimamente questione d'intelletto. Voi credete doveroso, correggetemi se sbaglio, di rispettare nel vostro ufficio di Sommo Pontefice i medesimi criteri di semplicità che usavate nelle vostre precedenti mansioni. Ma la vostra situazione è ora del tutto diversa. Nessuna grande amministrazione politica militare o religiosa può essere governata come una famiglia o una piccola comunità. C'è una differenza enorme. Ogni grande amministrazione, per funzionare regolarmente, ha bisogno d'un certo numero di finzioni, senza le quali cadrebbe nel caos.

Celestino V. Anche il papa deve fingere?

Card. Caetani. Come potrebbe essere diversamente? Non si tratta di menzogne vere e proprie, ma di convinzioni. Voi sapete, suppongo, che tutti i funzionari statali d'un certo grado sono di nomina reale. Quella nomina serve a garantire a ognuno d'essi il necessario prestigio, benché, nella maggior parte dei casi, essi siano al re affatto sconosciuti. Parimenti le loro ordinanze o sentenze vengono emesse regolarmente in nome del re, e per questo s'impongono ai sudditi come atti fuori discussione e sacri, ma in realtà il re non ne sa nulla. A fortiori questo deve accadere nella Chiesa, che è una società piú vasta, soprannazionale e fondata su una rivelazione divina.

Celestino V. Non è terribile che la Chiesa di Cristo sia adesso organizzata come uno Stato?

Card. Caetani. Anche lo Stato scimmiotta spesso la Chiesa. Che volete? Gli avversari finiscono sempre col somigliarsi e la tecnica del comandare è piú o meno la stessa.

Celestino V. Forse susciterò la vostra compassione se vi dirò che, perfino in questioni come queste, io sono rimasto al Pater Noster e al Vangelo. Nelle parabole del Vangelo, voi lo sapete come me, le relazioni tra gli uomini sono sempre personali e dirette. Vi è sempre il padre con i figli e i servi; il padrone della vigna con i vignaroli; il pastore con le pecore e gli agnelli, e cosí via; non vi sono mai relazioni indirette e anonime, o finte, oppure come voi dite, convenzionali. Perciò vi chiedo scusa se io non so concepire relazioni cristiane che non siano relazioni personali; voglio dire, non relazioni di cose, ma di anime.

Card. Caetani. Dai tempi del Vangelo a oggi, devo ricordarvelo? la società si è ingrandita, e anche la Chiesa.

Celestino V. Sí, avete ragione, vi sono forze che spingono gli uomini a estraniarsi sempre piú tra di loro. Ma non spetta a noi cristiani di salvaguardare, in ogni nuova situazione, la possibilità per gli uomini di stare assieme, d'intendersi e di volersi bene? Mettiamo che una diocesi diventi troppo grande; nessuno ci impedisce, mi pare, di suddividerla in due o tre parti, in modo che non ne soffrano le relazioni personali, tra il pastore e i fedeli.

Card. Caetani. Perché no? Al livello parrocchiale o diocesano posso darvi ragione. Ma la Chiesa, nel suo insieme, è ora una potenza, anzi, la piú elevata delle potenze, e deve regolarsi come tale. Non si governa col Pater Noster.

Celestino V. È un mio limite? È probabile, ma non so che farci. Come si può rimproverare a un pover'uomo di continuare a comportarsi da vescovo o da papa, secondo le regole di rispetto e di benevolenza che seguiva nel suo ambiente d'origine? Tanto valeva lasciarlo dove si trovava. Che cosa gli rimane se rinuncia proprio a quelle doti che gli sono valse il rispetto e la scelta?

Card. Caetani. Nessuno pretende da voi un tale sacrificio. Ma, accettando il pontificato, voi pure sapevate, Santità, di entrare in una sfera assai piú vasta, e che tra voi e la cristianità si sarebbe stabilita una relazione d'un genere diverso da quella esistente tra voi e i frati morronesi.

Celestino V. La cristianità è vastissima, sí, ma pur tuttavia è composta di anime e non di cose. Io non posso trattare i cristiani come oggetti, come pietre, come sedie, come utensili, e neanche come sudditi... Posso ammettere che questo modo di vedere sia scomodo dal punto di vista della rapidità e disinvoltura nel comandare, ma mi pare che anche in questo debba esserci una differenza tra i cristiani e i pagani. Per i cristiani il valore supremo sono le coscienze: esse meritano dunque il massimo rispetto. Se mi viene sottoposto il caso di una persona qualsiasi ed io sento che dalla mia decisione può dipendere la sua salvezza o rovina, come posso procedere alla svelta? Non ha importanza che mi sia sconosciuta: è una creatura, un'anima. Sarebbe mio dovere andare a cercarla, conversare con essa, cercare di conoscerla...

Card. Caetani. Strano, veramente strano. Non immaginavo che potesse esistere un uomo come voi, assolutamente refrattario al senso del potere.

Celestino V. È una tentazione che anch'io ho conosciuto. Ma, con l'aiuto di Dio, credo di averla vinta.

Card. Caetani. Ne sono assai preoccupato. È difficoltà grave che, già nel prossimo avvenire, potrà avere conseguenze disastrose per la Chiesa. Col vostro permesso, Santità, dovremo rivederci al piú presto e andare in fondo in questa materia, con assoluta franchezza.

Buio.

I contrasti s'inaspriscono

Appena torna la luce l'azione riprende nello studio del papa, in leggera penombra. Fra Bartolomeo e fra Angelo sono occupati a spostare delle sedie e a mettere in ordine alcune pergamene.

Fra Bartolomeo. La sua maggiore debolezza, a me pare, è che non sappia comandare. Quelli che gli ubbidiscono sono sempre di meno, e lui lascia correre.

Fra Angelo. Un tempo non era cosí. Ti ricordi come ci faceva filare diritti alla badia di Sulmona?

Fra Bartolomeo. La badia era la sua famiglia. Quando alzava la voce, era come un padre che sgrida i figli. Voglio dire, egli non sa comandare agli sconosciuti.

Fra Angelo. Appena arrivato qui, si fidava di tutti, era facile imbrogliarlo, adesso diffida di ognuno. È troppo solo, noi non gli siamo di alcun aiuto.

Fra Bartolomeo. Anche noi ci troviamo qui come pesci fuor d'acqua.

Fra Angelo. Ieri sera gliene ho parlato. Non ti serviamo a nulla, gli ho detto.

Fra Bartolomeo. E lui?

Fra Angelo. Mi ha guardato con gli occhi pieni di lagrime. Non capisci, mi ha risposto, che senza di voi due me ne sarei già andato via?

Fra Bartolomeo. Se ne sarebbe andato via? Ha detto proprio cosí? Non si rende conto, il pover'uomo, che ormai è condannato a vita e che dal papato non si scappa?

Fra Angelo. Avrai notato che ha ripreso le sue penitenze. Ho l'impressione che da un po' di tempo egli passi la notte disteso sul pavimento. Al mattino vedo il giaciglio intatto.

Fra Bartolomeo. Soffre, piú che altro, dei frequenti urti col re. In modo strano, egli aveva piú fiducia nel re che nei cardinali.

Fra Angelo. Una volta me l'ha spiegato. Il re, mi ha detto, non s'impiccia di religione, mentre i cardinali...

Fra Bartolomeo. Credi che il re fosse veramente sincero nel favorire la sua elezione?

Fra Angelo. Perché no? Ma si capisce, era una sincerità da re, voglio dire, egli doveva aver fatto i suoi calcoli. Adesso che i conti non gli tornano, è deluso.

Fra Bartolomeo. Stamattina verrà di nuovo in udienza l'aiutante militare. Mi sono permesso di suggerire al papa di non riceverlo, data la sua arroganza. Tanto meglio, mi ha risposto, con gli arroganti il discorso è piú chiaro.

Fra Angelo. Dice cosí, però ci soffre.

Arriva il primo chierico con un incartamento che consegna a fra Angelo.

Fra Angelo (al chierico). Hai gli occhi rossi. Non stai bene?

Primo chierico. Mi manderanno via di qui. Non m'importerebbe niente, se non fosse che non vedrò piú il Santo Padre.

Fra Angelo. Hai commesso qualche mancanza?

Primo chierico. Stamattina, mentre servivo l'aranciata ad alcuni monsignori riuniti in commissione, la caraffa è finita per terra.

Fra Bartolomeo. Un momento di distrazione può capitare a chiunque. Ti mandano via solo per questo?

Primo chierico. Non è stata una distrazione, l'ho gettata per terra io stesso.

Fra Bartolomeo e *fra Angelo.* Perché? Cosa ti aveva preso?

Primo chierico. L'ho fatto per non sbatterla in testa a qualcuno che in quel momento stava parlando male di Sua Santità. *(Volta le spalle ai due frati per nascondere le lagrime.)*

Fra Angelo (ridendo). Via via, non è la prima volta che un monsignore si burli del papa.

Primo chierico. Quello non lo derideva, al contrario, diceva che il papa sta facendo correre alla Chiesa gravi pericoli.

Fra Bartolomeo. Chi era? Chi parlava in quel modo?

Primo chierico (esita a rispondere). Scusate, non posso dirlo, non posso fare la spia.

Fra Bartolomeo (gli sorride). Fai bene.

Il rifiuto di benedire la guerra

Un suono di campanello annunzia l'arrivo di Celestino V. Fra Angelo e il chierico si affrettano a uscire. Il papa prende posto sulla poltrona dietro il tavolo, mentre fra Bartolomeo accende il cero del candeliere e gli porge l'incartamento portato dal chierico.

Celestino V. L'aiutante del re non è ancora qui?

Fra Bartolomeo. Non ancora. *(Presenta al papa l'incartamento recato poco prima dal chierico)* C'è una richiesta urgente del vescovo dei Marsi per un privilegio alla nuova chiesa di Santa Maria della Vittoria, nella Scurcola Marsicana.

Celestino V. Santa Maria della Vittoria? Di quale vittoria si rende onore alla Madre di Cristo?

Fra Bartolomeo. Si riferisce certamente a quella di Carlo d'Angiò su Corradino di Svevia. Ricorderai che, pochi anni fa, c'è stata quella grossa battaglia tra francesi e svevi, dalle nostre parti, tra la Scurcola e Tagliacozzo.

Celestino V. La Madre di Cristo ha preso parte alla battaglia? È stata vista dalla parte dei francesi?

Fra Bartolomeo. Che scherziamo? Ma i francesi erano stati chiamati dal papa.

Celestino V. Non certo dalla Madre di Cristo. *(Respinge con stizza la pergamena pronta per la firma.)*

Fra Bartolomeo. Ecco l'aiutante del re.

Si spalanca la porta di destra, che è accanto a quella di "clausura", e appare l'aiutante del re che si irrigidisce nel saluto militare.

Celestino V. Venite avanti e sedetevi.

L'aiutante prende posto accanto al tavolo. Fra Bartolomeo esce.

L'aiutante. Ringrazio Vostra Santità di avermi concesso questa udienza. Temevo di aver lasciato un pessimo ricordo col mio modo brusco di esprimermi dell'ultima volta.

Celestino V. Al contrario. Preferisco il parlare franco e disadorno dei militari alle frasi ricercate dei giuristi e dei teologi.

L'aiutante. Cercherò di non abusare della vostra pazienza. Comincerò con un messaggio che mi sta a cuore. Sua Maestà il re è profondamente addolorato di notare nella Santità Vostra un notevole mutamento verso di lui.

Celestino V. La mia affezione per Sua Maestà è immutata, di questo potete assicurarlo. Da quando l'ho conosciuto di persona, gli voglio sinceramente bene e prego per lui ogni giorno. Mi dispiace che ora egli sia deluso della mia azione di pontefice. Non dico che non ne abbia motivo, avrebbe però torto di giudicarla capricciosa o dettata da malanimo.

L'aiutante. Perché non si può riprendere la felice collaborazione iniziata sotto cosí promettenti auspici? Giovava al Regno, e alla Chiesa.

Celestino V. Anche alla Chiesa? Adesso ne dubito. Voi sapete che ho regalato al re le dècime d'Inghilterra e di Francia; ho nominato alcuni cardinali di suo gradimento, nella speranza di diminuire la prepotenza delle grandi famiglie romane; e gli ho usato altre compiacenze, di cui ora però sono meno persuaso.

L'aiutante. Ne siete pentito? Perché? Mi consentite di parlare apertamente?

Celestino V. Ve ne supplico.

L'aiutante. Qualcuno mormora di una malefica influenza del cardinale Caetani su Vostra Santità; egli vi aizza contro il re, ma nello stesso tempo non è leale con Vostra Santità. Infatti egli già prepara la sua successione in segreti conciliaboli. Posso darvi dei particolari.

Celestino V. Non m'interessano. Devo dirvi che ho una grande stima del cardinale Caetani, della sua cultura e della sua indipendenza. Il nostro modo di concepire la Chiesa è però opposto. Egli è per la supremazia politica del papato, mi pare che questo non sia un segreto; mentre a me, dato che volete saperlo, il potere politico non interessa.

L'aiutante. Ne prendo atto e vi sono grato di questo chiarimento. Avete ragione, bisogna lasciare a Cesare quello ch'è di Cesare. Tuttavia la Chiesa può avere bisogno del braccio secolare contro le eresie. D'altra parte, nessuno Stato sarebbe in grado di mantenere l'ordine pubblico se i sudditi cessassero di nutrire un sacro terrore dell'inferno, e questa funzione spetta ovviamente alla Chiesa. Il trono e l'altare dunque...

Celestino V. Lasciate stare, ve ne prego. Anche voi, un militare, fate concessioni alla retorica?

L'aiutante. Volevo arrivare a questa conclusione. Se non condividete l'ambizione politica del cardinale Caetani, non capisco perché non possiate tornare alla buona intesa stabilita col re a Sulmona.

Celestino V. Ve lo confesso con tutta franchezza. Ecco quello che mi è capitato, e se lo ritenete utile, potete riferirlo al re. Sono stato eletto papa, come sapete, poco piú di due mesi fa, ma nelle prime settimane ero frastornato da mille preoccupazioni secondarie. In un certo senso, papa lo sto diventando lentamente, e temo che non lo sarò mai in misura completa. Forse è impossibile essere integralmente papa, cioè, vicario di Cristo. A rifletterci, è un compito terribile. Ebbene, certi atti e gesti compiuti nelle prime settimane dopo l'elezione, ora non potrei ripeterli; farei anzi il contrario.

L'aiutante. Sono profondamente commosso, Santità, di ricevere da voi confidenze talmente gravi. La mia ammirazione per Vostra Santità, già grande, ne è immensamente accresciuta... Se adesso, col vostro permesso, oso aggiungere qualche parola, è soltanto per riferirmi a un ordine di fatti ben diverso. Voi sapete senza dubbio dei negoziati sulla Sicilia del vostro predecessore Niccolò IV con re Carlo e con Jacopone d'Aragona. Vi è una continuità storica da salvaguardare. Oltretutto la Sicilia è sotto la sovranità feudale della Santa Sede.

Celestino V. Il mio primo dovere, come papa, è di salvaguardare un'altra continuità, quella della fede cristiana. Se ora acconsentissi ad alcune esigenze del re, la tradirei.

L'aiutante. Vi riferite all'invito di benedire le truppe in partenza per la Sicilia?

Celestino V. Avete indovinato.

L'aiutante. Voi sapete che è una spedizione legittima. Persistete nel vostro rifiuto?

Celestino V. A qualunque costo. Ve lo ripeto una volta per sempre: non posso benedire alcuna impresa di guerra. Sapete a che cosa si riduce l'insegnamento morale di Cristo? Dovreste saperlo, poiché anche voi vi dichiarate cristiano; ma ve lo ricordo per il caso l'abbiate dimenticato. Si riduce a due parole: vogliatevi bene. Vogliate bene al prossimo, e anche ai nemici. Noi uomini siamo tutti figli dello stesso Padre.

L'aiutante. Santità, nessuno intende censurare i vostri pensieri e sentimenti nell'atto della benedizione. Ma per il re, come per l'esercito, è importante ch'essa abbia luogo. Essa sarà significativa anche per gli altri regnanti d'Europa.

Celestino V. Cercate di capirmi, vi prego. Perfino se in un momento di debolezza io consentissi a impartire la benedizione che mi chiedete, mi sarebbe poi fisicamente impossibile eseguirla. Perché? Figlio mio, non dovrebbe essere difficile immaginarlo. Il segno della benedizione cristiana è quello della Croce. Voi sapete, vero, che cos'è la Croce? E le parole della benedizione sono: in nome del Padre, del Figlio e dello Spirito Santo. Se ho ben inteso, voi mi avete suggerito di dare la benedizione ai soldati in procinto di partire per la guerra, pensando ad altro. Avete voluto scherzare? Sarebbe un orribile sacrilegio. Col segno della Croce e i nomi della Trinità, si può benedire il pane, la minestra, l'olio, l'acqua, il vino, se volete anche gli strumenti da lavoro, l'aratro, la zappa del contadino, la pialla del falegname, e cosí di seguito; ma non le armi. Se avete un assoluto bisogno di un rito propiziatorio, cercatevi qualcuno che lo faccia in nome di Satana. È stato lui a inventarle le armi.

L'aiutante. Voi sapete che altri papi, prima di voi, hanno benedetto delle guerre.

Celestino V. Non sta a me di giudicarli. Io posso solo pregare Iddio di avere misericordia di essi.

L'aiutante si alza bruscamente, fa un rigido saluto militare e va via in gran fretta mentre sulla scena si fa buio.

Il rimpianto della vita eremitica

Quando torna la luce, si vedono riuniti nello studio del papa fra Bartolomeo, fra Angelo e fra Ludovico. La loro conversazione s'interrompe al sopraggiungere del primo chierico.

Primo chierico (a fra Angelo). Sua Eminenza il cardinale Caetani insiste perché gli sia fissata un'udienza con Sua Santità. Pare che l'abbia già chiesta ieri senza risultato.

Fra Angelo. Ancora non posso dargli una risposta precisa.

Primo chierico. La richiesta è stata almeno inoltrata a Sua Santità?

Fra Angelo. Ti spiegherò. Siamo in epoca d'Avvento, come sai, e benché il Santo Padre abbia rinunziato quest'anno al suo abituale ritiro di quattro settimane, tuttavia consacra piú tempo del solito alla lettura dei libri sacri, alla meditazione e alla preghiera. Noi non possiamo, di nostra iniziativa, andare da lui; dobbiamo aspettare di essere chiamati. Anche fra Ludovico, qui presente, che ora appartiene agli eremiti celestiniani, aspetta da ieri di essere ricevuto. *(Dopo questa spiegazione, il chierico fa l'atto di andarsene, ma fra Angelo lo invita a restare)* Puoi sederti con noi, se hai tempo.

Con un breve cenno fra Bartolomeo rassicura fra Ludovico sul conto del chierico. Dalla piazza arriva intanto un suono smorzato di cornamusa accompagnata dal piffero. Fra Angelo spalanca il balcone per facilitare l'ascolto.

Primo chierico. Quest'anno sono arrivati dagli Abruzzi piú zampognari del solito. Se ne vedono a ogni crocicchio e davanti alle edicole sacre. Gli zampognari dicono di essere venuti in onore del Santo Padre, che è oriundo delle stesse montagne. Sarebbe bello se in qualche momento un'eco del suono arrivasse fino alle sue orecchie.

Fra Bartolomeo. Questo accadde fin dalla prima sera di Avvento, ed egli ne rimase assai toccato.

Fra Angelo. Quella sera stavamo parlando appunto del Morrone. Egli si rammaricava con noi che quest'anno avremmo passato il Natale senza neve e senza la musica dei pastori. Nello stesso istante ci arrivò dalla piazza il suono degli zampognari. Egli mandò subito fra Bartolomeo a salutarli e gli affidò un regalo per essi.

Fra Bartolomeo. Erano di Pescocostanzo e appena arrivati avevano chiesto alla gente dove si trovasse il papa.

Fra Ludovico. Il nostro Celestino ricorda spesso il Morrone? Ne parla qualche volta con voi?

Fra Angelo. Sempre piú di frequente, con aperta nostalgia. Anche i suoi sogni, ci ha detto, sono ambientati in montagna.

Fra Bartolomeo. La sua memoria degli anni piú lontani della sua vita eremitica ha una freschezza quasi prodigiosa. Ora si lascia andare spesso ai ricordi, ci racconta episodi curiosi e scherzi, fino a dimenticare il presente.

Fra Angelo. Sono le sole occasioni in cui lo vediamo ridere di cuore.

Primo chierico (con voce sommessa, piena di fervore). Dovreste prendere nota dei suoi ricordi, io penso, per evitare che la memoria ne vada smarrita.

Fra Bartolomeo. Non è facile trascrivere il suo modo di raccontare. C'è per esempio la storia dei suoi primi incontri con la volpe, che piú tardi egli avrebbe chiamato suor Giuseppina. Furono incontri da piccola favola. La volpe si fermava all'entrata della grotta, lo osservava con diffidenza, pronta a fuggire al primo movimento di lui. Vieni avanti, lui le diceva, di che hai paura? Se hai paura di me, sei stupida, le diceva, sí, proprio stupida. Hai la fama di animale furbo e intelligente, ma, se hai paura di me, allora non è vero niente. Dovresti invece capire, le diceva, se hai un po' d'intelligenza, che questo sarebbe il caso di fare amicizia. Non sai cos'è l'amicizia? Oh, poveretta, ma allora sei veramente disgraziata. La volpe però non si fidava delle belle parole. Sino a che una notte fra Pietro fu svegliato da alcuni lamenti, simili a guaiti di cagnolino ferito, che arrivavano dalle vicinanze. Si alzò, si mise a cercare, e alla fine trovò una volpe, la sua volpe, impigliata al laccio teso da qualche pastore. Egli la sciolse, e poiché negli sforzi per svincolarsi da sé la volpe si era ferita, la curò alla meglio. Cosí i due fecero amicizia. Fra Pietro non volle però addomesticarla. La volpe continuò a vivere come prima e rimase sempre un po' schizzinosa, ma non mancava di visitarlo ogni sera alla grotta. La notizia di quell'amicizia fu ben presto risaputa dai pastori della contrada, i quali rinunziarono a tendere altri lacci per catturare la bestiola.

Fra Angelo. Ci sarebbe anche la storia della vipera. Fra Pietro le estirpò il veleno dal palato e in seguito le mise il nome di suor Concettina, perché, diceva, somigliava a una pettegola a cui fosse stata tagliata la lingua; ma, a parte questo, egli usa aggiungere, era una cara figliola. Ci sarebbe anche la storia del grillo, che lui chiamava don Cicillo, e altre. Il nostro fra Bartolomeo viveva allora anche lui in montagna, a poca distanza da fra Pietro. Quando loro due si mettevano a raccontare, ogni tanto c'era da scomporsi dal ridere.

Fra Bartolomeo. Facevamo anche penitenza, non crediate; però senza malinconia. Una mattina, passando davanti alla grotta di fra Pietro, egli mi fece cenno di tacere; piú tardi mi spiegò che quella mattina era talmente felice da sentire crescere l'erba. Altre volte mi chiamò per mostrarmi qualche gemma spuntata su un ramo di spino. Ne era estasiato, come in presenza dell'atto di creazione.

Fra Angelo. Sarebbe impossibile perseverare nella vita eremitica senza una buona armonia con la natura.

Fra Bartolomeo. Ma, a ripensarci, vari particolari della vita di fra Pietro eremita mi sono rimasti misteriosi. Ad esempio, egli si atteneva rigorosamente alla regola benedettina per la divisione della giornata in ore di lavoro e di preghiera: perciò, anche durante la notte, egli interrompeva il sonno e si alzava per le preghiere stabilite. Malgrado ogni buona volontà, a me invece non riusciva di svegliarmi alle ore giuste.

Nelle notti serene l'ora mi poteva essere indicata dal movimento delle stelle; era però un'indicazione silenziosa e per giovarmene sarei dovuto essere già sveglio. Chiesi a fra Pietro una spiegazione della sua puntualità. « Non senti la campanella? » lui mi rispose. « Le prime volte » egli aggiunse « credevo che fossi tu a suonarla e solo in seguito mi accorsi che doveva trovarsi molto piú vicina alla mia grotta. » Non osai chiedergli altro. Egli prese però l'abitudine, all'inizio delle preghiere notturne, di cantare un salmo a voce spiegata; cosí, se il vento era favorevole, mi svegliavo anch'io.

Durante tutto il racconto, il chierico è rimasto ad ascoltare come incantato, seduto sul pavimento, accanto al frate. Appena fra Bartolomeo tace, fra Ludovico, che già da un po' manifestava un'evidente inquietudine, si alza in piedi e percorre la stanza in preda a viva agitazione.

Fra Ludovico. Un uomo simile... Un simile cristiano... Perché non ci opponemmo con maggiore energia alla sua accettazione del pontificato? È stato un delitto irreparabile sacrificare un cristiano come lui in questo ambiente miserabile di ambiziosi, d'intriganti e di canaglie. *(A fra Angelo e fra Bartolomeo)* A voialtri non vi tormenta il rimorso di non averlo dissuaso?

Fra Angelo (a voce bassa, appena percettibile). La lotta non è ancora finita.

Fra Ludovico. Non puoi dir questo. Che la lotta sia già perduta, voi due *(accennando anche a fra Bartolomeo)* lo sapete al pari di me. E al pari del maggior interessato. Se no, parliamoci francamente, perché tanta nostalgia del Morrone? Vi confesso che già da tempo il papa mi muove a pietà. Lo vedo nella curia come un candido agnello fra protervi caproni. *(Pausa)* Voi non ne siete persuasi? A che serve continuare a fingere?

Fra Angelo. Che cosa vuoi concludere?

Fra Ludovico. La scommessa era perduta in partenza, quest'è la verità. Adesso è palese che dietro la cosiddetta elezione miracolosa di Perugia c'era una mistificazione.

Fra Angelo (sbigottito). Sei rimasto fissato lí? A che serve parlarne ancora?

Fra Bartolomeo sembra scuotersi dal suo torpore, si alza in piedi, vorrebbe parlare, poi fa un gesto di rassegnazione e torna a sedersi.

Fra Angelo (a fra Ludovico). Perché parli di mistificazione? Chi fu ingannato?

Fra Ludovico. Noi, e con noi il popolo cristiano. Noi ci illudemmo che l'elezione di fra Pietro significasse il superamento delle rivalità che durante ventisette mesi avevano reso impossibile un accordo fra i cardinali, e quindi l'inizio di una nuova epoca nella storia della Chiesa. Invece è ormai chiaro che si trattò solo d'una tregua tra i vecchi litiganti, senza né vincitori né vinti. Perché quel momentaneo ripiego? Dato che nessuna fazione era disposta a capitolare, non c'era altra via d'uscita. I cardinali erano appena dodici e in tutte le votazioni, durante i ventisette mesi, nessun candidato aveva mai raccolto piú di cinque voti. Non potevano mica continuare quel giuochetto all'infinito: a Roma, a Spoleto erano scoppiate sanguinose rivolte, l'amministrazione della Chiesa era paralizzata. Non rimaneva che una soluzione provvisoria: eleggere al pontificato un buon cristiano di provata ingenuità, estraneo agli affari del mondo, un uomo arrendevole che rispettasse gli interessi costituiti. In parole povere, far papa un uomo pio e disinteressato che non rubasse e lasciasse rubare quelli che, per tradizione di famiglia, per cosí dire, vi avevano diritto. L'uomo che sembrò il piú appropriato per quel ruolo fu suggerito da re Carlo lo sciancato, che all'arte francese di sedurre unisce la furberia dei napoletani. I cardinali delle opposte fazioni, certamente rassicurati in anticipo, lo accettarono all'unanimità e perfino, da perfetti istrioni, si commossero e ci piansero sopra. *(Pausa)* Ma, per fortuna dell'onore cristiano, il nostro Celestino non è fatto del legno con cui si fabbricano le marionette. *(Pausa)* Come andrà a finire? Ne avete un'idea voi? Io no. Ma penso che la mistificazione non possa durare ancora a lungo.

Primo chierico (molto emozionato, si alza da terra, dove era rimasto seduto). Scusate, mi permettete di parlare? Ecco, fra Ludovico, voi avete purtroppo ragione per quello che avete detto della curia. Ma se il Santo Padre potesse parlare direttamente al popolo... Ah, voi non c'eravate quando egli apparve qui, per la prima volta, al pubblico che gremiva la piazza e le vie vicine. La sua semplicità, la sua mansuetudine, il suo sorriso innocente portarono quella folla immensa al limite del delirio. Essa riscopriva, come in una visione miracolosa, la purezza e la santità del cristianesimo... Voglio confidarvi che nei giorni scorsi abbiamo discusso di questo a lungo, in un gruppo di giovani. Noi siamo convinti che, se il Santo Padre si rivolgesse direttamente al popolo, egli potrebbe ancora capovolgere la situazione.

Fra Ludovico. Figlio mio, mi metti in grave imbarazzo. Non sono abituato a criticare l'entusiasmo, ma ora vi sono costretto. Vedi, gli entusiasmi delle folle sono fuochi di paglia, specialmente se hanno carattere festivo.

Primo chierico. Non si può accendere negli uomini un incendio che duri piú a lungo d'un fuoco di paglia?

Fra Ludovico. Ebbene, cercherò di risponderti. Forse mi spiegherò meglio con un esempio. Non fu un fuoco di paglia, ma un incendio durevole quello acceso, meno di cento anni fa, da San Francesco d'Assisi, e nonostante gli sforzi rabbiosi di molti pompieri, esso, qua e là, arde ancora. Perché? Ovunque San Francesco appariva, egli non invitava il popolo a festeggiare e a distrarsi, ma a convertirsi, a cambiare vita, a sostituire i frivoli piaceri del mondo con le gioie dello spirito, e ne dava l'esempio... Forse quello che mancò a San Francesco, per estendere l'incendio a tutta la cristianità, fu l'aiuto d'un papa come Celestino V.

Durante il dialogo tra il chierico e Ludovico, i due monaci morronesi sono rimasti seduti, immobili e con lo sguardo a terra. Si fa lentamente buio.

Una condizione insopportabile

Dopo una breve pausa torna la luce. Celestino V e il cardinale Caetani sono seduti di fronte.

Celestino V. Scusatemi se vi ho fatto aspettare. Non è stata mancanza di riguardo. Come sapete, non potendo abolirle, ho ridotto le udienze. Prima di quest'anno, ho sempre dedicato l'Avvento alla meditazione e alla preghiera.

Card. Caetani. Ma ora siete papa.

Celestino V. Sí, ho imparato a mie spese che è difficile essere papa e rimanere buon cristiano.

Card. Caetani. Io penso che sia possibile, ma in maniera diversa, com'è naturale. Quanto piú si sale nella gerarchia della Chiesa e dello Stato, tanto piú aumentano i doveri e di conseguenza si riduce la libertà personale.

Celestino V. È proprio come dite voi. L'esercizio del comando asservisce, cominciando da quelli che l'esercitano. Resta da chiarire perché tanti vorrebbero comandare.

Card. Caetani. La spiegazione mi sembra facile. L'uomo brama il comando piú della libertà e della virtú. Santità, temo che voi non conosciate l'uomo.

Celestino V. Il disprezzo dell'uomo l'incoraggia a essere spregevole. L'uomo vizioso si giustifica dicendo: Non è forse questa la natura dell'uomo? Che posso farci? Il concetto cristiano dell'uomo è invece nobilissimo.

Card. Caetani. Il concetto sí, ma la realtà?

Celestino V. La realtà è molteplice, lo ammetto. Ma il cristianesimo chiama l'uomo a elevarsi dalla sua pesantezza animalesca.

Card. Caetani. Santo Padre, volete permettermi una domanda indiscreta? Nella vostra accettazione del pontificato, non contribuí in nulla il desiderio di comandare?

Celestino V. In un modo molto confuso e anche infantile, senza dubbio. Ne ho parlato a lungo col mio confessore e sto eseguendo la penitenza.

Card. Caetani. Perdonatemi l'indiscrezione e parliamo d'altro. Ho saputo del vostro urto col re e col suo aiutante militare. Me ne rallegro. Ora posso dirvi con franchezza che eravamo in parecchi a vedere con sospetto la vostra familiarità col re.

Celestino V. Il dissenso col re mi ha fatto soffrire, perché gli ero e gli sono affezionato. Ma questo conflitto mi è stato di grande aiuto. Se non sembro immodesto, vorrei dire che ora vedo con maggiore chiarezza parecchie verità importanti.

Card. Caetani. Non pensate che alcune vostre precedenti concessioni al re dovrebbero essere annullate? L'avete perfino nominato senatore di Roma, nonostante che la nostra costituzione proibisca di eleggere a quella dignità un re o un principe regnante.

Celestino V. È stato uno sbaglio, lo ammetto, è stato un gesto ingenuo.

Card. Caetani. Cosí lo giudico anch'io, non di piú.

Celestino V. Riconosco a voi, nei riguardi del re di Napoli, il merito della maggiore coerenza fra tutti noi. Ho risaputo che a Perugia foste voi a salvare la dignità del Sacro Collegio nell'opporvi alla presenza del re nel conclave.

Card. Caetani. Era una pretesa inaudita, eppure nessuno osava protestare in sua presenza. Forse Vostra Santità ignora fin dove arrivi l'inframettenza di questo re nelle cose nostre. Potete farvene un'idea se vi dico che la maggioranza dei cardinali riceve da re Carlo una pensione annua. L'accettano perfino alcuni di essi che sono straricchi.

Celestino V. È dunque vero che la ricchezza rende sempre piú avidi. Non basta ai signori cardinali la vendita delle sinecure?

Card. Caetani. Non esageriamo. Nel commercio delle sinecure è piú il fumo che l'arrosto, ed è difficile abolirlo. È una pratica che ha dietro di sé antiche tradizioni. D'altra parte anche gli uomini corrotti possono far comodo. Lasciati liberi nei loro vizi, essi possono essere zelanti nel resto.

Celestino V. Quale resto? Il risanamento dei costumi?

Card. Caetani. Perché no? S'intende il costume degli avversari. *(Ride.)*

Celestino V. Voi ridete? A me verrebbe piuttosto da piangere. *(Pausa)* Stamane è venuto da me uno dei Colonna a farmi, chiaro e tondo, un discorso di questo genere: poiché l'ultimo appalto importante l'avete attribuito agli Orsini, il prossimo naturalmente spetta a noi.

Card. Caetani. I Colonna non conoscono le buone maniere. D'altra parte gli Orsini si vantano un po' troppo di avere il papa dalla loro. Pare che uno di essi, alcuni anni fa, vi abbia dato i mezzi per costruire la badia di Santo Spirito a Sulmona.

Celestino V. Non ne feci un uso personale e non m'impose speciali obblighi.

Card. Caetani. Lo credo. In quanto agli appalti, a me pare che il criterio piú opportuno da seguire sia un'accorta giustizia distributiva.

Celestino V. Una giustizia pura e semplice non sarebbe preferibile? Ma io stesso non vedo come. .

Card. Caetani. Le grandi famiglie sono una realtà che non può essere ignorata.

Celestino V. Di fronte alla grandezza del popolo di Cristo esse sono però ben poco.

Card. Caetani. Chiunque conosce la storia sa che esse sono la gloria e la forza della Chiesa.

Celestino V. Se permettete l'espressione volgare, ne sono anche le sanguisughe. A voi non pare?

Card. Caetani. Quelle innocenti bestiole le vendono gli speziali, ed è segno che possono fare del bene. Forse anche la Chiesa ne ha bisogno. Ma a chi vorreste affidare i grandi affari, se non alle famiglie ricche? Sono le sole che posseggano i mezzi necessari per condurli a buon fine.

Celestino V. E per trarne pingui profitti.

Card. Caetani. Ogni affare è un rischio, e ogni rischio merita un premio.

Celestino V. Se il premio è esorbitante?

Card. Caetani. Fate controllare i costi.

Celestino V. Da chi? Dai loro parenti che comandano nella curia? Sarebbe aggiungere al danno le beffe; ed io non me ne intendo: vengo da una famiglia di povera gente. Mia madre sapeva contare solo fino a cinque.

Card. Caetani. Ah, beato voi. Per la salvezza dell'anima la povertà è una vera fortuna.

Celestino V. Lo dite per celia?

Card. Caetani. Mai oserei.

Celestino V. Ma se considerate sul serio la povertà una condizione favorevole alla salute dell'anima, perché non rinunziate alle vostre ricchezze? L'anima non è il bene supremo?

Il cardinale guarda il papa sorpreso, poi scoppia a ridere.

Card. Caetani. Sapete che vi sono degli imbecilli i quali pretendono che voi siate privo di senso di umorismo?

Celestino V. Non al punto da non apprezzare ora il vostro sarcasmo. *(Il cardinale accenna a voler aggiungere qualcosa per attenuare il senso delle sue parole, ma il papa prosegue senza badargli)* Sí, riconosco che è stato di cattivo gusto prendere alla lettera il vostro elogio della povertà. Ma torniamo al nostro discorso sulla cosiddetta giustizia distributiva. Il mio compito sarebbe dunque di ripartire equamente i privilegi, le dispense, le sinecure, gli appalti, le altre ruberie alle varie fazioni rappresentate nella curia. Ebbene, col passare del tempo, questo mi sta diventando insopportabile.

Card. Caetani. Non c'è nulla da fare. Avete cercato di modificare la composizione della curia affidandovi ai consigli del re. Quale miglioramento avete constatato dopo la nomina dei nuovi cardinali?

Celestino V. Nessuno e ne ho tratto la conclusione che il difetto non è tanto nelle persone, quanto nel sistema. Bisognerebbe ridurre i poteri della curia e restituire ai vescovi le facoltà di cui disponevano nei primi tempi apostolici.

Card. Caetani (leva le braccia in alto in segno di sorpresa e indignazione). Che dite? Ah, no, mai, a nessun costo. Sarebbe un colpo mortale all'unità della Chiesa già cosí fragile e traballante. Al contrario, Santità, al contrario, la Chiesa ha bisogno piú che mai di stare unita, per difendere le sue prerogative e imporsi ai principi e agli Stati. Non vi rendete conto che se concedessimo l'autonomia ai vescovi francesi, in breve tempo li perderemmo?

Celestino V. Può darsi, ma la dominazione assoluta della curia romana mi sembra ancora piú perniciosa, perché sta disgustando dal cristianesimo gli spiriti meglio disposti.

Card. Caetani (ancora acceso di sdegno). Peccato che pensieri di questo genere non li abbiate manifestati pubblicamente prima del voto del conclave, e che nessuno di noi abbia saputo, neppure lontanamente, prevederli.

Celestino V (sorridendo). Mi crederete se vi assicuro che da parte mia non vi era dissimulazione? È solo di recente, guardandomi attorno come papa, che sono arrivato a queste conclusioni. Ora, voi avete inteso dire che, se foste stato in grado di prevederlo, il vostro voto e quello degli altri cardinali sarebbe stato diverso? Ne sono convinto io pure. Ma nessuno, neanche il Sacro Collegio, può limitare la libertà dello Spirito Santo: quello che egli fece, può disfarlo anche prima che io muoia.

Card. Caetani (con ansia non dissimulata). Santità, cosa intendete dire?

Celestino V. Lo saprete in modo esplicito ben presto e ne avrete, personalmente, una grande gioia.

Il cardinale sorride e in un moto d'irresistibile gratitudine s'inginocchia ai piedi del papa che gli impartisce la benedizione. Si fa buio.

Il gran rifiuto

Al ritorno della luce fra Bartolomeo, fra Angelo e fra Ludovico sono indaffarati a preparare la stanza per l'imminente concistoro. Fra Angelo depone sul tavolo con grande cura il manto porporino, la stola e la tiara che il papa indosserà per l'allocuzione ai cardinali. Fra Bartolomeo e fra Ludovico collocano, a breve distanza dall'ingresso del salone, una poltrona sopra una predella, a modo di trono. L'azione si svolge silenziosa; l'aspetto dei tre frati è grave e preoccupato. Nel vano della porta appare il primo chierico che reca una poltroncina.

Primo chierico (a fra Angelo). Dove vanno messe le poltroncine?

Fra Angelo. Non qui, bisogna allinearle nel salone, esse sono per i cardinali.

Primo chierico. Non ce ne vuole qualcuna accanto al trono del Santo Padre?

Fra Angelo. Egli ha detto di volere accanto a sé, in questa occasione, solo persone fidate, quindi nessun cardinale. Statemi vicini voi tre, egli ha detto e, se lo gradiscono, anche i due chierichetti.

Arriva quasi di corsa il secondo chierico, che dimostra grande ansia ed emozione.

Secondo chierico. È vero che il Santo Padre vuole abdicare?

Nessuno gli risponde, il chierico ne trae triste conferma e dà in singhiozzi.

Primo chierico (gli si avvicina per parlargli sottovoce). Non c'è piú niente da fare, sai, poi ti spiegherò.

Secondo chierico. Com'è possibile? C'è proprio da impazzire. Non è mai accaduto nulla di simile.

Primo chierico. Hai ragione, mai. Eppure i cardinali non muoveranno obiezioni, vedrai.

Secondo chierico. I cardinali no, sfido io; ma i buoni cristiani? Il Santo Padre dunque ci abbandona. Com'è possibile? Non è una fuga?

Fra Ludovico (che ha udito la protesta concitata del chierico). No, figlio mio, non è una fuga, è un atto di coraggio, un gesto di lealtà verso se stesso e verso gli altri.

Secondo chierico. Non è mai accaduto nulla di simile.

Fra Ludovico. Non è del tutto esatto. Nella storia della Chiesa, la parola *mai* è fuori luogo. Tutto l'umanamente accadibile, vi è già accaduto. Il solo fatto sovrumano è che essa esista ancora.

Secondo chierico. C'è una domanda che ho già udita da altri: un eletto dello Spirito Santo può rinunziare al trono? Lo Spirito Santo si era dunque sbagliato?

Fra Ludovico. No, Egli è infallibile. E perché non ammettere che anche questa abdicazione sia ora ispirata da Lui?

Irrompe nella stanza l'aiutante militare del re e, poiché i presenti non gli fanno caso, egli si rivolge a tutti ad alta voce.

L'aiutante. Sono inviato da Sua Maestà per invitare il Santo Padre a un colloquio urgente, a palazzo reale oppure qui, secondo la preferenza di Sua Santità.

Fra Angelo. L'augusta richiesta sarà portata a conoscenza di Sua Santità appena possibile.

L'aiutante. Sua Maestà attende una risposta immediata.

Fra Angelo. Sarà immediata, com'è ovvio, non appena Sua Santità l'avrà accolta.

L'aiutante si dirige decisamente verso la cella della clausura, ma è preceduto da fra Ludovico che gli sbarra l'entrata.

Fra Ludovico. Vi avverto che non tolleriamo prepotenze.

Dopo un istante di riflessione, l'aiutante in gran fretta torna indietro sui suoi passi. Attraverso il vano della porta s'intravedono intanto alcuni prelati e altri personaggi, anch'essi accorsi per avere conferma o smentita della sensazionale noti-

zia dell'abdicazione; ma fra Bartolomeo li tiene a bada e impedisce che entrino nell'anticamera. Dal brusio che ne risulta, si distinguono poche esclamazioni isolate.

Voci. « Ma com'è possibile? È mai accaduto uno scandalo simile. »
« Dunque è vero? Gesú, Gesú, in che tempi viviamo. »
« Lo Spirito Santo si sbagliò a Perugia o si sbaglia adesso? Eh, eh, eh, di qui non si scappa, aut, aut. »
« L'ultima parola, vedrete, la dirà la Sorbona. »

Fra Bartolomeo socchiude i battenti della porta e vi rimane a guardia, assieme ai due chierici, per evitare che entrino degli estranei. Ma subito dopo arriva il cardinale Caetani, al quale senz'altro si fa largo; prima di procedere egli s'intrattiene familiarmente coi due chierici.

Fra Angelo (a fra Ludovico). Ecco il futuro papa. Egli si è accaparrato l'appoggio degli Orsini e quindi ha già la maggioranza del Sacro Collegio. Il prossimo conclave sarà, diversamente da quello di Perugia, uno dei piú brevi della storia della Chiesa.

Card. Caetani (avanza nell'anticamera e chiama a sé fra Ludovico e fra Angelo). Il Santo Padre è nella sua cella?

Fra Angelo. Sí, ma non possiamo disturbarlo.

Card. Caetani. È giusto. Egli ha piú che mai bisogno di raccoglimento e di calma.

Fra Ludovico. Non preoccupatevi, non l'abbiamo mai visto cosí sereno come in questi giorni.

Card. Caetani. Tanto meglio. Gli direte dunque, da parte mia, di non temere alcuna opposizione nel concistoro. La maggioranza è per l'accettazione silenziosa della dichiarazione che abbiamo concordata assieme.

Fra Angelo. E la minoranza che dirà?

Card. Caetani. È perplessa, acefala e anch'essa tacerà. Il vero pericolo è fuori del concistoro.

Fra Angelo. Il re ha fatto chiedere al Santo Padre un colloquio urgente.

Card. Caetani. Spero che egli lo rifiuti, almeno fino a dopo la cerimonia. Davanti al fatto compiuto il re finirà, presto o tardi, col rassegnarsi, anche se alcuni consiglieri gli stanno suggerendo delle pazzie.

Fra Ludovico. Quali consiglieri e quali pazzie?

Card. Caetani. Dalla prima notizia dell'abdicazione, il campo dei Colonna è caduto in uno stato di autentica isteria. Essi sono, forse lo sapete anche voi, avventurieri senza scrupoli, capaci di ogni misfatto. Qualcuno di essi si è ora improvvisato teologo e va blaterando che l'abdicazione sarà nulla e il nuovo conclave illegale. Col pretesto di salvaguardare la pace religiosa del regno, essi pertanto hanno chiesto al re d'impedirlo con la forza.

Fra Angelo. Il re è d'accordo?

Card. Caetani. Non ancora. Egli ha chiesto consiglio a Parigi e questo potrà avere gravi conseguenze.

Fra Ludovico. Non certo per il nostro Celestino, che da stasera sarà fuori giuoco.

Card. Caetani. Non fatevi illusioni. Un mancato riconoscimento dell'abdicazione da parte dei vescovi francesi provocherebbe uno scisma. Avremmo due papi, Celestino V e quello che sarà nominato dal nuovo conclave.

Fra Angelo. Non è da temere che il nostro Celestino si presti all'operazione.

Card. Caetani. I francesi, voi non li conoscete, possono anche fare a meno del suo consenso. Potranno impadronirsene, isolarlo e condurlo a Lione o altrove, tenendolo all'oscuro delle conseguenze.

Fra Angelo. Non vi pare una visione con troppi se?... Se il re di Napoli... Se i vescovi francesi... Se il prossimo conclave... Mentre noi abbiamo già abbastanza da preoccuparci per la giornata di oggi.

Card. Caetani. Avete ragione. Ma non è prematuro pensare a dove Celestino andrà stasera o domani lasciando questa sede. Un eremita può anche dormire sotto i ponti, non un papa e nemmeno un ex papa.

Fra Angelo. Abbiamo pensato che...

Fra Ludovico (lo interrompe, mosso da diffidenza verso il cardinale). Non ci abbiamo ancora pensato.

Card. Caetani. Ditegli che la mia casa di Anagni è a sua disposizione. Egli vi si troverà al sicuro e non gli mancherà nulla. Comunque, per evitargli grossi dispiaceri, da questo momento ci conviene agire di comune accordo e con discrezione.

Fra Angelo. Beninteso, riferirò al Santo Padre ogni vostra parola.

Dal salone giungono voci e rumori indistinti.

Card. Caetani. Cominciano ad arrivare i cardinali. Non permettete a nessun altro di entrare in questa stanza.

I due frati salutano con un breve inchino il cardinale che torna nel salone.

Fra Ludovico. Con la dovuta discrezione, penso che saremo d'accordo: né Anagni, né Lione.
Fra Angelo. Siamo intesi, né la padella, né la brace. Il nostro piano per Celestino resta immutato.

Dalla piazza arriva un rumore crescente di manifestazione popolare, in cui agli inni sacri si uniscono grida di abbasso ed evviva. I frati e i chierici accorrono al balcone.

Fra Bartolomeo. Cos'è? Che succede?
Primo chierico. Dev'essere la processione di Santa Lucia, oggi è il 13 dicembre.
Secondo chierico. La processione di Santa Lucia non è mai passata di qui, che stranezza.

Il significato dell'insolito itinerario della processione comincia a diventare piú chiaro appena essa si avvicina alla residenza del papa. A un certo punto sembra che le grida provengano dall'interno del palazzo. La porta di destra dell'anticamera papale, quella riservata al re e agli alti dignitari della corte, si spalanca di colpo. Vi appare per un istante l'aiutante del re, che subito si ritira per cedere il passo a un gruppo di popolani cenciosi, stretti attorno a un labaro con l'immagine di Santa Lucia. L'inaspettata irruzione oltrepassa di poco la soglia della porta. Le persone presenti nella sala fanno subito barriera davanti all'ingresso della clausura; mentre, nel lato opposto, dal salone in cui sono riuniti i cardinali, appare il cardinale Caetani che, dopo un rapido sguardo per capire quello che succede, si ritira, chiudendo la porta dietro di sé. L'uomo che regge il labaro si avanza d'un passo e grida:

« Viva Santa Lucia, viva il papa, viva il re. »
Il grido è ripreso dai suoi compagni che agitano in aria i loro berretti. Qualcuno apporta al grido una variante che gli altri ripetono:
« Viva il papa e abbasso i cardinali. »
Gli occhi si fissano sulla porticina della clausura. Essa si apre e appare l'alta e solenne figura del papa. I presenti, compresi i popolani, lo salutano con una breve genuflessione; solo i due chierici restano in ginocchio. Il papa sembra sofferente ma sereno; egli procede lentamente fino al centro della sala e si pone di fronte al gruppo dei popolani. Il portabandiera alza il labaro e ripete in coro coi suoi compagni:
« Viva Santa Lucia, viva il papa, viva il re. »

Celestino V (con voce stanca e mansueta). Chi vi ha condotti fin qui? Come siete arrivati a quella porta, riservata al re?
Il portabandiera. Santo Padre, vi parliamo a nome del popolo, rimanete con noi. Non abbandonateci, non abbandonate il gregge ai lupi.
Un secondo popolano. Mandate via i cardinali e rimanete col popolo e col re.
Terzo popolano. I cardinali sono la rovina della Chiesa come i baroni sono la rovina del Regno. Non ci lasciate.
I popolani (in coro). Santo Padre, liberate la Chiesa dalla curia di Roma.
Quarto popolano. Se ce li consegnate, Santità, vi liberiamo noi dai cardinali farabutti.
Celestino V. Come osate pronunciare parole di violenza in presenza del papa? *(Pausa)* Ascoltatemi. Se una persona ha la cancrena in un braccio o in un piede, può essere salvata tagliando la parte malata. Ma se la malattia è penetrata in molte parti del corpo, non si può tagliare.
Il portabandiera. Che c'è da fare in quel caso?
Celestino V. Preghiamo assieme. Ripetete dopo di me, ogni frase che io pronunzierò. Sarò breve. *(A mani giunte il papa comincia la preghiera)* Padre nostro che sei in cielo in terra e in ogni luogo...
I popolani e i religiosi presenti. Padre nostro che sei in cielo in terra e in ogni luogo...
Celestino V. Venga il tuo Regno...

I medesimi. Venga il tuo Regno.

Celestino V. Ora vi do la benedizione. *(Col braccio destro egli traccia nell'aria il segno della croce, mentre a loro volta anche i popolani si segnano)* E adesso, per favore, andate con Dio e cercate di essere buoni.

I popolani si ritirano e fra Bartolomeo si affretta a chiudere la porta alle loro spalle. Il papa si avvede che i due chierici sono rimasti in ginocchio e uno di essi anzi non riesce a nascondere le lagrime.

Celestino V. Miei cari, alzatevi. Spero che l'incidente di poco fa non vi abbia turbato. *(Egli si curva per aiutarli a rialzarsi.)*

Secondo chierico (trattiene a stento i singhiozzi). Santo Padre, anche se quegli uomini si sono espressi con parole rozze, essi rappresentano il sentimento della maggioranza dei fedeli. Ascoltate il popolo, Santità, *vox populi, vox Dei.*

Nel frattempo il clamore della folla adunata sotto le finestre del palazzo si riaccende con maggiore violenza, forse perché informata dell'inutilità del colloquio dei propri rappresentanti col papa.

Celestino V (ai due chierici). Amo il popolo, ma non d'un amore cieco. Anch'io vengo dal popolo e lo conosco bene. Esso può essere facilmente ingannato, eccitato, illuso. Vi siete chiesto chi abbia informato quella folla della mia decisione? In quali termini? Chi ha dato ordine di deviare la processione di Santa Lucia dal suo corso tradizionale e di portarla sotto le mie finestre? No, non è vero che la voce del popolo sia sempre la voce di Dio. Non dimenticate che fu il popolo a chiedere la liberazione di Barabba e la crocifissione di Cristo. Che ne può sapere il popolo del terribile esame di coscienza che ho dovuto affrontare nei giorni scorsi? Bisogna amare il popolo, ma nessuno schiamazzo di folla deve mai prevalere sulla voce della coscienza. Certo, figli miei, mi dispiace di andare lontano da voi e di non vedervi piú.

Primo chierico. Portateci con voi.

Secondo chierico. Non ci abbandonate. Permetteteci di seguirvi.

Celestino V. Seguirmi dove? Il poco tempo che mi resta, figli miei, vorrei passarlo in pace, in qualche grotta della Maiella, lontano dagli intrighi, dalle rivalità, dalle invidie, dalle cupidigie... La pace, non desidero altro.

Fra Angelo. Santo Padre, mi occuperò io di questi due nostri giovani amici.

Il papa assentisce, e poiché lo schiamazzo della folla non accenna a diminuire, egli fa cenno a fra Bartolomeo di chiudere le imposte del balcone e di tirare le tende. Cessano i rumori esterni, e poiché per un istante si fa quasi buio, fra Angelo e fra Ludovico accendono i ceri di vari candelieri. Nella penombra da cripta si svolge l'atto della vestizione pontificale che procederà alla svelta. Il papa è assistito da fra Bartolomeo e fra Angelo che gli porgono l'anello, il manto porporino, la stola e la mitra.

Celestino V. Fratelli miei, non perdiamo piú tempo, sono pronto.

Fra Ludovico spalanca i battenti della porta comunicante col salone in cui sono radunati i cardinali e il papa prende posto sul trono. Fra Bartolomeo e fra Angelo s'inginocchiano ai suoi lati; fra Ludovico e i due chierici un po' piú indietro. Regna un silenzio assoluto. Il papa è illuminato di faccia dalla luce intensa che emana dal salone.

Celestino V (ad alta voce). La pace sia con voi.
I cardinali (a voce altissima). E con lo spirito tuo.
Celestino V. Preghiamo.

Al termine della preghiera silenziosa, il papa si fa il segno della croce.

Celestino V. Miei fratelli in Cristo, voi conoscete già il motivo della convocazione di questo concistoro straordinario. Non ho dunque bisogno di esordio e dirò lo strettamente necessario. Sappiate pertanto che tacerò sul fondo della questione, su quello che penso cioè della situazione della Chiesa nel mondo d'oggi, poiché non è questione che si possa risolvere oggi, né io ho avuto manco la possibilità di affrontarla, né voi siete in grado di risolverla, né vedo chi altro, tra gli uomini d'oggi, lo possa. Vi parlerò quindi solo di me e dell'atto che sto per compiere e vi prego di ascoltarmi in silenzio, di risparmiarmi interruzioni, domande, commenti, proteste e suppliche. Almeno in questo ultimo incontro cerchiamo di essere fra noi caritatevoli e leali.

Fra Angelo porge al papa una cartella in cui è scritta la formula dell'abdicazione.

Voce dal salone. Beatissimo Padre...
Celestino V. Vi ho invitato ad ascoltarmi senza porre domande.
La stessa voce. Non è una domanda, è un suggerimento per inserire il vostro atto nel diritto canonico.
Celestino V. Chi siete?
La voce. Matteo Orsini.
Celestino V. Dite.
Matteo Orsini. Beatissimo Padre, giacché siete sí fermo sul vostro proposito, si faccia la vostra volontà. Però, se volete che la vostra rinuncia sia rata e stabile, definite anzitutto, con speciale costituzione, potere il papa per legittime cause fare rinunzia del papato e potere i cardinali accettarla.
Celestino V. Cosí sia. Formulate voi stesso questo nuovo principio che, in grazia dell'autorità che in questo momento ancora detengo, io accetto e decreto. *(Apre la cartella consegnatagli da fra Angelo e a voce alta e lenta legge)* Ascoltate: "Io Celestino, mosso da ragioni legittime, per bisogno di umiltà, di perfezionamento morale, e per obbligo di coscienza, come pure per indebolimento fisico, per difetto di dottrina e per la cattiveria del mondo; al fine di ricuperare la pace e le consolazioni del mio precedente modo di vivere, con tutto l'animo e liberamente mi dimetto dal Pontificato, espressamente fo rinunzia del seggio, della dignità, del peso e dell'onore,
dando da questo istante piena e libera facoltà al Sacro Collegio dei cardinali di scegliere e provvedere, per via canonica, di nuovo Pastore la Chiesa universale".

Terminata la lettura si levano dal salone mormorii ed esclamazioni, energicamente zittiti dalla maggioranza dei presenti. Il papa dimissionario scende dal trono e, alla vista di tutti i presenti, si toglie l'anello, la mitra, la stola e il manto, deponendoli sul pavimento accanto a sé. Con l'aiuto di fra

Ludovico indossa quindi di nuovo il rozzo saio degli eremiti. Dopodiché fra Bartolomeo chiude i battenti della porta e Celestino si dirige in silenzio verso la sua cella.

Fra Angelo (a fra Ludovico). Ora possiamo dire di avere assistito alla fine d'una strana avventura.

Fra Ludovico. Non è ancora la fine, io temo. *(Rivolto al pubblico)* Abbiate ancora un po' di pazienza. Non è ancora la fine.

Buio.

Fine del secondo tempo

IV

Sulmona, gennaio 1295

La duplice caccia a Pier Celestino

A scena semibuia e vuota, arrivano affievoliti dalla distanza alcuni squilli di tromba d'un banditore pubblico, seguiti dalla enunciazione del bando, del quale sono comprensibili però alcune frasi staccate: "Il nuovo papa Bonifacio... l'ex papa Celestino... ordine di cattura...", accompagnate da accoglienze ostili sotto forma di fischi e altri rumori da parte degli uditori. Dopo un po' appare sulla scena, camminando sveltamente all'indietro, il banditore, che è il Cerbicca a noi già noto: egli è vestito al solito modo bizzarro e stravagante e regge con una mano una tromba e con l'altra trascina un sacco già pieno a metà. Cerbicca è inseguito da lazzi e proteste e dal lancio di torsoli di cavoli, di rape e di mele e pere marce, per opera di persone che a causa del buio non si vedono; ed egli raccoglie e mette nel sacco quella parte dei commestibili lanciatigli contro che, anche minimamente, gli sembra utilizzabile.

Cerbicca (compie gesti di goffa riverenza verso l'invisibile pubblico). Vi ringrazio, miei generosi ammiratori, vi ringrazio di cuore per la vostra solidarietà e i vostri doni. In quanto a questi, vorrei solo suggerirvi di mandarmi, se potete, meno torsoli di cavoli e piú rape; si capisce, se potete.

Dopo aver bevuto un sorso, forse d'acquavite, da un bottiglino che estrae da una tasca segreta, egli dà nuovamente fiato alla tromba, lascia al pubblico del vicinato il tempo di affacciarsi alle finestre o di scendere per strada e quindi con voce stentorea ripete il bando.

Cerbicca. Si fa sapere allo spettabile pubblico di Sulmona che Sua Maestà il re di Napoli e Sua Santità il nuovo papa Bonifacio *(questo nome suscita qualche fischio e il lancio d'alcuni ortaggi)* ...vi stavo dicendo che questi due importanti personaggi, voi li potete stimare come credete, che a me non me ne importa proprio niente, stanno assai preoccupati di non sapere dove diavolo si trovi e che stia combinando l'ex papa Celestino, scappato da Napoli di notte tempo, come sapete, senza lasciare un indirizzo. *(Grida di buffone, pagliaccio, venduto e il lancio di altri torsoli interrompono di nuovo il banditore)* Vi stavo dicendo che essi stanno assai impensieriti che il nostro amato Celestino se lo rubino i francesi e perciò desiderano che Celestino sia preso, ovunque si trova, e consegnato, per amore o per forza, alle nostre legittime autorità che penseranno di metterlo al sicuro in qualche carcere nostrano, dove, come è noto a molti di noi, si sta meglio che in qualsiasi altro posto, specialmente in quanto a schifezza. *(Una rapa colpisce in testa il banditore e lo fa barcollare; egli però, subito dopo, continua imperterrito)* Adesso viene il piú importante, fate dunque attenzione, nell'interesse vostro e della vostra famiglia. Chiunque, mosso da nobili sentimenti cristiani e patriottici, farà la spia e faciliterà la cattura di esso Celestino, riceverà un premio... *(Gli urli degli ascoltatori rendono incomprensibile la descrizione del premio)* ...Mentre sarà rinchiuso in carcere ogni vigliacco che, in un modo o nell'altro, lo aiutasse a nascondersi.

La fine del bando provoca, contro il Cerbicca, nuovi lanci di rifiuti di cucina e altre immondizie solide, che lui esamina con attenzione allo scopo già indicato. Dopodiché egli si fa avanti sul proscenio e si siede per terra, tenendo ai lati la tromba e il sacco.

Cerbicca (al pubblico). Spero che avrete ammirato come, anche da banditore, io sappia cavarmela, dando un colpo al cerchio e uno alla botte, mentre il mio vero mestiere, come sapete, è proprietario agricolo. Il banditore titolare, che io sostituisco, è malato, almeno cosí lui pretende. Egli stava benissimo fino al momento in cui gli hanno letto il bando di oggi; allora è bruscamente impallidito e ha perso la voce. Ha detto *(Cerbicca imita la voce d'un afono)*: « Volentieri, ma non posso, parola d'onore, non posso, non sentite che non ho piú voce? ». Strana malattia. Come il banditore, c'è qui parecchia altra gente che in questi giorni ha misteriosamente perduta la voce. Tra esse, il parroco don Costantino, che anche voi conoscete, il quale avrebbe dovuto leggere il bando dal pulpito. *(Cerbicca imita di nuovo la voce d'un afono.)* « Non posso » ha risposto « mi manca la voce, non sentite che mi manca la voce? » Il bando è stato allora affisso sulle porte delle chiese, per ordine del Grande Giustiziere; ma su nessuna porta è rimasto a lungo, probabilmente per difetto della colla con la quale era stato appiccicato. Strana colla. Tutte queste stranezze forse si spiegano col fatto che, fino a qualche settimana fa, i medesimi gentiluomini che ora stanno organizzando la caccia al nostro Celestino, lo portavano ai sette cieli. Nessuno ha dimenticato lo spettacolo di quando egli, appena tre o quattro mesi fa, partí di qui col corteo diretto all'Aquila, per la solenne incoronazione papale. A cavalcioni d'un asino, col re da una parte e il principe ereditario dall'altra che reggevano le briglie, egli era confuso e timido, come lo saremmo stati io o voi al suo posto. Il nuovo papa divenne per la gente di qui un nuovo Gesú Cristo, e i monaci celestini diventarono di colpo i padroni della piazza, erano loro, purtroppo, che facevano il bello e cattivo tempo. Siccome vedo che siete ansiosi di sapere quello che io ne pensi, ve lo dico in due parole. Pier Celestino, cosí adesso viene chiamato, è un essere al quale francamente è impossibile non voler bene; forse, anzi senza forse, è un pazzo, ma un pazzo simpatico. Dei suoi monaci invece preferirei non parlare. Eppure anch'io a un certo momento cercai d'intrufolarmi fra essi; dato che, disgraziatamente, se uno è nei grandi affari, com'è il mio caso, se non è uno stupido, deve per forza mettersi dalla parte di chi comanda. Cosí una sera andai in un'adunanza per la formazione d'una nuova confraternita, che si tenne nel cortile d'un convento, ed ero rassegnato anch'io a farne parte. Per cominciare, un monaco celestino ci tenne un discorso sul Regno di Dio in questo mondo, che a parer suo sarebbe d'imminente instaurazione: parola d'onore, fu un discorso coi fiocchi, pieno di citazioni di profeti, tanto che molti dei presenti piangevano; insomma uno di quei discorsi per cui gli ascoltatori, quanto meno capiscono, tanto piú si commuovono. Appena si passò alle domande e risposte, io mi alzai e, col buonsenso di un autentico proprietario agricolo, chiesi qualche spiegazione pratica. « Nel Regno di Dio, che secondo voi sta per arrivare » domandai al predicatore « si mangerà? Che cosa si mangerà? E il cibo sarà gratis o a pagamento? » Non mi lasciarono nemmeno finire le domande, ché un paio di monaci nerboruti mi sollevarono di peso e mi buttarono fuori del cortile. È facile capire che essi agirono con quella brutalità soltanto perché non sapevano cosa rispondermi; ma io quell'affronto me lo legai ugualmente al dito. Questo è una delle ragioni per cui, quando ho saputo che le autorità cercavano un banditore e non lo trovavano, perché ognuno al quale si rivolgevano, perdeva subito la voce, io mi sono fatto avanti. « La tromba » ho detto « l'imparai a suonare da militare, e dopo aver bevuto, ho anche una bella voce. » Ma, sotto sotto, a voi posso confessarlo, oltre all'antipatia per i frati, avevo anche un altro motivo. Dovete sapere che, fin da ragazzo, io ho avuto una grande aspirazione, diventare usciere. Di per sé, mi farete osservare, non è nulla di originale, poiché, parliamoci sinceramente, chi è che non vorrebbe diventare usciere? Ora appunto ho pensato che, facendo il banditore in questa circostanza delicata, avrei acquistato le simpatie delle autorità e compiuto un passo decisivo verso l'uscierato, che rimane per me, come per ogni uomo serio, una meta invidiabile. Lo stesso invece non si può piú dire di altri posti, prima preferiti; ad esempio, non si può piú dire del papato. Fino a qualche settimana fa, la frase "stare come un papa" significava stare benissimo; la frase "stasera mi sento come un papa" voleva significare, per chi la pronunziava, avere mangiato e bevuto con grande soddisfazione e non avere grattacapi o noie d'alcun genere. Ma adesso, dopo che il nostro Pier Celestino se n'è venuto via sbattendo le porte della Santa Sede, non si può piú parlare a quel modo, anche se non è chiaro perché lui si sia dimesso. Qui ormai non si parla d'altro, benché nessuno ne sappia qualcosa di preciso; però, si dice, se un uomo pio e di buon carattere come quello se n'è venuto via, in un modo o nell'altro, devono averlo trattato maluccio. Forse non gli davano abbastanza da mangiare, oppure gli avevano ridotto la paga; queste sono le supposizioni piú comuni. Come che sia, un fatto però è assodato: ormai anche quella del papa è una carica che ha i suoi inconvenienti. Nessuno però si aspettava il peggio che sta ora accadendo. Tra i miei amici altolocati, come il parroco don Costantino, ho sentito fare questa domanda: Perché, dopo aver accettato le dimissioni di Celestino, il nuovo papa adesso gli dà la caccia? Alla storiella dei francesi qui nessuno ci crede. E allora? Si fanno altre supposizioni. Magari, dopo la partenza di Celestino, si saranno accorti che nei sacri palazzi manca dell'argenteria, e si parla dei francesi per non denunziare lo scandalo. Se questo fosse vero, secondo me, la colpa sarebbe tutta dei suoi monaci; se invece il nuovo papa dovesse avere addirittura la prova che il colpevole è stato proprio lui, Celestino, allora, per conto mio, resterebbe una sola e unica spiegazione: il sant'uomo l'ha fatto distrattamente. Avvolgendo un fagotto di biancheria o di panni, può capitare a chiunque di arrotolarci dentro anche qualche candeliere d'argento o altri oggetti di valore. Una distrazione simile accadde una volta perfino a me e probabilmente sarà occorsa anche a parecchi di voi...

All'improvviso dal fondo buio della scena arriva il gendarme che già conosciamo, il quale si precipita minaccioso contro il Cerbicca

Gendarme. Da un manigoldo quale tu sei, non c'era da aspettarsi altro. Intanto tutta la cittadinanza ride a causa del tuo bando.

Cerbicca. Avresti preferito che piangesse?

Gendarme. Non ride di te, gaglioffo, ma delle autorità, ecco il guaio. Perché non ti sei limitato a leggere il testo del bando, ma l'hai stupidamente alterato?

Cerbicca. Non l'ho letto, te lo dico in confidenza e che resti fra noi, perché sono analfabeta. Se sapessi leggere e scrivere non farei il proprietario agricolo, ma il poeta.

Gendarme. Potevi almeno impararlo a memoria.

Cerbicca. Se avessi una memoria cosí forte da ricordare una filastrocca cosí lunga come quella, farei il predicatore o l'avvocato.

Gendarme. Ora non capisco perché chiedesti con tanta insistenza di avere il foglio col testo del bando.

Cerbicca. Non te lo immagini? A ogni uomo che ama la pulizia, un foglio di carta può sempre servire. Del resto, prima di usarlo, mi sono fatto spiegare dal parroco don Costantino cosa ci fosse scritto, e io l'ho ripetuto fedelmente.

Gendarme. Altro che fedeltà. Tu hai miseramente compromessa tutta la campagna decisa dalle autorità su quell'argomento. Ma parlare di decoro con te è come parlare di musica a un sordo.

Cerbicca. Se le autorità ci tengono tanto al decoro, allora dovrebbero capire che una propaganda decorosa contro Celestino non si può assolutamente farla qui, nella zona del Morrone e della Maiella, dove egli è venerato da tutti; ma bisognerebbe svolgerla in altre città, dove egli sia ignoto.

Gendarme. Non dire stupidaggini. In città dove egli è sconosciuto, ogni propaganda sarebbe inutile.

Cerbicca. Inutile sí, ma decorosa.

Gendarme. Non capisco perché perdo il mio tempo a discutere con un imbecille cosí ottuso. Celestino è nascosto da queste parti, questo è certo, e le autorità hanno ricevuto l'ordine di catturarlo.

Cerbicca. E tu non vuoi persuaderti che qui non lo prenderete mai? Qui sono a sua difesa, non solo gli abitanti, ma anche i sassi, gli alberi, l'erba delle montagne. Dimodoché non catturandolo, dopo averlo tanto strombazzato, il decoro delle autorità finirà vergognosamente offeso. Mentre se esse lo cercassero in un'altra contrada, dove lui notoriamente non sta, il loro decoro sarebbe salvo, perché nessuna persona seria potrebbe criticarle di non averlo trovato.

Gendarme. Come fai a inventare tali sciocchezze?

Cerbicca (con alterigia). Non sta a te giudicarle, gendarme, ma ai tuoi superiori. Nel riferire le mie idee, puoi aggiungere che ne ho altre, ancor piú originali, per non dire genialoidi. In quanto a te, una volta per sempre devo dirti che se non ascolti i miei consigli, non diventerai mai generale.

Gendarme (seccato). Comunque la tua missione di banditore è terminata. *(Egli raccoglie la tromba e fa l'atto di andarsene.)*

Cerbicca (alza le spalle in segno d'indifferenza. Tanto meglio per me. In fin dei conti era umiliante, per un proprietario agricolo, girare per le strade suonando la tromba.

Gendarme (torna indietro). Cos'è questa tua continua vanteria di proprietario agricolo? Dove sono i tuoi campi?

Cerbicca. Non ho mai parlato di campi, ma solo di professione. C'è una differenza.

Gendarme. Sei dunque, per cosí dire, un proprietario senza proprietà.

Cerbicca. Quanto sei di testa dura. Ti ripeto che, non essendo riuscito a diventare usciere, ho scelto il mestiere di proprietario agricolo; ma, non avendo campi, non esercito la professione. Sono, per cosí dire, un proprietario di riserva.

Buio.

Il dovere di resistere alla persecuzione

Torna la luce. Appare un burrone chiuso tra balze alte e scoscese. Pier Celestino, fra Bartolomeo e fra Angelo sono seduti su grossi massi in attesa di amici. Essi portano il normale saio morronese. Dopo un po' arrivano, a uno a uno, guardinghi, fra Clementino e i due ex chierici napoletani, che ora vestono il saio dei novizi celestini.

Fra Clementino (porge a Pier Celestino un antico codice). È un dono di fra Ludovico, un ricordo per il tempo della separazione, che, lui teme, potrà essere lungo.

Pier Celestino (dopo aver osservato il frontespizio del codice, se lo stringe al cuore). La Concordia dell'antico e del nuovo Testamento di Gioacchino da Fiore? Che dono meraviglioso e provvidenziale.

Fra Bartolomeo (a fra Clementino). Fra Ludovico non verrà? Non dobbiamo aspettarlo?

Fra Clementino (a Pier Celestino). Fra Ludovico e gli altri fraticelli rimasti con lui non osano venire per ragioni di prudenza. Essi sono, dalla mattina alla sera, seguiti a vista da strani individui che certamente appartengono alla polizia segreta.

Pier Celestino. Mi fa piacere che fra Ludovico sappia essere anche prudente. Ero preoccupato per la sua irruenza. *(Ai due monaci anziani)* Penso che questi giovani *(indicando fra Clementino e i due novizi)* debbano essere autorizzati a spogliarsi del saio e a vestirsi in modo da passare inosservati. Che nome hanno assunto i due novizi?

Primo ex chierico. Io ora mi chiamo Luca.
Secondo ex chierico. Io Gioacchino.
Pier Celestino (ai due). Se volete fare un noviziato regolare, dovete entrare nella badia di Santo Spirito. Non credo che Bonifazio oserà chiuderla, tutt'al piú la priverà di qualche privilegio.
Luca (dopo essersi consultato con Gioacchino). Noi preferiamo rimanere con voi, o almeno ai vostri ordini, per quello che possiamo servire. Se non è possibile, ce ne torneremo a Napoli.
Pier Celestino (sorride). Vi ringrazio. Sarà un tirocinio un po' duro, ma forse non noioso. *(Ai due monaci anziani)* Aspettiamo ancora qualcuno?
Fra Bartolomeo. Dovrebbe arrivare anche Matteo il tessitore.
Gioacchino. Egli non sta bene. *(A fra Bartolomeo)* Mi ha detto di avvisarvi che alcuni incarichi affidatigli, li sta assolvendo sua figlia Concetta.
Fra Bartolomeo. Questo mi rassicura. Concetta è una ragazza intelligente e coraggiosa.
Gioacchino. Sí, una ragazza straordinaria. In caso di bisogno, essa può disporre anche d'un paio di sue compagne.

Si leva un vento gelido che penetra anche nel burrone. monaci anziani calano il cappuccio sulla testa.

Fra Angelo (osserva il cielo). La neve è in ritardo, ma non è un buon segno. Quest'anno avremo un inverno assai duro.
Fra Clementino. Posso raccogliere un po' di sterpi per accendere un fuoco?
Fra Bartolomeo. Faresti piú fumo che fuoco, e il fumo sarebbe visto da lontano. Nei prossimi mesi il freddo sarà il nostro nemico principale.
Pier Celestino. Mi addolora per voi, ma non è necessario che questi ragazzi restino in montagna. Li manderei volentieri a svernare nelle Puglie, a metà strada verso la Grecia, per mantenere i contatti coi nostri esuli. È un progetto da studiare. In quanto a me, lasciatemelo dire, ogni penitenza mi sembrerà meritata.
Luca e *Gioacchino.* Meritata?
Pier Celestino. Non mi riferisco all'attuale persecuzione di Bonifazio. Essa è stupida, e ingiusta, come ogni azione ispirata

dalla paura. È inevitabile che un uomo ambizioso e debole, preso dal panico, veda pericoli ovunque e cada nella piú ridicola malafede. Se Bonifazio fosse capace d'un giudizio sereno, capirebbe subito di non avere nulla da temere da parte mia.

Fra Angelo. Non potremmo cercare di convincerlo del suo errore? Qualcuno di noi che l'ha avvicinato quand'era cardinale...

Pier Celestino. L'ho già tentato, invano. Ormai il nostro dovere è uno solo: con l'aiuto di Dio, resistere all'ingiustizia. È un sacrosanto dovere cristiano di non arrendersi alla persecuzione. *(Pausa)* La causa delle mie angustie, figli cari, è però un'altra. Sento il bisogno di parlarvi come in confessione, spogliandomi d'ogni amor proprio. La mia anima è dilaniata dai rimorsi. Voi ne conoscete l'origine. Perché accettai quella carica? Perché consentii che venisse gonfiato oltre misura il significato della mia elezione? Perché ingannai tanti buoni cristiani, cominciando da voi, figli miei cari, lasciandovi credere che esistessero le condizioni per un rinnovamento integrale della vita della Chiesa? Perché non capii che, a parte il resto, le mie energie sarebbero state insufficienti anche per un semplice pontificato d'ordinaria amministrazione? *(Alcuni dei presenti accennano a interrompere l'acerba confessione)* No, lasciatemi dire. C'è un solo argomento capace d'attenuare la mia colpevolezza: la mia incoscienza. Di tanti gravissimi peccati e aberrazioni, mi sono reso conto solo in ritardo e lentamente. A dire tutta la verità, sento di non essere ancora alla fine del mio esame di coscienza e prego Iddio di lasciarmi in vita almeno il tempo necessario per portarlo a termine. *(Pausa)* Affrontai l'avventura come un asino bendato. Vi assicuro che non è un paragone esagerato. Volete sapere quale fosse la mia maggiore preoccupazione nei giorni dell'accettazione? La mia ignoranza liturgica. Come me la caverò, mi chiedevo, nelle grandi funzioni pontificali delle basiliche romane? Quale stoltezza. Sí, anche quella, s'intende, era una difficoltà, tuttavia una inezia di fronte alle altre. *(Pausa)* Per le questioni serie, credetti di fare il furbo. Non c'è nulla di piú ridicolo d'un sempliciotto che crede di poter fare il furbo. Cosí pensai di servirmi del re "a fin di bene". Il maledetto "a fin di bene". Figli miei, non lo dimenticate: c'è solo il bene, puro e semplice; non c'è "a fin di bene". *(Pausa)* Ora mi vergogno di tutto quello che feci a fin di bene, ad esempio, le astuzie per impadronirmi del monastero benedettino di Cassino. E di altre cose, di molte altre cose del genere. Ero veramente stupido. *(Pausa)* Servirsi del potere? Che perniciosa illusione. È il potere che si serve di noi. Il potere è un cavallo difficile a guidare; va dove deve andare, o meglio, va dove può andare o dov'è naturale che vada. Non puoi chiedere al cavallo di volare: se non vola, non gliene puoi far torto. Tu devi contentarti della soddisfazione di stare in alto. Lo stesso si può dire della curia di Roma: essa è quello che è. *(Pausa)* L'aspirazione a comandare, l'ossessione del potere è, a tutti i livelli, una forma di pazzia. Mangia l'anima, la stravolge, la rende falsa. Anche se si aspira al potere "a fin di bene", soprattutto se si aspira al potere "a fin di bene". La tentazione del potere è la piú diabolica che possa essere tesa all'uomo, se Satana osò proporla perfino a Cristo. Con lui non riuscí, ma riesce con i suoi vicari. È una tentazione piú perfida di quella dei sensi. Infatti vi soccombono anche molti uomini casti. *(Pausa)* Tutto sommato, la mia è stata una triste avventura, il tempo piú penoso della mia vita. All'inizio mi sentivo come preso in un vortice. In seguito cominciò il supplizio: dovevo fare gesti che non volevo, dire parole che non pensavo, firmare documenti che non capivo, redatti da altri secondo i loro comodi privati, circolavano bolle recanti la mia firma e che io non avevo firmato. Rubavano piú o meno tutti, anche quelli che venivano a denunziarmi i furti degli altri. *(Pausa)* Vivevo a corte, come qui, alla maniera d'un mendicante; ma a che serviva? A far ridere i monsignori.

Gioacchino. Luca e io non ridevamo.

Pier Celestino. Sí, eravate la mia consolazione e ve ne sono infinitamente grato. I giovani come voi sono ora la mia speranza.

Fra Angelo. Siamo ridotti in pochi. Tanti che erano con noi nel momento del trionfo, ora ci hanno abbandonato.

Pier Celestino. Può darsi che altri, nell'intimo della loro coscienza, siano ora con noi, e noi neanche li conosciamo.

Gioacchino. Non c'è da temere che, di fronte alle persecuzioni, la loro specie si diradi e si estingua?

Pier Celestino. No, francamente non lo temo. Vi sarà sempre qualche cristiano che prenderà Cristo sul serio, qualche cristiano assurdo, come ama dire Bonifazio. Poiché gli stessi che lo tradiscono, non possono distruggere il Vangelo. Lo possono nascondere, ne possono dare interpretazioni di comodo, ma non distruggerlo. Per cui ogni tanto qualcuno lo riscoprirà e accetterà con animo sereno di andare allo sbaraglio.

Fra Clementino. E noi? Non possiamo mica addormentarci nella fiducia che vi saranno sempre cristiani onesti e coraggiosi. Al punto in cui siamo ridotti, che possiamo fare?

Pier Celestino. Ebbene, mi pare che anzitutto ci spetta la funzione della massaia che la sera ricopre di cenere la brace del camino, per poter piú facilmente, l'indomani, riaccendere il fuoco. In piú vi sarà il lavoro continuo di collegare tra loro e rinfrancare gli amici dispersi. Si deve rifare sempre daccapo la tela che la violenza distrugge. Bisogna creare un punto d'appoggio sul Gargano per le comunicazioni con gli esuli.

Fra Bartolomeo. Quanto tempo durerà il nostro traffico prima che le autorità lo distruggano?

Pier Celestino. Non so, ma, soppresso in un luogo, potrà risorgere altrove.

Fra Clementino. Voi sapete che, se la notte è lunga, la brace riposta sotto la cenere può spegnersi. Quanti anni durerà questa notte che la Chiesa di Cristo adesso attraversa?

Pier Celestino. Figlio mio, come posso saperlo? Ne passarono tanti di anni prima che Cristo nascesse. Forse, per poter risorgere, la Chiesa dovrà prima integralmente imputridire. C'è un mistero della Chiesa che la nostra mente non riesce a penetrare. Ma è importante che un certo numero di cristiani mantenga vivo in sé quello che sembra prematuro per il mondo.

Gioacchino. Volete dire che per ora dobbiamo occuparci della nostra anima? Dobbiamo coltivarla come certuni coltivano il loro giardino? Ma in questo modo non dimentichiamo il Regno di Dio, annunziato nel Vangelo e predicato da Gioacchino da Fiore e da voi stesso? Non dimentichiamo gli altri?

Fra Clementino. Voglio ringraziare Gioacchino per questa sua domanda, che è anche nella mia mente.

Pier Celestino. Vi dirò in tutta semplicità quello che ne penso. Può esistere un'opposizione tra la vita di un'anima seriamente cristiana e l'attesa del Regno di Dio? Non mi pare. A me sembra che l'anima cristiana, la quale aspiri intensamente al Regno di Dio, si conforma a immagine di esso e vi adegua il suo comportamento, a cominciare dalle relazioni col prossimo. Non è un gioco di parole affermare che essa realizza, sia pure in misura minima, il Regno. Rimane senza dubbio il contrasto dell'anima con le istituzioni e le leggi esistenti. Quando e come il Regno sarà instaurato con la partecipazione libera di tutte le altre creature? Quando e come la carità sostituirà le leggi? Nessuno può saperlo, ma non dev'essere un incoraggiamento alla nostra pigrizia. Poiché i cristiani che, fin da oggi, vivono coraggiosamente secondo quello spirito, in realtà lo anticipano. E nella nostra preghiera quotidiana rimane l'invocazione: Venga il tuo Regno.

Gioacchino e fra Clementino sono visibilmente persuasi, e non riuscendo a esprimerlo con le parole, ripetutamente annuiscono.

Pier Celestino. Prima di separarci, vorrei rivolgervi ancora due raccomandazioni. *(Pausa)* Non lasciate avvelenare il vostro cuore dall'odio verso i falsi cristiani che ci perseguitano. Quei disgraziati che fanno commercio di Cristo, meritano soltanto la nostra pietà. Malgrado l'oro che essi ammucchiano, sono dei poveretti da commiserare. Malgrado le armi, la servitú in livrea, le vesti di seta, il cerimoniale faraonico di cui si attorniano, quelli di essi che vi trovano piacere, sono degli incoscienti, gli altri, degli infelici. *(Pausa)* In quanto al vostro distacco dalle cose vane del mondo, poiché vi conosco, so che non è necessario insistervi; ma cercate di non soffrire della loro privazione. È forse una penitenza la pulizia del corpo? E perché dovrebbe esserlo avere pensieri e sentimenti puliti? Siate lieti.

Sul ciglio del burrone appare un uomo cencioso. Fra Bartolomeo gli va subito incontro.

Fra Bartolomeo (allo sconosciuto). Chi sei? Cosa cerchi?
Lo sconosciuto (con voce piagnucolosa). La carità, per l'amore di Dio. Non mangio da tre giorni.

Fra Bartolomeo. Perché cerchi l'elemosina in montagna?

Lo sconosciuto (balbetta in modo appena comprensibile). Sono un pellegrino... Ho perduto la strada...

Sopraggiunge fra Angelo che gli porge un pezzo di pane e gli fa segno di andarsene.

I fedeli imprigionati

Un camerone della prigione di Sulmona. È una stanzaccia lurida, affumicata, ornata di graffiti osceni alle pareti, che riceve un po' di luce diurna da un paio di finestrelle difese da inferriate; alcuni anelli, infissi alla parte bassa delle pareti, servono ad agganciare i carcerati durante la notte; in un angolo vi sono un paio di panche. Da una porticina di ferro il gendarme fa entrare nel camerone, a uno a uno – e qualcuno piú lento egli lo spinge avanti brutalmente – il primo gruppo di prigionieri presi sotto l'accusa di favoreggiatori della fuga dell'ex papa Celestino. Sono persone a noi già note: Matteo il tessitore di Pratola, fra Ludovico da Macerata, fra Bartolomeo da Trasacco, fra Angelo da Caramanico, fra Berardo da Penne, fra Tommaso da Atri, infine tre giovani, fra Clementino da Atri e i due ex chierici napoletani, ora novizi celestini, che fanno comunella assieme, ridono e scherzano di continuo. I prigionieri, ad eccezione dei giovani, sembrano tutti malridotti, stanchi, polverosi, coi capelli arruffati.

Gendarme. Mi pare che, per ora, ci siete tutti. Rimanete qui in assoluto silenzio.

Fra Ludovico. È permesso di... pregare?

Il gendarme non risponde.

Fra Bartolomeo. Potete spiegarci che ci facciamo qui? Chi deve venire?

Gendarme. Un messo del vescovo, un teologo inquisitore del tribunale ecclesiastico.

Fra Angelo. Resteremo legati anche in presenza di lui?

Gendarme. Non lo so, non spetta a me decidere.

Fra Angelo. Sia chiaro che non l'ho chiesto per poter stringere la mano all'inviato di monsignore.
Matteo. Possiamo avere dell'acqua per lavarci?
Gendarme. Devo ricordarvi che qui non siete in una locanda, ma in carcere.

Il gendarme va via, chiudendo a chiave la porta di ferro. Appena soli, i prigionieri, che, essendo rinchiusi in celle separate, si ritrovano assieme per la prima volta dopo l'arresto, s'informano reciprocamente sulla propria condizione. Fra Bartolomeo presenta a quelli che non li conoscono i due ex chierici napoletani che ora sono vestiti da laici.

Fra Bartolomeo. Questi sono due nostri novizi che hanno preso i nomi di Gioacchino e di Luca. Pier Celestino li ha autorizzati, finché dura la persecuzione, a non vestire il saio.

Fra Ludovico mormora qualcosa a fra Clementino, che si mette in mezzo alla stanza e a braccia levate invoca silenzio.

Fra Clementino. Quelli che la sanno a memoria, sono pregati di cantare con me la prima parte del salmo 143, che David compose stando nascosto in una spelonca dei monti di Giuda per sfuggire alle persecuzioni di Saul:

Ò Signore ascolta la mia prece,
porgi orecchio al mio supplicare,
tu, fedele e giusto, m'esaudisci.
  E non chiamare in giudizio il tuo servo,
  ché niun vivente è giusto innanzi a te.
Poiché mi perseguita il nemico,
ha prostrato a terra la mia vita,
nell'ombra, come i morti lungo i tempi.
  E lo spirito in me è conturbato,
  entro il mio petto si smarrisce il cuore.
Io mi vo rammentando i tempi antichi,
tutte le opere tue vo meditando,
ripenso alle imprese delle tue mani.
  Io protendo a te le mie palme,
  a te l'anima mia quale arsa terra...

Terminato il canto i frati piú anziani si siedono sulle panche, mentre i tre giovani si fanno avanti sul proscenio per conversare tra loro.

Fra Clementino (ai due novizi). È la prima volta che siete incarcerati? Immagino in voi una certa emozione.

Luca. Sí, la prima volta, e la trovo meno terribile di quanto immaginassi.

Fra Clementino. Con una buona disposizione d'animo e senza rimorsi, il carcere può essere perfino un piacevole luogo di riposo. La paura del carcere è un trucco inventato dalle autorità per avvilire i buoni cristiani. Molte vigliaccherie vengono infatti giustificate con la paura di finire in carcere.

Gioacchino (a fra Clementino, con irresistibile ansietà). Credi che le famiglie saranno informate del nostro arresto? Ti confesso di essere sgomento al pensiero di come reagirà mia madre.

Luca (si affretta a interloquire al fine di evitare un commento sbagliato di fra Clementino). Devi sapere che sua madre è dama di corte. Appena informata, ella correrà certamente dal re.

Fra Clementino (a Gioacchino, ridendo). Stavo dicendo che non bisogna aver paura del carcere; ma ora devo aggiungere che un detenuto non deve neanche temere di essere liberato.

Gioacchino. Che farò se metteranno in libertà me solo? Senza di voi, sarò come un pesce fuori acqua.

Fra Clementino. Non sarai solo, sta sicuro. Con le dovute precauzioni potrai chiedere consiglio allo stesso Celestino.

Gioacchino. Potrò rintracciarlo senza metterlo in pericolo?

Fra Clementino. Non è facile, ma possibile. Conosci già Concetta, la figlia di Matteo. È una cristiana straordinaria per coraggio e virtú. Le porterai notizie di suo padre, e se te le chiederà, anche mie, e lei sarà felice di aiutarti.

A questo punto la conversazione fra i frati anziani, seduti sulle panche, si fa piú vivace e attira l'attenzione degli altri. I giovani si ravvicinano al gruppo.

Fra Ludovico (a fra Angelo, con voce piuttosto elevata essendo seduti agli estremi delle panche). Fra Angelo, conosci le notizie piú recenti di Bonifazio? Egli ha decretato l'annullamento degli ultimi donativi e privilegi concessi da papa Celestino ai propri monasteri, e ha destituito un certo numero di vescovi dell'Italia meridionale nominati da lui.

Fra Bartolomeo. Formalmente sí, nominati da lui; ma in realtà da quel lestofante del cancelliere Mastrocoeli.

Fra Angelo. Volete sapere cosa ne penso? Peggio per loro, per i monasteri e per i vescovi colpiti. Di fronte alla sorte di Pier Celestino, nulla ha piú importanza ai miei occhi.

Fra Ludovico. Hai ragione. A rifletterci su, che uomo sfortunato. Sembra, come Giobbe, l'oggetto di una sfida di Satana a Dio. Proprio quando lui s'illudeva d'aver ricuperato la libertà, ha perduto quel poco che gliene rimaneva. Adesso non illudiamoci. Non ci sarà piú libertà, non ci sarà piú pace, non ci sarà piú riposo per il nostro Pier Celestino. Anche se lui ha abdicato per tornare alla vita eremitica e anche se niente e nessuno potrà fargli cambiare idea, non l'avrà. Anche se lui rifiuterà sdegnosamente di diventare uno strumento dei francesi, i quali, per motivi loro, hanno interesse a non riconoscere la sua abdicazione e persistono a considerarlo ancora come il vero papa, non l'avrà. E anche se lui non accetterà di diventare uno strumento di Bonifazio, di cui detesta la politica, e che vorrebbe averlo sottomano principalmente per sottrarlo ai francesi e ai Colonna, egli non l'avrà. Nonostante il suo rifiuto e la sua ostinazione, gli uni e gli altri continueranno a dargli la caccia, nella persuasione di potersene servire, con le buone o con le brutte, se riusciranno a trasportarlo presso di sé, a Lione o ad Anagni.

Fra Tommàso. Sembra una trappola inventata da un pazzo.

Fra Berardo. No, è un'evidente macchinazione del demonio. Per nostra sciagura, c'è di mezzo un papa.

Fra Angelo. Pensavo che Bonifazio fosse mosso soltanto dalla paura di essere dichiarato antipapa dai vescovi francesi, che finirebbero col guadagnare l'appoggio anche di altri vescovi. Ma adesso è chiaro che in piú c'è l'invidia, anzi un odio forsennato contro un buon cristiano. Questo secondo motivo me lo ha rivelato, chiaro e tondo, il Camerlengo venuto qui l'altro giorno assieme all'abate di Montecassino. Egli mi ha detto in confidenza che, prima di partire da Roma, aveva lasciato Bonifazio nelle migliori disposizioni verso Pier Celestino; il papa gliene aveva parlato con ammirazione e affetto, quasi con tenerezza. Ma alcune successive relazioni sulle accoglienze popolari che avevano accolto il ritorno di Pier Celestino in Abruzzo e sulle guarigioni miracolose avvenute in sua presenza nelle soste del viaggio, lo hanno insospettito ed esasperato al massimo. Le ultime istruzioni ricevute qui dal Camerlengo, che, a onor del vero, non ha mostrato di gradirle troppo, non lasciano piú dubbi: Pier Celestino dev'essere a ogni costo catturato e condotto ad Anagni, nottetempo e sotto scorta armata.

Luca. Ma come si può costringere qualcuno a qualcosa contro cui la sua anima si rifiuta?

Fra Ludovico. Santa ingenuità. Tu non sai che la parola anima fa sorridere chi non pensa che al potere.

Fra Angelo. È proprio cosí. A Bonifazio e al re di Francia basterebbe poter disporre del nome di Celestino, e anche del corpo, da poter mostrare saltuariamente, perché non si creda a una soperchieria. Per il resto, l'uno e l'altro lo lascerebbero perfettamente libero di pensare quel che gli pare.

Gioacchino. Che destino beffardo. Il cristiano che ha deposto la tiara per non servirsi degli altri come di oggetti, ora è lui trattato come un oggetto. Che non ci sia via di scampo?

Fra Ludovico. È stato fatale a Celestino l'essere caduto, spinto anche da noi, nell'ingranaggio del potere. Fortunatamente egli ha avvertito subito il pericolo e se n'è ritirato a tempo per non essere stritolato. Ma è come se, per un lembo del saio, vi sia rimasto impigliato. È una macchina maledetta.

Matteo. D'altra parte, la sua stessa abdicazione ha fatto ora di lui un personaggio troppo importante per essere dimenticato in un eremo. Non è piú un privato qualsiasi.

Gioacchino (indica le finestrelle, quasi gridando). La neve, la neve. *(Come napoletano egli non vi è abituato, perciò il suo annunzio ha qualcosa di gioioso.)*

Luca (al suo compagno, sottovoce). Non dimenticare che, per i rifugiati in montagna, la neve è meno divertente.

Gioacchino (impallidisce). Sono veramente sciocco.

Anche gli altri si avvicinano alle finestrelle. Il Morrone è già tutto bianco e una gagliarda tramontana sparge neve sulla città. La luce del giorno si è fatta livida.

Matteo. Quest'anno la neve è arrivata in ritardo. Il popolo pensava che fosse per un riguardo a Pier Celestino tornato da Napoli. Ma, presto o tardi, doveva cadere, siamo già a gennaio.

Gioacchino (timidamente). Credete che con la neve egli corra maggiore pericolo?

Fra Bartolomeo. No, non è il primo inverno che egli passa in montagna.

Matteo. Il primo inverno però come fuggiasco.

Fra Bartolomeo. La neve darà maggiore fastidio a quelli che lo ricercano. I poliziotti sono in maggioranza napoletani.

Matteo. Ma i suoi eventuali spostamenti diventeranno con la neve piú difficili.

Fra Bartolomeo. Non avrà bisogno di muoversi.

Matteo. Neanche se si sentisse in pericolo?

Fra Bartolomeo. Soprattutto se si sentisse in pericolo.

Fra Angelo. Egli ha buoni nervi, e un periodo di letargo gli può fare del bene.

Fra Ludovico. In caso di malessere o disturbo fisico, ha qualcuno che lo può soccorrere?

Fra Bartolomeo. Sí, non è solo.

Matteo. L'inverno è lungo sul Morrone. Chissà quando lo rivedremo.

Fra Ludovico. Anche il nostro carcere può essere lungo. Anche noi dobbiamo essere disposti a un letargo.

Matteo. L'ozio mi sarà insopportabile; preferirei i lavori forzati.

Si ode uno stridore di chiave nella serratura della porta.

Fra Bartolomeo. Se vi sarà interrogatorio, vi propongo che fra Angelo risponda per tutti.

Fra Ludovico. D'accordo.

Entrano nel camerone il gendarme e il baglivo già noto.

Gendarme. Cosa fate vicino alle finestre? Allineatevi contro quella parete.

I detenuti ubbidiscono, i tre giovani con goffi movimenti militareschi.

Baglivo. Doveva venire a interrogarvi qualcuno del vescovato, un teologo inquisitore, di qui o di Chieti, non so bene. L'abbiamo aspettato finora, ma non s'è visto. Potrà arrivare da un momento all'altro.

Fra Angelo. Se non avrà perduto anche lui la voce. *(Risate)* Dateci intanto una spiegazione: a disposizione di quale giustizia ci troviamo? Del tribunale civile o di quello ecclesiastico?

Baglivo. Riconosco che la domanda è legittima, ma, allo stato attuale dell'istruttoria, è prematura. Per il momento voi siete a disposizione dei due tribunali, in base all'accordo stipulato tra Sua Maestà il re di Napoli e Sua Santità Bonifazio VIII. Sua Maestà ha emesso un editto che i banditori hanno già divulgato in tutto il Regno e che voi conoscete. In esso è esplicita la motivazione del vostro arresto. Vale a dire che voi potete essere rimessi immediatamente in libertà, non appena ci indicherete dove si trova l'ex papa Celestino. *(Prolungato silenzio)* Non potete pretendere d'ignorarlo, poiché vari di voi sono stati visti assieme a lui appena ieri mattina, nei pressi dell'eremo di Sant'Onofrio.

Fra Angelo. Visti da chi? Un giudice leale indica sempre la fonte della sua accusa.

Baglivo. Non nei procedimenti politici. Per il rispetto che ho di voi, posso però tener conto di una vostra dichiarazione. Siete pronti a giurare di non sapere dove l'ex papa si nasconde?

Fra Angelo. Il Vangelo ci proibisce di giurare.

Baglivo. Rinunzio alla formalità del giuramento. Siete disposti ad affermarlo sul vostro onore?

Fra Angelo. Non abbiamo alcun impegno d'onore verso la Stato che voi rappresentate.

Baglivo. C'è qualcuno tra voialtri *(il baglivo guarda individualmente ognuno dei presenti)* disposto a rispondere alla domanda: dove si trova attualmente l'ex papa Celestino? *(Prolungato silenzio)* C'è qualcuno che preferirebbe parlarmi da solo? *(Silenzio)* La vostra reticenza conferma, mi pare, la vostra colpevolezza.

Fra Angelo. Nessun cristiano può essere costretto, in coscienza, a facilitare l'azione dei suoi persecutori. Anche Nostro Signore, quando corse pericolo di essere preso a sassate, si nascose.

Baglivo. Avete ricevuto un appello alla rivolta contro Bonifazio

VIII, lanciato da Pietro e Giacomo Colonna e dal vostro amico Jacopone da Todi? *(Silenzio)* Devo avvertirvi che, secondo gli sviluppi ancora imprevedibili di quella ribellione, voi correte dei rischi anche gravi se non vi dissociate a tempo da essa.

Fra Angelo. Non temiamo quelli che hanno il potere di offenderci nel corpo; ma quelli che distruggono l'anima.

Baglivo. Questa è una bella frase che può riguardare il messo del vescovato, non me. *(Al gendarme)* Vuoi andare a vedere se per caso, nel frattempo, egli sia arrivato? *(Il gendarme esce, e il baglivo prosegue su un tono di voce benevolo e addolorato)* Vi assicuro che questo incontro m'è penoso. Purtroppo non è questa la situazione in cui io possa rinnovare i sensi della mia profonda devozione verso Pier Celestino.

Fra Angelo. Perché no? Sarebbe anzi la situazione ideale.

Fra Bartolomeo. Due mesi fa voi gli scriveste a Napoli perché vi ottenesse dal re una promozione.

Baglivo (dopo un momento d'incertezza, sorride). È possibile, anzi, possibilissimo, dati i tempi. Penso che, dal punto di vista del semplice buon senso, non dovrebbe essere difficile per il nostro Pier Celestino scegliere tra i due che ora lo stanno ricercando, il papa Bonifazio, suo vecchio amico da una parte, e il re di Francia dall'altra.

Fra Angelo. V'è ancora un terzo prepotente che lo ricerca e lo vuole solo per sé.

Baglivo. Non mi risulta. Chi sarebbe?

Fra Angelo. Penso che da bambino pure voi ne avrete sentito parlare, Domine Iddio.

Baglivo. Beh, anche questo potrà essere un interessante punto da chiarire tra voi e il teologo del vescovato e che a me non mi fa né caldo né freddo. Io invece stavo pensando che non costerebbe grande sforzo al nostro Pier Celestino di rassicurare il suo successore sul carattere definitivo della propria abdicazione e sulla sua ripugnanza a incoraggiare lo scisma minacciato dai francesi.

Fra Angelo. Voi sfondate una porta aperta, signor baglivo. Quello che voi proponete, Pier Celestino l'ha già fatto, e in un primo tempo Bonifazio ne sembrava soddisfatto; ora non piú, ora vuole il corpo, vivo o morto.

Baglivo. È purtroppo vero, egli non si fida.

Fra Angelo. Egli giudica Pier Celestino un suo pari; mentre tra i due non c'è nulla in comune, a parte il battesimo.

Baglivo. L'hanno assai insospettito, secondo il Camerlengo, le dimostrazioni popolari e i miracoli da lui compiuti sulla via del ritorno da Napoli. Sarebbe stato piú prudente astenersene.

Fra Angelo. I miracoli, un papa dovrebbe saperlo, li compie unicamente Domine Iddio. Se l'Altissimo, quando gli pare, si serve dell'intercessione di Pier Celestino piuttosto che di quella di Bonifazio, è chiaro che se ne assume anche la responsabilità. Bonifazio dovrebbe sapere dunque presso chi lagnarsi.

Baglivo. Mi pare che anche questa sia materia di competenza del teologo e non mia. *(S'interrompe al rumore della chiave nella serratura che precede la riapparizione del gendarme.)*

Gendarme. È venuto qualcuno dal vescovato ad avvertire che il teologo inquisitore ha mal di gola. *(Risate, a cui si associa anche il baglivo, con visibile scandalo del gendarme.)*

Baglivo (ai detenuti). La vostra ulteriore permanenza in carcere dipenderà ormai dal tribunale ecclesiastico. *(Al gendarme)* I detenuti siano ricondotti nelle loro celle e riforniti d'acqua per le loro pulizie.

Mentre il gendarme va a riaprire la porta, il baglivo prende a parte fra Bartolomeo.

Baglivo (sottovoce). Il vostro incontro di ieri mattina sul Morrone è stato osservato da un finto mendicante, al quale, tra l'altro, avete fatto l'elemosina. Se ne avete modo, avvertite Pier Celestino. Attenzione ai finti mendicanti. Quando ci sarà qualche novità, verrò a trovarvi nella cella.

Buio.

V

Vieste (Gargano), maggio 1295

Pier Celestino allo sbaraglio

L'azione si svolge a Vieste, sulla costa meridionale del Gargano, località impervia, raggiungibile solo in barca. La scena rappresenta un'ampia semigrotta, incavata a mezza costa d'un promontorio roccioso, quasi a strapiombo sul mare. Attorno alla grotta crescono cespugli di fichidindia e qualche olivastro; davanti vi passa un sentiero che si allarga a forma di terrazzino. Alcuni grossi sassi vi servono da sedili.
È un sereno pomeriggio del mese di maggio 1295. Sono passati sei mesi dall'abdicazione di papa Celestino e dall'inizio della sua fuga per sottrarsi alle ricerche degli agenti di Bonifazio VIII e dei loro concorrenti francesi. Pier Celestino riposa ora nell'interno della grotta illuminata dal sole ponente; è seduto su un paglericcio, con la schiena e la testa appoggiate alla roccia e tiene gli occhi chiusi. Gioacchino l'osserva, incerto se svegliarlo, per annunciargli l'arrivo di Clementino, ma poi vi rinunzia. I due giovani, per motivi di prudenza, sono ora entrambi in abiti civili. Il nuovo arrivato sta seduto per terra, davanti alla grotta.

Clementino (accennando a Pier Celestino). Dorme?
Gioacchino. Sí. Una buona dormita farebbe bene anche a te. Quanto ci hai messo per arrivare?
Clementino. Quattro giorni. Ora sono stanco, ma non ho sonno. Abbiamo molte cose da raccontarci.
Gioacchino. Moltissime. *(Superando un'evidente esitazione)* Concetta arriverà presto anche lei?
Clementino. Penso di sí. Se dipendesse soltanto da lei, sarebbe

già qui; ma è in viaggio col padre che è piú lento, a causa degli anni.

Gioacchino. Concetta è una ragazza formidabile. Mentre noi eravamo in carcere, lei nascondeva e riforniva i fuggiaschi.

Clementino. Sí, da tutti i punti di vista, è meravigliosa. Fu lei che ti guidò da Pier Celestino?

Gioacchino. Fu per me un'esperienza indimenticabile. Te ne parlerò ancora chissà quante volte, ma adesso voglio raccontarti l'essenziale, anche per quello che riguarda Pier Celestino. Partimmo di sera per sfuggire alla sorveglianza degli sbirri e presto ci colse la notte. Fortunatamente il cielo era sereno e c'era la luna. Ma, a mano a mano che avanzavamo la neve si faceva piú alta, in certi punti affondavamo fino alla cintura. Lei andava avanti e faceva quindi la maggior fatica, e io dietro, sulle sue orme. Varie volte le proposi il cambio, ma lei rifiutò. « Voi non conoscete la strada » mi rispondeva. Non ti dico il freddo, non ti dico la paura dei lupi; solo l'orgoglio mi manteneva in piedi, sí, l'orgoglio dell'uomo in compagnia d'una ragazza. Da solo, o con un altro, mettiamo con te, non ce l'avrei fatta, sarei crollato senza rimedio. Dopo varie ore di quella orribile via crucis, a notte alta, arrivammo, come Dio volle, in vista del rifugio segreto di Pier Celestino. Concetta mi domandò: « Vedete quella roccia scura, lassú? ». Le risposi di sí. « Bene » aggiunse lei « buona notte e che Dio vi benedica » e mi voltò le spalle per tornarsene indietro. Appena mi riebbi dalla sorpresa, con le ultime energie che mi rimanevano, cominciai a gridare: « Concetta, Concetta ». Lei si voltò verso di me. « Che c'è? » rispose. « Non potete rifare tutta la strada a quest'ora, da sola e senza riposarvi, è una follia » gridai. « Pier Celestino mi prenderà a schiaffi per averlo permesso. » « Se è questo che vi preoccupa » lei mi rispose « state sicuro che non vi farà rimproveri » e riprese la sua dissennata corsa verso valle. Naturalmente non era il rabbuffo di chicchessia che mi importava; avevo menzionato Pier Celestino, solo per dire che, lasciandola partire in quelle condizioni, sentivo io stesso di meritare di essere preso a schiaffi. Ma ero ridotto in un tale stato di sfinimento da non poter far niente. Cosí rimasi inebetito a guardare verso valle, anche parecchio tempo dopo che lei era sparita nella foschia.

Clementino. Parlasti di lei a Pier Celestino?

Gioacchino. Subito, appena fui in sua presenza. Ma prima devo dirti che quando, con grande pena, riuscii a trascinarmi fino nei pressi del rifugio, fui assalito da due feroci cagnacci che vi stavano di guardia. Erano di quella terribile razza di mastini abruzzesi, di pelo bianco, ai quali mozzano gli orecchi onde rafforzarne l'udito e mettono collari di ferro, irti di chiodi, per la difesa nella lotta con i lupi. Quelle bestiacce mi si avventarono contro e in pochi istanti mi ridussero a mal partito. Mi avrebbero facilmente ucciso, se dal rifugio non fossero subito accorsi in mio aiuto alcuni pastori, che mi portarono a braccia nell'interno. Avevo profonde lacerazioni sanguinanti in varie parti del corpo e gli abiti a brandelli. Poteva anche darsi che i morsi dei cani mi avessero inoculato la rabbia. Ma non ebbi tempo di pensarci, perché la mia sola preoccupazione era ovviamente Concetta e, appunto a causa di lei, fui subito preso da un violento accesso di collera contro Pier Celestino, come subito ti spiegherò. Le prime parole che riuscii a balbettare furono appunto per raccontargli con quanta fatica e coraggio la ragazza mi avesse accompagnato fino a poca distanza di lí e poi, senza che io potessi impedirlo, se ne fosse tornata indietro, esponendosi ai gravissimi pericoli facili a immaginare. Perciò supplicai Pier Celestino di mandare immediatamente a raggiungerla qualcuno di quei pastori, per convincerla a passare la notte assieme a noi, oppure per riaccompagnarla a casa. Quando credetti di essermi spiegato, attesi in una tensione, che posso ben dire di spasimo, la sua decisione; ma egli rimase muto. Allora mi venne il dubbio che, a causa della vecchiaia, egli non avesse udite le mie parole, e che si fosse addirittura addormentato. La grotta era infatti scarsamente illuminata da un paio di lanterne a olio e non distinguevo bene i tratti del suo viso. Ero disperato. Non sapevo che fare. Benché prostrato dal viaggio e dal dolore delle ferite, ricominciai da capo, con grande affanno, il mio racconto, a voce piú alta e scuotendogli un braccio per svegliarlo, se fosse il caso. Ma egli m'interruppe bruscamente e con una durezza di cui non lo credevo capace: « Ho capito » mi gridò « ho capito, ora taci ». Non aggiunse altro, non una parola su Concetta. Da quel momento presi a odiarlo.

Clementino. Ti capisco. Nello stato d'animo in cui ti trovavi, era là reazione piú naturale. Soltanto a mente fredda, si poteva pensare che Celestino avesse un motivo che giustificava il suo comportamento, motivo che tu non conoscevi e che, d'altronde, neanch'io, ora, saprei immaginare.

Gioacchino. Ammiro la tua saggezza, dalla quale io ero lontanissimo. Se al mattino seguente fossi stato in grado di alzarmi e di reggermi in piedi, me ne sarei andato via, per non avere piú nulla a che fare con lui. Ma l'indomani, come mi fu raccontato piú tardi, deliravo con febbre alta, e per me fu una fortuna essere costretto a rimanere. Ripeto, una fortuna, perché potei conoscere meglio Celestino e tornare a volergli bene.

A questo punto i due si accorgono che Pier Celestino è sveglio e li sta ascoltando. Clementino si affretta ad alzarsi per baciargli la mano.

Clementino (a Pier Celestino). Quando sono arrivato, riposavi e non ho voluto disturbarti.

Pier Celestino prende posto anche lui sulla soglia della grotta, accanto a Gioacchino e a Clementino.

Pier Celestino. Vi prego di scusarmi se mi sono comportato da maleducato. Appena sveglio e accortomi della presenza di Clementino, stavo per dargli il benvenuto, quando ho sentito che dicevate male di me e ho ceduto al piacere di ascoltarvi. Adesso non serve che io preghi Gioacchino di continuare come se io dormissi, ché sarebbe una finzione.

Gioacchino. Io sono però ansioso di sapere almeno come arrivaste alla riconciliazione.

Pier Celestino (a Clementino). L'iniziativa spettava a me, che, almeno in apparenza, ero dalla parte del torto. Appena Gioacchino fu in grado d'intendere, e in un momento che eravamo soli, gli dissi: « Se l'altra sera avessi accolto la tua proposta, incaricando qualcuno di questi gentiluomini di rincorrere Concetta, sappi che l'avrei esposta a un pericolo peggiore dell'eventuale incontro con un lupo. Tu non potevi sapere a quale ceto appartengono questi nostri padroni di casa, e io non potevo spiegartelo alla loro presenza ».

Clementino. Quale ceto?

Gioacchino (a Clementino, con enfasi infantile). Per farla breve, erano, anzi sono dei briganti. Capisci? Veri briganti, proprio come quelli di cui raccontano le balie abruzzesi e che ai bambini fanno venire i vermi per la paura.

Pier Celestino. Costituiscono una banda di cui nel passato avevo sentito parlare varie volte dai pastori con allusioni paurose: la banda detta della Roncola. La si accusa di una lunga lista di misfatti di ogni genere, ma la banda ora si occupa di preferenza di furti di bestiame.

Clementino. Non capisco il loro interesse per un ex papa privo di greggi e di mandrie. Come eri caduto nella loro custodia?

Pier Celestino (visibilmente infastidito da tutta quella storia). Essi precedettero di poco l'arrivo della polizia a Sant'Onofrio e uno di loro fu riconosciuto da fra Bartolomeo come un onesto pastore del Morrone. Invece era un ex onesto.

Clementino. Ma ancora non riesco a capire perché ti presero sotto la loro tutela?

Gioacchino (a Pier Celestino). Posso rispondere io?

Pier Celestino. Ma sii breve. Ho perduto già troppo tempo con quei ribaldi.

Gioacchino. Ne ho discusso un paio di volte col capobanda, uomo brutale e furbo. « Perché vi interessa Pier Celestino? » domandavo. Si offendeva sul serio se osavo mettere in dubbio il suo disinteresse. « È uno dei nostri » mi ripeteva « uno della nostra montagna, è sangue nostro, prima di arrestarlo, dovranno passare sui nostri cadaveri. » Mi pareva sincero. D'altra parte, essi si servivano di Pier Celestino come di un'esca per ordire dei colpi molto redditizi ai danni della polizia. *(A Pier Celestino)* Dovresti raccontare a Clementino come s'impadronirono d'una squadra di cavalli della gendarmeria addetta alle tue ricerche.

Pier Celestino. No, francamente non ne ho voglia. Le gesta di quei lestofanti le racconterai tu a Clementino in un'altra occasione. Adesso sono ansioso di sapere da lui le ultime notizie dei nostri.

Clementino. Tardavo a dirle perché sono tristi. Sai di fra Angelo da Caramanico?

Pier Celestino. Dove si trova?

Clementino. Era con noi nel carcere di Sulmona. Ma per il modo energico come rispose all'interrogatorio d'un teologo del vescovato, fu spedito al carcere di Bolsena, che, come sai, è riservato agli ecclesiastici. Poco dopo, non si sa come, vi morí.

Pier Celestino (è dolorosamente colpito dalla notizia). Oh infamia, oh scelleratezza senza nome, oh nefanda cattiveria: colpire un uomo cosí puro onesto buono. *(Si copre la faccia con le mani)* Povero papa Bonifazio, preghiamo Dio perché gli perdoni.

Clementino. Nelle Marche vi sono stati casi di fraticelli flagellati per le pubbliche vie. Molti altri dei nostri sono raminghi sui monti e non se ne hanno notizie. Fra Liberato, fra Clareno, fra Ludovico si sono però di sicuro rifugiati in Grecia.

Pier Celestino. Mentre questo accadeva ai miei figli e fratelli, io stupidamente me ne stavo inerte in mano a una accozzaglia di delinquenti.

Clementino. Non potevate venir via?

Pier Celestino: Non ci lasciavano.

Gioacchino. Cercai invano di persuadere il capobanda. « Sarebbe per noi un disonore » mi rispondeva « la legge dell'ospitalità è il primo comandamento della montagna, Celestino è il vanto della nostra terra » e cose simili.

Pier Celestino. Quando si rassegnarono a lasciarmi partire, era praticamente impossibile.

Gioacchino. Le bufere di neve rendevano i passi impraticabili. Ogni traccia di sentieri era sparita. Era quasi giornaliero l'avvistamento di lupi. Finalmente arrivammo a un compromesso: saremmo stati lasciati liberi a maggio. Non prima, dato che per aprile essi aspettavano il passaggio d'altri cavalli.

Pier Celestino. Il priore di San Giovanni in Piano ci ha ora messo a disposizione una barca con un paio di pescatori per andare in Grecia. Nell'isola di Acaia, nel golfo di Corinto, ritroveremo gli amici che ci hanno preceduto. Aspettiamo, per partire, che il vento sia favorevole. Il nostro fra Tommaso da Sulmona è giú con i pescatori per le altre questioni pratiche.

Clementino. Cosí ti sei deciso anche tu di metterti in salvo in esilio? Mi fa piacere. Qui sei in permanente pericolo.

Pier Celestino. Sí, mi ero sempre rifiutato di partire, hai ragione di ricordarmelo. L'esilio è triste, dicevo, è un modo di confessare la propria sconfitta e lasciare il campo all'avversario. Ma qui ormai che ci sto a fare? I miei figli e fratelli sono dispersi. *(Con gli occhi rivolti al cielo)* Eppure, mio Dio, non ti chiedevo molto, soltanto di essere lasciato in pace, con alcuni di essi. Non me l'hai concesso. La sola libertà ora rimastami è di scegliermi la servitú: quella di Bonifazio, quella del re di Francia, o quella d'una banda di predoni di bestiame. Per motivi diversi non posso accettare nessuna di esse. *(I due giovani ascoltano silenziosi e commossi il lamento del Padre)* Figli miei, guardate questa terra, queste pietre, il mare, il cielo; riempitevi l'anima di queste immagini, per ripensarle da lontano. Bisogna amare la propria terra, ma, se essa diventa inabitabile per chi vuole conservare la propria dignità, è meglio andarsene. La nostra giustificazione non è spregevole poiché non ci viene suggerita dalla pigrizia, ma dalla missione che ci rimane.

Dalla destra appare fra Tommaso da Sulmona.

Fra Tommaso (a Pier Celestino). Padre, i pescatori avvertono che il vento si è messo finalmente a nostro favore. Se vuoi, partiamo.

Pier Celestino. Va bene, anche subito. *(A fra Tommaso e a Clementino)* Non vi conoscete? Questo è un vecchio compagno, fra Tommaso da Sulmona, e questo fra Clementino da Atri, ora in abito laico.

Fra Tommaso. Faccio preparare la barca e gli uomini. *(Se ne va.)*

Gioacchino (dopo uno sguardo d'intesa con fra Clementino). Non potremmo aspettare domani?

Clementino. Se fosse possibile, sarebbe meglio.

Pier Celestino (sorpreso). Perché? Siete pentiti?

Gioacchino e *Clementino.* No, no, per nulla.

Pier Celestino. Dunque, perché il rinvio se il vento ci è finalmente favorevole? Non aspettavamo altro.

Gioacchino. Stasera o domani mattina potrebbero arrivare Matteo e Concetta.

Clementino. Vorremmo salutarli prima di partire. Non sappiamo quanto tempo staremo senza rivederci e se ci rivedremo.

Pier Celestino. Vi capisco. Andrò ad avvertire fra Tommaso. Concetta è una ragazza che lo merita.

Gioacchino (esultante). Mi fa piacere che sia tu a dirlo.

Pier Celestino. Ti sorprende?

Gioacchino. Sinceramente, sí.

Pier Celestino. Per quale ragione?

Gioacchino. Non vorrei riaprire una ferita ormai ben rimarginata. Ma, insomma, quella sera del mio arrivo al rifugio, Concetta rifiutò di seguirmi, non a causa dei pastori, di cui lei ignorava l'attività banditesca, ma per non incorrere nella tua disapprovazione. Forse si sbagliava?

Pier Celestino. Non si sbagliava, benché potrebbe darsi che lei attribuisse a me quel giudizio per rafforzare un suo modo spontaneo di comportarsi. Non credo, voglio dire, che Concetta abbia mai passato una notte fuori di casa, senza qualcuno della sua famiglia. Ma questo sarebbe un altro discorso, sul quale non insisto, perché non voglio sfuggire al tuo rimprovero che mi tocca, credimi pure, molto seriamente. È vero, mi è stato sempre difficile essere disinvolto e cortese con le donne, come lo era Cristo e come lo è stato San Francesco. Non sono un angelo, ma un povero cristiano con molti pregiudizi e impacci e limiti, di cui soffro. Per tornare a Concetta, non ho mai conversato con lei, ma quello che so di lei mi riempie d'ammirazione. *(Pausa)* A volte m'è capitato di pensare: peccato che quella ragazza non sia un uomo.

Gioacchino (che aveva seguito molto compiaciuto le parole di Celestino, alla sua ultima frase s'indigna). Perché? Io trovo che va benissimo come ragazza. *(A fra Clementino)* Tu che ne pensi?

Clementino. Trovo anch'io che, come ragazza, Concetta va benissimo.

Pier Celestino. Mi sono espresso male. Volevo dire che, con quelle sue qualità, se fosse un uomo potrebbe avere una funzione adeguata.

Gioacchino. Una funzione in che senso? Nel senso della carriera? No, tu non pensi questo. Dunque, in che senso? Io trovo che quello che lei fa, lo fa benissimo, e non potrebbe farlo meglio se fosse un uomo. *(A Clementino)* Tu che ne pensi?

Clementino. Io trovo che quello che fa, lo fa benissimo.

Pier Celestino (ridendo). Constato di essere in minoranza e sto zitto.

Riappare il monaco di poc'anzi.

Fra Tommaso. Mi dispiace d'insistere, ma è meglio sbrigarsi. A Peschici, qui vicino, si mormora su di voi. Uno dei pescatori, che adesso è tornato di lí, è stato interrogato da un gendarme.

Pier Celestino (rompe gli indugi). Meglio evitare il rischio, partiamo subito. *(A Gioacchino)* Sulla barca diremo un'Ave Maria pensando a Concetta. Credi nella comunicazione delle anime?

Gioacchino. Certo. Anche Concetta ci crede.

Pier Celestino. Ne avete parlato?

Gioacchino. Sí, e per questo la separazione sarà meno triste. Lei mi ha detto: come sarebbe possibile sopportare la solitudine senza la fede nella comunicazione delle anime?

Pier Celestino (con ammirazione). T'ha detto proprio cosí? È veramente una ragazza poco ordinaria... Peccato che non sia un uomo. Scusate, scusate, ritiro le ultime parole.

Buio.

L'inutile fuga

Luce. L'azione riprende nel medesimo quadro della scena precedente. Un mese piú tardi. Vari particolari mettono in evidenza che la grotta è abitata e che è trascorso del tempo dalla scena precedente: alla primavera è succeduta l'estate. Sul sentiero che sale dalla costa, appare Matteo il tessitore. Veste una tunichetta lunga sino a mezza gamba, porta in testa un cappuccio a cocolla, e appare invecchiato, stanco, avvilito; a fatica si trascina dietro un grosso sacco. Arrivato davanti alla grotta, dà uno sguardo nell'interno dove non vede nessuno e si siede sul sacco per riprendere fiato e asciugarsi il copioso sudore. Dopo un po' chiama la figlia che tarda a raggiungerlo.

Matteo. Concetta?

Concetta (non ancora visibile). Eccomi, arrivo subito.

La ragazza porta sulle spalle una piccola mantella e sulla testa difesa dal cercine un involto assai voluminoso, formato da un lenzuolo di canapa, che depone a un lato della grotta. Malgrado gli strapazzi del viaggio, ella ha conservato un aspetto fresco e giovanile.

Matteo. Di questo genere sarà anche la nostra abitazione. *(Ha un brivido di orrore)* Le caverne sono fatte apposta per la cultura dei reumatismi.

Concetta. Prima dell'inverno cercheremo qualcosa di meglio.

Matteo. Hai trovato qualcuno nella capanna sullo scoglio?

Concetta. La madre del nostro barcaiolo. Mi ha ripetuto il racconto del figlio. Il Santo, cosí lei chiama Pier Celestino, si salvò a stento da un naufragio; fu un vero miracolo, lei dice, e il giorno dopo andò via di qui. Non mi ha saputo, oppure non ha voluto dire per dove. Qui sono rimasti i due giovani che erano con lui.

Matteo. Dove sono? Non li vedo.

Concetta. La vecchia è andata ad avvertirli. Mi ha raccontato che all'inizio essi ci aspettavano da un giorno all'altro, ma per finire avevano perduto la speranza di vederci arrivare.

Matteo (torna a lamentarsi). Non credo che mi abituerò a questo posto. Qui tutto è ostile, la montagna, la vegetazione, il mare. Sulla barca ogni momento mi sembrava di affogare.

Concetta. Ti sembrava terribile perché non ci siamo abituati. Ma hai sentito come il barcaiolo cantava? Segno che non c'era pericolo.

Matteo (è scosso ogni tanto da brividi). Quant'acqua, mio Dio, non avevo mai immaginato che esistesse tanta acqua. A che serve tanta acqua? E poi questa vita di zingaro non è per me.

Concetta. Neanche per me e spero anch'io che il vagabondare finisca presto. Ricordiamoci la promessa del priore di San Giovanni in Piano. Egli vuole aiutarci a mettere su una tessitoria da queste parti. Ha detto che avremo subito molte ordinazioni.

Matteo. Non l'ho dimenticato. Ma sai quanta fatica ci vuole per ricominciare da capo nella nostra arte? E una volta avviato il lavoro, saremo lasciati in pace? Non dovremo riprendere la fuga come delinquenti?

Concetta. Padre, che posso risponderti? Speriamo di no.

La ragazza entra nella grotta e comincia a mettervi un po' di ordine, come a casa propria. In un angolo trova un involto di panni usati che raccoglie sopra una tavoletta per andare a lavarli.

Matteo (torna a lamentarsi). Siamo venuti qui chiamati da Pier Celestino. Se lui non c'è, che ci stiamo a fare?

Concetta. Forse si trova nelle vicinanze. Forse avrà lasciato detto qualcosa per noi. Ce lo diranno i fraticelli. Abbi un po' di pazienza. D'altra parte, sai che a Sulmona non puoi tornare, il barone ci ha tolto l'uso del ruscello e le autorità ti hanno bandito.

Matteo. Non sai stare ferma un momento. Dove vai adesso con quei panni?

Concetta. Vado a lavarli. La madre del barcaiolo m'ha indicato un fontanile qui vicino, che serve anche da lavatoio.

Ma all'improvviso arrivano dal sentiero grida di gioia e poco dopo appaiono correndo Gioacchino e Clementino. L'incontro è molto affettuoso, con prolungate e ripetute strette di mano, ed esclamazioni di « finalmente, finalmente, come state, da quanto tempo ».

Gioacchino. A dire la verità, non vi aspettavamo piú.

Concetta (in tono di finto rimprovero). Uomo di poca fede.

Matteo. La colpa del ritardo è mia. Sono stato poco bene, anzi, parecchio male.

Concetta. Dove si trova adesso Pier Celestino?

La domanda mette i due giovani in imbarazzo.

Gioacchino. Dobbiamo raccontarvi un sacco di novità. Ma da dove cominciare?

Concetta. Sappiamo del naufragio. Dunque, vi eravate imbarcati per la Grecia, e il mare vi respinse. Poi?

Gioacchino. Al ritorno fummo informati che a Peschici, qui vicino, era giunta una missione per catturare Pier Celestino.

Clementino. Dovete sapere che ogni suo minimo spostamento veniva seguito e controllato. Era difficile per lui nascondersi. Tuttavia le autorità locali non osavano mettergli la mano addosso per non sfidare la collera dei fedeli.

Gioacchino. Per ultimo, però, un capitano della dogana delle pecore aveva avvertito i suoi superiori che Pier Celestino si era rifugiato qui, nel Gargano. La denunzia arrivò fino al re che, a dire la verità, si preoccupò di togliere alla cattura ogni aspetto odioso. Ne diede l'incarico a un prelato che ha il titolo di patriarca di Gerusalemme e a vari gentiluomini con le loro famiglie. La delegazione doveva presentarsi a lui come per rendergli onore. Ma Pier Celestino rifiutò la finzione e si consegnò prigioniero.

Concetta. Perché non fuggí? Perché voi non vi opponeste alla sua resa?

Clementino. Discutemmo parecchio con lui. Ma non ci fu verso di persuaderlo ancora una volta alla fuga, benché i nostri amici di qui la presentassero come assai facile. Forse egli si sentiva d'impiccio per noi. Forse pensava che, senza di lui, la nostra azione sarebbe stata piú libera.

Gioacchino. Ci disse: « Tra non molto la mia carcassa l'avranno i vermi; che male c'è se, prima dei vermi, l'avranno gli aguzzini di Bonifazio? Naturalmente » aggiunse « la carcassa e niente altro ». Accettò di essere accompagnato dal solo fra Tommaso da Sulmona, che probabilmente voi conoscete.

Concetta. Voi dunque lo lasciaste andare incontro ai suoi aguzzini.

Clementino. Chi confida nel Signore è come il monte Sion; niente lo scuote, egli è stabile per sempre.

Gioacchino. Appena soli, ci siamo buttati a capofitto nel lavoro da lui indicatoci. Stiamo costituendo qui, nel Gargano, una base di scambi di messaggi e documenti con gli esuli rifugiati in Grecia e coi nostri amici delle varie province. Stiamo cercando di camuffare questa attività sotto apparenze non sospette, mercantili. Vari barcaioli ci aiutano. Il nostro Clementino è appunto tornato ieri dalla Grecia con scritti del Clareno e di fra Ludovico. Stasera ve ne leggeremo dei brani: sono di una forza spirituale commovente. Abbiamo già cominciato a farne delle copie per gli amici delle province. *(A Concetta)* Per farli arrivare a destinazione, contiamo anche su di te, e su quelle due amiche che hai a Sulmona. Potreste approfittare dei prossimi grandi pellegrinaggi, ne discuteremo il modo. Devi sapere che Pier Celestino, nel darci queste istruzioni, accennò un paio di volte al tuo aiuto.

Clementino. Vogliamo ripetere a Concetta con quale fiducia e stima Pier Celestino parlò di lei?

Concetta (arrossisce). Ma se lui mi ha appena conosciuta! Bene, riparleremo dei pellegrinaggi, ma adesso c'è altro di piú urgente. Avete notizie di lui?

Gioacchino. Chi potrebbe mandarcele? Bonifazio?

Concetta. Se le notizie che ci interessano nessuno ce le porta, possiamo anche andare alla loro ricerca, non vi pare? Non avete detto che Clementino si è recato apposta in Grecia?

Matteo. Figlia mia, non è facile sapere dove Pier Celestino sia stato rinchiuso e se sia possibile comunicare con lui.

Concetta. Dove sta scritto che dobbiamo fare solo le cose facili? Vi prego di scusarmi, non ho nessuna intenzione di criticarvi, ma per conto mio non capisco come si possa dormire senza sapere se lui sia ancora vivo, o sia già morto e come sia morto. Non potrebbe darsi che abbia bisogno di noi?

Buio.

VI

Anagni, palazzo Caetani

Bonifazio VIII e Pier Celestino

Una sala con una poltrona sopra una pedana, sormontata da un baldacchino: è il trono domestico di Bonifazio VIII. Ai lati un paio di sedie. Pier Celestino sta in piedi, in un angolo della sala, col suo abituale saio da eremita, sembra assai deperito e si appoggia allo stipite d'una finestra, per reggersi in piedi. Entra Bonifazio VIII che va diritto verso il trono, sul quale si asside con naturale alterigia e indifferenza.

Bonifazio VIII (dopo aver osservato Pier Celestino, come per riconoscerlo, gli indica una sedia alla propria destra). Potete sedervi. Pare che abbiate rifiutato la visita del mio medico.
Pier Celestino (fa un inchino e si siede). Non sono malato.
Bonifazio VIII. La vecchiaia è di per sé una malattia.
Pier Celestino. Ma il medico della vecchiaia è Nostro Signore.
Bonifazio VIII. Mi è stato anche riferito che, da quando siete qui, non avete quasi toccato cibo. Perché? Temete di essere avvelenato?
Pier Celestino. Il mio nutrimento abituale è stato sempre scarso. Vi sono dei poveretti che mangiano anche di meno, eppure lavorano dalla mattina alla sera.
Bonifazio VIII. Come vi trovate a casa mia? Avete delle lagnanze?
Pier Celestino. Oh no, come oserei? *(Si guarda attorno e poi osserva il soffitto e aggiunge senza alcuna ironia)* Non ci piove.

Il papa scoppia a ridere e rimane un po' in silenzio a osservare il suo "ospite" e sembra perfino alquanto commosso.

Bonifazio VIII. Sapete, nelle prime settimane del vostro pontificato, a Napoli, a vedervi cosí come eravate e come siete tuttora...

Pier Celestino (sorpreso). Come sono?

Bonifazio VIII. ...Sentivo portarmi verso di voi da un movimento di vera affezione e, direi, di tenerezza. Strano, mi dicevo, strano, un cristiano siffatto nel nostro mondo. Per un certo verso sembrava una fiaba, un sogno...

Pier Celestino. Ben presto aprii gli occhi e divenne un incubo. Vi ringrazio di avermi aiutato a uscirne.

Bonifazio VIII. Se sapeste quante sciocchezze adesso si raccontano in giro sulla parte che avrei avuta per indurvi ad abdicare.

Pier Celestino. Ma voi siete convinto che fu un libero atto della mia coscienza?

Bonifazio VIII. Certamente. I miei modesti consigli si limitarono ad alcune modalità.

Pier Celestino (con amarezza). Allora, come avete potuto pensare, in seguito, che io avessi nostalgia del pontificato?

Bonifazio VIII (con energia). No, non l'ho mai neanche immaginato, ve l'assicuro. Se mi sono visto costretto a dare degli ordini... severi nei vostri riguardi, l'ho fatto unicamente per proteggervi contro l'abuso che altri avrebbero potuto fare del vostro nome e della vostra persona, contro la vostra stessa volontà.

Pier Celestino. Con l'aiuto di Dio, so proteggermi da me. *(A voce sommessa e ferma)* Ve ne accorgerete voi stesso.

Bonifazio VIII. Non volete mica considerare il papa alla stregua dei nemici della Chiesa?

Pier Celestino non risponde. Il papa resiste all'impulso di esporgli senz'altro alcune richieste e si rassegna a informarlo sulle pròprie difficoltà.

Bonifazio VIII. Voi venite dalla vita solitaria ed è naturale che non conosciate certi fatti gravi accaduti di recente. Sento il dovere d'informarvi. Non mi riferisco alla sedizione dei Colonna, è il meno. Ma da Parigi e da Londra mi arrivano pessime notizie. Un conflitto della Santa Sede con Edoardo d'Inghilterra e Filippo il Bello è ormai inevitabile. Non mi tirerò indietro e rifiuterò ogni compromesso. È venuto il momento, io penso, di risollevare solennemente davanti alla Cristianità e agli Stati la questione fondamentale del principio d'autorità. Bisogna finirla con gli espedienti e i mercanteggiamenti. La Chiesa di Roma deve tornare alla grande concezione d'Innocenzo e di Gregorio. Guardate a che punto è ridotta l'Europa: i grandi imperatori sono spariti. Chi si oppone a noi? Quale forza autentica? Quale idea? Allo stesso modo come Gregorio il Grande seppe approfittare della carenza dell'Impero bizantino...

Pier Celestino (alza timidamente una mano). Mi permettete una parola? Le mie preoccupazioni, devo confessarvi, Santità, sono d'altra natura. Io sono atterrito dalla crescente secolarizzazione della Chiesa di Cristo. Essa è irriconoscibile.

Bonifazio VIII. Non vi rendete conto che, oggi come oggi, la Chiesa non può ritirarsi dalla scena politica e rimanere inerte? Dove andrebbe a finire l'Europa senza un nostro coraggioso intervento? Dove andrebbe a finire la Cristianità? Prima che sia troppo tardi, la Chiesa deve rivendicare *ex cathedra* la sua superiorità su tutti gli ordinamenti umani. Badate, nessun teologo mette in dubbio la legittimità di questo atteggiamento. Cristo ci ha affidato la "potestas legandi atque solvendi in coelo et in terra": la podestà di legare e sciogliere in terra e in cielo. San Paolo l'ha ribadito con formula lapidaria nell'Epistola ai Romani: "Omnis potestas a Deo": ogni potere da Dio. Se la società umana è una, come sarebbero concepibili poteri separati? Alla Chiesa, come diretta emanazione della volontà divina, spettano pertanto ambo le spade: la spirituale, ch'essa impugna direttamente con mano sacerdotale, e la temporale, ugualmente pro Ecclesia, ch'essa affida ai re e ai militari degni della sua fiducia.

Pier Celestino. Santità, posso dirvelo senza scandalizzarvi? Io non amo le spade, di nessuna specie.

Bonifazio VIII. Non potete tuttavia ignorare che sono esse che governano il mondo.

Pier Celestino (con umiltà e fermezza). La potenza non mi attira, la trovo anzi essenzialmente cattiva. Il comandamento cristiano che riassume tutti gli altri, è l'amore. Durante questi ultimi mesi, mentre me ne stavo nascosto per sfuggire alle ricerche della vostra polizia, sono diventato piú cosciente di quanto non lo fossi nel passato, che la radice di tutti i mali, per la Chiesa, è nella tentazione del potere.

Bonifazio VIII. Vorreste abbandonarlo ai nostri nemici?

Pier Celestino. Il nostro regno non è di questo mondo. Il nostro regno...

Bonifazio VIII (ha un gesto d'impazienza). Conosco le profezie, in gioventú me ne sono dilettato anch'io. La buona novella di Cristo conteneva davvero l'annunzio di una imminente fine del mondo? Alcuni autori lo pretendono, e sia pure. Ma è giocoforza riconoscere che il mondo dura; non è cosí?

Pier Celestino. Non mi sembra che sia una buona ragione perché il cristianesimo rinunzi a se stesso e s'installi nel mondo, quasi che esso debba durare eternamente.

Bonifazio VIII. Che importa la sua durata? Che ne so io? Che ne sapete voi della possibile durata del mondo? L'importante è di affermare la superiorità della Chiesa su di esso, unica realtà disponibile.

Pier Celestino. Che cos'è diventato il cristianesimo adattandosi al mondo? Fino a che punto esso l'ha trasformato o ne è stato corrotto? Abbiamo dimenticato che il cristianesimo ha avuto inizio dalla Croce...

Bonifazio VIII. Voi avreste preferito che vi fosse rimasto?

Pier Celestino. Lasciamo stare le preferenze, ognuno ha le proprie. Ma perché continuiamo a chiamarci cristiani? Cos'è diventata la Croce per i cristiani di oggi? Un oggetto ornamentale. Mi chiedo se veramente crediamo nello stesso Dio. Ogni tanto ne dubito.

Bonifazio VIII. Cristiana è la nostra fede, non oserete negarlo.

Pier Celestino. Non si può separare la fede dalla speranza e dalla carità. Come sopportare le infami denominazioni di eserciti cristiani, guerre cristiane, persecuzioni cristiane e altre ignominie del genere?

Bonifazio VIII. Il termine cristiano sta a indicare il fine, l'intenzione, il servizio...

Pier Celestino. Non si può ammazzare a fin di bene. A fin di bene si può soltanto fare il bene, amare, aiutarci l'un l'altro, perdonarci.

Bonifazio VIII. Insomma, vi ripeto, dal momento che voi non siete in grado di abolire il potere politico, lo vorreste abbandonare nelle mani dei nemici della Chiesa? Questo è il punto. Il resto è fumo.

Pier Celestino. Le anime sono fumo?

Bonifazio VIII. Non amo i giochi di parole.

Pier Celestino. Anch'io li detesto. Cerchiamo dunque, se non di convincerci, almeno di capirci. Quando parliamo della realtà di cui bisogna tener conto, voi vi riferite alle istituzioni e al potere, io alle anime. Vi prego di correggermi, se mi sbaglio.

Bonifazio VIII. Sussiste una separazione cosí netta? Le anime non dipendono dalle istituzioni?

Pier Celestino. Ne possono dipendere, ma il compito del cristianesimo è di affrancarle con la verità. Dio ha creato le anime, non le istituzioni. Le anime sono immortali, non le istituzioni, non i regni, non gli eserciti, non le chiese, non le nazioni. *(Il papa sfiduciato fa un gesto di rinunzia a replicare; dopo una breve pausa Pier Celestino prosegue)* Santità, se voi vi affacciate a quella finestra, vedrete sulla scalinata della cattedrale una vecchietta cenciosa, una mendicante, un essere di nessun conto nella vita di questo mondo, che sta lí dalla mattina alla sera. Ma tra un milione di anni, o tra mille milioni di anni, la sua anima esisterà ancora, perché Dio l'ha creata immortale. Mentre il regno di Napoli, quello di Francia, quello d'Inghilterra, tutti gli altri regni, con i loro eserciti, i loro tribunali, le loro fanfare e il resto, saranno tornati nel nulla.

Bonifazio VIII. Il vostro esempio mi fa ridere, Pier Celestino. Non potrebbe darsi che la salvezza o dannazione di quell'animuccia che vi sta tanto a cuore, dipenda dall'assistenza che in questo mondo riceve da qualche istituzione benefica?

Pier Celestino. No, se permettete che vi contraddica, essa dipende solo dalla misericordia di Dio. Una elemosina per campare di stenti essa la potrebbe ricevere anche da un'istituzione non cristiana. Il cristianesimo, voi lo sapete meglio di me, è qualcosa di piú della beneficenza. Esso esige l'amore della carità, l'amore dei nemici...

Bonifazio VIII. Eccetera, eccetera, cosa che ben conosciamo. Ma perché non volete ammettere che sarebbe assurdo fare, di quei comandamenti eroici, una regola di governo?

Pier Celestino. Ne convengo, Santità, come regola di governo sarebbe assurdo. Se però il cristianesimo viene spogliato delle sue cosiddette assurdità per renderlo gradito al mondo, cosí com'è, e adatto all'esercizio del potere, cosa ne rimane? Voi sapete che la ragionevolezza, il buonsenso, le virtú naturali esistevano già prima di Cristo, e si trovano anche ora presso molti non cristiani. Che cosa Cristo ci ha portato in piú? Appunto alcune apparenti assurdità. Ci ha detto: amate la povertà, amate gli umiliati e offesi, amate i vostri nemici, non preoccupatevi del potere, della carriera, degli onori, sono cose effimere, indegne di anime immortali...

Bonifazio VIII. Basta, vi prego. Finché eravate papa, non potevo rifiutarmi di ascoltare i vostri fervorini da parroco di campagna; ma ora, francamente, mi sono insopportabili. *(Pausa)* Per non perdere altro tempo, vi dico subito quali atti, come papa, esigo da voi. La Chiesa, ve l'ho già spiegato, sta per andare incontro a grosse difficoltà ed ha bisogno dell'unione di tutti i suoi figli. Gregorio VII non esitò a deporre Enrico IV, ed io, se necessario, seguirò il suo esempio, non rinunzierò alla facoltà, concessami da Dio, di scomunicare, di deporre, di dannare.

Pier Celestino (a mani giunte e con voce supplichevole). Siate piú mansueto, Santità, abbiate almeno compassione di tante anime esposte poi alle persecuzioni di quei regnanti. L'esempio ce lo diede Nostro Signore. Rimetti la spada nel fodero, egli ordinò a Pietro. Se non sappiamo vincere gli avversari nel bene, come possiamo illuderci di batterli con le minacce?

Bonifazio VIII. Vi prego di smetterla con frasi del genere, che per me sono prive di senso. *(Con estrema durezza)* Rispondete piuttosto alle mie domande. Anzitutto: siete pronto a condannare pubblicamente le opinioni e gli atti eretici di Ubertino da Casale, del Clareno e degli altri pazzi al loro seguito?

Pier Celestino (alquanto imbarazzato). Non ho nessun motivo di dubitare della loro buona fede. E come potrei erigermi a giudice della loro coscienza? Oltretutto, essi si trovano in esilio.

Bonifazio VIII (batte con violenza il pugno sul bracciolo della poltrona). Osate prendere le loro difese? Non sapete che nei giorni scorsi essi sono riusciti a far arrivare un loro scritto blasfemo fino a Roma?

Pier Celestino (sorride). Fino a Roma?

Bonifazio VIII. Vi assicuro che, presto o tardi, quei vostri amici cadranno in mio potere e allora riceveranno il castigo che si meritano.

Pier Celestino (rinfrancato). Potrebbe darsi, Santità, che, al cospetto di Dio, in questo triste secolo, l'onore del nome cristiano sia affidato a quei poveretti.

Bonifazio VIII (in preda a ira furente). Voi vi permettete, in casa mia, non solo di difendere quegli scellerati, ma di farne l'apologia? Voi non immaginate che cosa può capitarvi.

Pier Celestino (con tristezza). Non pavento piú nulla, Santità, ma tremo per la vostra anima. Adoperare la violenza contro i propri confratelli, nelle divergenze d'ordine religioso, è un sacrilegio, non lo dimenticate, è un peccato contro lo Spirito Santo.

Bonifazio VIII (balza in piedi, gridando). Vi ordino di tacere. *(Un violento accesso di asma gli impone una pausa)* Non ho piú nulla da chiedervi e noi non abbiamo piú nulla da dirci. Avete respinto la mano che vi avevo teso e non ha piú senso che restiate in casa mia.

Pier Celestino (anche lui in piedi, scosso dall'emozione). In questa casa non sono stato ospite, ma prigioniero, lo sapete. Ora mi volete mandar via? Benissimo. *(Con ansia mal repressa)* Mi restituite ai miei figli?

Bonifazio VIII (già disceso dal trono e avviato verso la porta, si volta bruscamente verso Pier Celestino). Come osate sperarlo? No, no e no. Avrete invece il castigo che vi meritate.

Pier Celestino (gli fa un profondo inchino, in segno di rassegnazione e gli risponde con dolcezza). Pregherò per voi.

Buio.

Il mistero della fine

Un angolo di via scarsamente illuminato ad Anagni. Concetta è seduta sul paracarri d'un portone e ai suoi piedi tiene, al modo di una contadina al mercato, un canestro con matassine di lana. Ogni tanto, rivolta al pubblico, ripete come una cantilena: « Lana, lana della Maiella ». Dopo un po' arriva Gioacchino, che si è dato anche lui un'aria contadinesca con una bisaccia sulle spalle.

Gioacchino (sottovoce a Concetta). Ho ritrovato in un convento il tuo paesano.
Concetta. Ha notizie di lui?
Gioacchino. Pare di sí.
Concetta. Notizie buone?
Gioacchino. Ce lo dirà subito, mi sta seguendo.

Il vecchio fra Tommaso da Sulmona passa davanti ai due, claudicando, senza fermarsi e senza neanche guardarli.

Concetta (a Gioacchino, delusa). Non ci ha riconosciuti.
Gioacchino. Altroché... Eccolo infatti di ritorno.

Fra Tommaso torna verso la venditrice e finge d'interessarsi alle matassine.

Concetta. Fra Tommaso, che Dio vi benedica.
Fra Tommaso. Figlia onorata di Matteo, la pace sia con te.
Concetta. Siamo ansiosi di sapere dove si trovi il nostro Pier Celestino, come sta e che cosa possiamo fare per lui.
Fra Tommaso (tiene un paio di matassine in mano, come se le esaminasse). È stato rinchiuso per un po' di tempo, qui ad Anagni, nel palazzo dei Caetani, vicino alla Cattedrale...
Concetta. Sappiamo dov'è, ce lo siamo fatto indicare appena arrivati e stavamo appunto studiando il modo di entrarvi.
Fra Tommaso. Ma ora egli non c'è piú. Bonifazio l'ha tenuto in casa finché sperava di cavarne qualcosa. Quando si è persuaso del contrario, è stato preso da una collera terribile e l'ha fatto trasportare nella rocca di Fumone.
Concetta. Fumone? È lontana di qui?
Fra Tommaso (si guarda attorno sospettoso). Sotto questo portone non c'è abbastanza luce per esaminare la vostra lana. Andiamo di là, dove ci si vede meglio.

I tre si spostano, col canestro e la bisaccia, verso il proscenio.

Fra Tommaso (dopo essersi di nuovo guardato attorno). Vedete quella torre, su quell'altura rocciosa? Quella è Fumone. È un luogo di fama tristissima. Le celle dei prigionieri hanno appena la grandezza d'una tomba, vi si entra carponi e non hanno finestre.

Concetta. Si può andare nelle vicinanze?

Fra Tommaso. Fino ad Alatri, che è quel grosso paese sulla collina, ma non piú in alto. La rocca è piena di armati.

Concetta (con gli occhi pieni di lagrime fissi sulla sommità indicata). Caro, caro, caro il nostro povero vecchio. Alla sua età, fra gente ostile e brutale, trattato come un feroce delinquente, proprio lui, sempre cosí buono e mansueto e dolce verso tutti... A che serve il nostro amore se non possiamo far nulla per lui?

Gioacchino (a fra Tommaso). Dimmi, che ne faranno? Cosa pensi?

Fra Tommaso (con voce lenta e incerta, quasi un balbettio per l'intimo sgomento). È probabile che torneranno di nuovo a offrirgli un compromesso. Non c'è dubbio che lui lo rifiuterà. E allora temo che l'uccideranno... E poi, poi lo faranno santo. Non cerchiamo di capire. Il destino di certi santi, da vivi, è tra i misteri piú oscuri della Chiesa.

Fine

Note

Gioacchino da Fiore

Nacque a Celico (Cosenza) verso il 1130, da famiglia di contadini. Dopo un viaggio in Terra Santa, verso il 1155 entrò nel monastero dei cistercensi della Sambucina; passò quindi al monastero di Corazzo, dove nel 1177 fu ordinato sacerdote e nominato abate. Nel 1182-83 fu ospite nell'abbazia di Casamari. Separatosi dai cistercensi, visse dapprima con un compagno nell'eremo di Pietralata e fondò in seguito la Congregazione Florense, che ebbe sede nel monastero di San Giovanni in Fiore, sui monti della Sila. La sua regola rappresentava un inasprimento di quella cistercense. Morí a Canale (Cosenza) il 30 marzo 1202. Anche se non è mai stato canonizzato (come teologo fu anzi condannato nel 1215 dal Concilio Lateranense IV), le sue reliquie erano venerate dai fedeli nel monastero di San Giovanni in Fiore.

Grande fu l'influenza esercitata dalla sua dottrina sui contemporanei e sul secolo successivo. San Tommaso, pur condannandone alcune profezie, riconosce la santità della sua vita. Dante lo pone fra i profeti e fra i luminari del sapere, precisamente fra San Tommaso e San Bonaventura, nel canto XII del *Paradiso* (vv. 139-141):

...e lucemi da lato
Il calavrese abate Gioacchino
Di spirito profetico dotato.

Influssi delle sue teorie filtrarono nel pensiero di San Bonaventura e di San Bernardino da Siena, come pure, secondo studiosi moderni, in Vico, in Mazzini e perfino in Ibsen. Di certo Gioacchino da Fiore esercitò un'influenza determinante su vari movimenti religiosi rigoristi del Trecento: Flagellanti, Spirituali, Fraticelli e Celestini. Viceversa, l'ordine florense, da lui creato, non assunse mai una grande diffusione e nel XVI secolo si fuse coi cistercensi.

Le sue opere fondamentali sono: la *Concordia Veteris et Novi Testamenti*; la *Expositio in Apocalipsim*; i *Tractatus super quatuor Evangelia* e lo *Psalterium decem cordarum*.

Fondamentale nell'esegesi di Gioacchino è l'interpretazione allegorica della Sacra Scrittura. Esiste nella storia, a suo parere, un "vivens ordo" per cui gli avvenimenti si svolgono secondo cicli paralleli, osservando i quali è possibile capire il significato degli avvenimenti presenti e intuire il loro svolgimento ulteriore. Poiché la storia dell'umanità si compendia per Gioacchino nella rivelazione cristiana, non ancora giunta però alla sua pienezza, egli interpreta il Vecchio e il Nuovo Testamento non come realtà storiche chiuse, ma come simboli dai quali comprendere la realtà futura.

Un mistero esiste, per Gioacchino, come nella Trinità, nello svolgersi della storia umana, secondo una sequenza di tre epoche, procedenti la seconda dalla prima e la terza da entrambe. Nella prima, iniziatasi con Mosè, ha manifestato la sua gloria il Padre, nella seconda il Figlio, nella terza, con il ritorno di Elia, dominerà lo Spirito. Da questa versione escatologica Gioacchino tracciò il quadro della realtà religiosa prossima a manifestarsi. In essa la Chiesa non potrà conservare le sue strutture clericali. Alla Chiesa della gerarchia e dei simboli succederà la comunità dei credenti avente per cardini la contemplazione, la carità, la libertà, la pace: questi i tratti distintivi del Regno annunciato da Gioacchino come imminente.

Sarebbe fuori luogo cercare di collocare la sua opera nella storia della filosofia o della stessa teologia. "La preoccupazione nettamente dominante negli scritti di Gioacchino non è mai preoccupazione teologica, bensí puro intento morale ed escatologico" ha giustamente osservato Buonaiuti. "Anche là dove egli muove in guerra contro i sistemi teologici del suo tempo, tutti polarizzati verso una interpretazione gnoseologico-razionale del mistero trinitario, egli non è mai sospinto dal proposito di contrapporre un proprio sistema agli altri, bensí unicamente dal bisogno, piú o meno consapevole, di eliminare le interpretazioni che possono far risultare i dettami della fede incompatibili con le visioni panoramiche della sua filosofia della storia..." (Ernesto Buonaiuti, *Gioacchino da Fiore - I tempi, la vita, il messaggio*, Roma 1931, pag. 209.)

Il conclave di Perugia

Dopo la morte del pontefice Niccolò IV, avvenuta a Roma il 4 aprile 1292, il collegio dei cardinali si riùní alcune volte in conclave a Santa Maria Maggiore, sull'Aventino e alla Minerva, ma dovette sciogliersi per una sopravvenuta epidemia di peste.

Il 18 ottobre 1293 i cardinali si ritrovarono a Perugia; ma il tempo prese a trascorrere senza alcun risultato positivo. I cardinali, ridotti in numero di dodici, erano infatti divisi in due fazioni irreconciliabili: l'una capeggiata dal cardinale Matteo Rosso Orsini, l'altra dal cardinale Giacomo Colonna. Né valevano a conciliare gli animi dei porporati le notizie di rivolte e disordini scoppiati a Roma e in altri centri del regno, né le proteste d'ogni parte per i gravi inconvenienti della carenza sovrana.

Tra gli episodi che precedettero la conclusione del lungo conclave, vengono ricordati, piú che altro per quello che accadde in seguito: un accorato appello di fra Pietro da Morrone al suo protettore cardinale Orsini, e un intervento diretto di Carlo II, re di Napoli, nella sala delle adunanze cardinalizie, che sarebbe dovuta rimanere inaccessibile agli estranei (ciò che provocò le rimostranze del cardinale Benedetto Caetani). Allorché il 5 luglio 1294, dopo ventisette mesi di attesa, il conclave elesse all'unanimità nuovo pontefice fra Pietro da Morrone, esso era ridotto a 9 cardinali. Furono i cardinali stessi a parlare del proprio accordo, in mancanza d'altra spiegazione, come d'un prodigio.

Fra Pietro Angelerio (Celestino V, Pier Celestino)

Le fonti essenziali della sua biografia si trovano in una presunta autobiografia, a cui gli studiosi negano un'assoluta autenticità, pur trovandola ricca di dati attendibili particolarmente sul periodo dell'adolescenza e gioventú; in una sua vita scritta dal coetaneo e compagno di vita religiosa fra Bartolomeo da Trasacco; in un testo analogo opera di fra Tommaso da Sulmona; nell'*Opus metricum* del cardinale Jacopo Stefaneschi; e negli atti del processo di canonizzazione.

Nacque il 1215 a Isernia da famiglia di contadini, penultimo di dodici figli. A 6 anni perdé il padre. Giovanissimo si fece monaco benedettino nella badia molisana di Faífoli, dove rimase tre anni. A quel periodo risale la sua formazione intellettuale, che rimase piuttosto rudimentale. Egli apprese il latino della liturgia e dei libri sacri, ma neanche per approssimazione le discipline profane, il diritto e la storia civile: nell'impossibilità pertanto di rendersi conto della crisi del proprio tempo, determinata dalla disgregazione del vecchio mondo feudale e della *christianitas* e dall'insorgere di nuovi bisogni sociali.

Dopo un breve soggiorno a Roma, dove ricevette la consacrazione sacerdotale, preferí ritirarsi in un eremo. Durante cinque anni visse in una grotta alle pendici del monte Morrone, un contrafforte della Maiella, sopra Sulmona. In seguito cercò rifugi piú lontani dai luoghi abitati, per sfuggire alla crescente popolarità. Lo Stefaneschi lo descriveva: "Alto di statura, robusto di corpo, allegro e vivacissimo di aspetto, dolce e attraente di eloquio".

Verso il 1240 fra Pietro interruppe per qualche tempo la vita eremitica e cominciò a organizzare in gruppi comunitari i numerosi fedeli attirati verso di lui dalla crescente fama delle sue virtú e dei suoi prodigi. La sua congregazione ebbe un primo riconoscimento *de facto* nel 1263 da papa Urbano IV; ma, in seguito, poiché contro il moltiplicarsi di nuovi ordini religiosi venne riesumata una deliberazione del Concilio del Laterano del 1215 che li vietava, egli si recò nella primavera del 1275 a Lione, dove era riunito un nuovo Concilio, per implorare da Gregorio X un'eccezione a proprio favore. Il papa gliela concesse, a patto però che la congregazione si dichiarasse un semplice ramo dell'ordine benedettino, alla stregua dei cluniacensi, camaldolesi, cistercensi, vallombrosani, olivetani, trappisti. La sua regola ricalcava dunque quella benedettina, dalla quale si differenziava per un maggiore rigore nelle penitenze.

In quel primo periodo la nuova congregazione si chiamava semplicemente "dei frati di Pietro da Morrone", oppure "dei frati morronesi", e anche "della badia di Santo Spirito presso Sulmona". A capo della congregazione era l'abate di Santo Spirito che veniva eletto per un triennio dal capitolo generale. I frati vestivano una tonaca bianca con cappuccio nero e portavano come sopravveste una cocolla nera. La congregazione aveva come stemma una croce con una S intrecciata alla parte inferiore dell'asta verticale.

Nel 1294, dopo l'incoronazione pontificale di fra Pietro che scelse per sé il nome di Celestino V, anche i frati della sua congregazione si chiamarono Celestini. In tutta quella vicenda, tanto nella deliberazione del conclave, quanto nei primi atti del nuovo papa (la scelta dell'Aquila per l'incoronazione, quella di Napoli come sede apostolica provvisoria, la nomina di nuovi cardinali e dei prelati di curia) fu palese un'influenza preponderante di Carlo II. Era anche evidente che il nuovo papa gradiva quella protezione, senza rendersi conto però delle conseguenze politiche che avrebbe comportato, dato che, nello stesso tempo, con una sincerità che non era da mettere in dubbio, egli non si lasciava sfuggire occasione per riaffermare la sua fede nelle profezie joachimite e per favorire il proselitismo dei francescani spirituali. D'altra parte, la stessa continuità della politica papale verso gli Stati, di cui egli era scarsamente informato, ma che non poteva facilmente rinnegare, avrebbe richiesto una spregiudicatezza politica di cui egli era assolutamente sprovvisto. Furono quelle intime e insormontabili contraddizioni, piú che l'impreparazione intellettuale (ché sovrani incolti ve ne sono sempre stati) a rendere precario il suo pontificato. La formula dell'abdicazione, attribuita al cardinale Benedetto Caetani (Bonifazio VIII), non poteva ovviamente farne menzione.

La breve durata del pontificato turbò non poco la vita della congregazione dei celestini in Italia, ma ne favorí l'espansione in Francia, grazie alla protezione di Filippo il Bello in odio a papa Bonifazio. Sorsero allora conventi celestini anche in Boemia, in Inghilterra, in Spagna e nel Belgio. Essi vissero ancora per vari secoli, senza infamia e senza gloria; nel corso del 1600 si accentuò la loro decadenza. La rivoluzione del 1789 li soppresse in Francia; Napoleone, in Italia, nel 1810.

Vita del tutto effimera ebbero i "Poveri eremiti di papa Celestino", in cui si raccolsero i francescani spirituali subito dopo l'incoronazione di Celestino V (settembre 1294) per darsi un assetto legale e sfuggire alle persecuzioni dei Minori conventuali e dei tribunali ecclesiastici. La loro pace ebbe la durata del pontificato, poco piú di tre mesi. Appena Celestino abbandonò la tiara, i fraticelli spirituali furono oggetto di persecuzioni ancora piú spietate di prima. Bonifazio VIII sciolse formalmente la loro improvvisata congregazione nel 1302.

Pier Celestino fu catturato il 16 maggio 1295 a Vieste (Gargano), dopo un fallito tentativo di espatrio verso la Grecia, e condotto da Guglielmo l'Estendard, connestabile del Regno, prima a Capua e di lí ad Anagni, nella residenza di Bonifazio VIII, suo successore. Dopo breve tempo, vista l'impossibilità di addivenire a una qualsiasi intesa o collaborazione, Bonifazio fece rinchiudere Pier Celestino nella vicina rocca di Fumone, sopra Ferentino, sotto la guardia di sei cavalieri e di trenta uomini d'arme. Ivi morí il 19 maggio 1296, all'età di ottantun anni.

Corse subito voce che egli fosse stato assassinato per ordine di Bonifazio. Degli indizi pro e contro questa gravissima accusa si è discusso parecchio, senza però giungere a una conclusione certa. Dagli avversari di Bonifazio tra l'altro si accennò al ritrovamento d'uno scalpello che sarebbe stato l'arma del delitto. Maggiore peso hanno senza dubbio alcune antiche raffigurazioni iconografiche. L'immagine di San Pier Celestino con la palma del martirio si trova scolpita nella campana maggiore della badia di Santo Spirito a Sulmona, come pure è disegnata nel *Digestum Scripturarum Coelestinianae Congregationis* (collezione Pansa, Sulmona, vol. II, f. 80), e in un affresco di pittore abruzzese del XIV secolo nell'eremo di Sant'Onofrio. È anche sintomatico che, nei giorni nostri, il drammaturgo cattolico tedesco Reinhold Schneider abbia accettato in pieno la versione dell'assassinio nel suo dramma celestiniano (*Der grosse Verzicht*, Insel Verlag 1950, atto V, scena II).

Pier Celestino fu proclamato santo il 5 maggio 1313 dal papa Clemente V in Avignone.

Ma nemmeno l'atto della sua canonizzazione fu esente da ambiguità, poiché concorse ad affrettarla, oltre la fama delle sue virtú e dei suoi prodigi, la volontà di Filippo il Bello, in odio alla memoria di Bonifazio VIII.

Dei vari frati che intervengono nel dramma, ebbero esistenza storica fra Bartolomeo da Trasacco, fra Angelo da Caramanico e fra Tommaso da Sulmona.

In quanto al canone *Romanum Pontificem posse libere resignare* adottato da Celestino V prima dell'abdicazione e accolto da Bonifazio VIII nella sua raccolta di norme giuridiche, esso è riconosciuto tuttora valido dai piú autorevoli canonisti. È noto che, oltre a Celestino V, di esso usufruí Gregorio XII.

Pietro da Fossombrone (Angelo Clareno)

Nacque a Chiarino, presso Recanati (secondo altri, nella vicina Fossombrone) e aderí da giovane al movimento francescano. Ben presto fu anche lui coinvolto nel grave dissidio che dilaniava il movimento e che, si può dire, gli era congenito. Infatti, mentre viveva ancora San Francesco, tra i suoi seguaci si erano già delineate due opposte correnti sul modo d'intendere e di applicare la regola, in specie sul punto fondamentale della povertà. La maggioranza (fratres de communitate) chedeva dispense lassative che consentissero di aprire grandi conventi in città e l'accesso a cattedre di studio; mentre la minoranza (fratres spirituales) lottava per l'osservanza rigorosa, ad litteram, della regola, che nell'ossequio equiparava quasi ai Vangeli: in questi spirituali l'impegno ascetico si accompagnava a un'aperta ansia escatologica. Durante il Trecento si staccarono dall'ordine francescano altri gruppi piú o meno rigoristi, almeno a parole, che si chiamavano col nome comune di fraticelli, oppure bizzocchi, zelatori e simili, ma, quanto a disciplina e moralità, spesso assai diversi dagli spirituali. Le autorità inquisitorie preferivano sovente confondere gli uni con gli altri al fine di discreditare l'intera opposizione.

Pietro da Fossombrone seguí l'impulso di Pietro Olivi e di Ubertino da Casale, e assieme a Pietro da Macerata, a Jacopone da Todi e altri, fu tra gli animatori di maggiore rilievo del movimento degli spirituali; il quale non aveva un'organizzazione centralizzata, ma era localmente diretto da quelle persone che, per doti di carattere o di mente, finivano con l'emergere. Pietro da Fossombrone capeggiava il movimento nelle Marche e, grazie alla contiguità territoriale, entrò ben presto in contatto coi monaci morronesi e stabilí legami di solidarietà con fra Pietro Angelerio. Con la formazione della congregazione dei "Pauperes heremite Domini Celestini" Pietro da Fossombrone assunse il nome di Angelo Clareno, ed è sotto questo nome che la sua memoria è passata ai posteri.

Le notizie che si hanno di lui, ce lo descrivono come uomo realmente superiore, ammirato anche dagli avversari per santità di vita e dottrina; ciò nonostante ebbe un'esistenza assai travagliata, dura e burrascosa. (Si veda: Arsenio Frugoni, in *Celestiniana*, il capitolo "Dai *Pauperes heremite Domini Celestini* ai *Fraticelli de paupere vita*", Roma 1954, pagg. 125-167). Per sommi capi si può ricordare che fu imprigionato una prima volta nel 1276 e condannato dal tribunale ecclesiastico al carcere perpetuo. Questa pena, in taluni casi, era aggravata dalla privazione dei sacramenti e dall'interdizione d'ogni lettura. Scarcerato nel 1289, venne mandato in Cilicia (Armenia meridionale), dove un pio sovrano, Haiton, garantiva diritto d'asilo ai religiosi esiliati. Non per questo mancavano, contro gli spirituali, insidie e aggressioni da parte dei francescani conventuali. Era tornato di nascosto in Italia e menava vita clandestina, quando nell'estate 1294 fra Pietro Angelerio venne eletto papa.

Il modus vivendi escogitato per usufruire della protezione del nuovo papa senza rinunziare ai principi essenziali degli spirituali, non durò a lungo. All'abdicazione di Celestino seguí una immediata e piú acerba persecuzione da parte di Bonifacio VIII e una nuova diaspora. Con un gruppo dei suoi il Clareno si rifugiò in Acaia e di lí, nel 1298, in Tessaglia. Rimpatriò nel 1305 e visse vari anni nascosto nei dintorni di Roma, cercando di ricostituire il movimento degli spirituali. Nel 1311 si trasferí ad Avignone, dove rimase fino al 1318. L'anno prima fu scomunicato con la bolla "Sancta Romana Ecclesia", che sciolse anche formalmente la congregazione dei Poveri eremiti (13 dicembre 1317). Tornato in Italia, riprese la sua attività clandestina, prima presso Subiaco, poi in Lucania, dove morí il 15 giugno 1337.

Sulla dolorosa vicenda degli spirituali lo stesso Clareno ci ha lasciato un veemente pamphlet col titolo *Historia septem tribulationum Ordinis Minorum*. La prima ricorda come, in assenza di San Francesco partito per l'Oriente, fra Elia impresse all'Ordine un orientamento falso e opportunistico; la seconda ricorda quello che avvenne subito dopo la morte di San Francesco; la terza, il periodo di Crescenzio di Ancona; la quarta, il periodo di San Bonaventura; la quinta, la persecuzione di Giovanni Olivi; la sesta, l'abdicazione di Celestino V. La settima non fu scritta.

Che cosa rappresenta un'esperienza cosí singolare nel quadro della crisi religiosa di quell'epoca? Può essere utile riportare il giudizio di uno storico:

"Le sette hanno tutte certi elementi piú propriamente religiosi e morali: Chiesa che sia nella comunità dei fedeli; capacità di ogni cristiano a somministrare i sacramenti ed a predicare la parola di Cristo; restaurazione della vita apostolica nella sua piena integrità. Ma poi, qual piú qual meno, vogliono Chiesa e clero poveri come avanti Costantino e Silvestro; fanno obbligo del lavoro manuale ai pastori della comunità; condannano la disuguaglianza fra gli uomini; hanno vaghi accenti teorici ed anche qualche pratica di comunismo; non intendono né vogliono intendere preghiere e libri sacri in latino; si richiamano ai Vangeli per negare ogni potestà terrena ed ogni legittimità di pene corporali, ogni tributo allo Stato e decima alla Chiesa. Chi sono poi gli eretici? Sono fabbri, sarti, tessitori, scardassieri, contadini; gente 'illetterata, e idiota', come gli avversari la proclamano e come essa stessa, a volte, ama chiamarsi; ignorante cioè e sprezzante di quella cultura della Chiesa e degli alti ceti a cui il popolo minuto si sentiva estraneo..."

(Gioacchino Volpe, *Movimenti religiosi e sette ereticali nella società medievale italiana, Secoli XI-XIV*, Firenze 1961, pag. 247.)

Jacopone da Todi

Della nobile famiglia dei Benedetti da Todi, nacque in data imprecisata intorno al 1240. Si hanno pochi dati sulla sua vita, ma fu certamente persona agiata e colta. Nella sua poesia si trovano echi della lirica siciliana oltre francesismi e provenzalismi. Intorno al 1268 si convertí a vita ascetica rigorosa e per una decina d'anni fu questuante girovago. Nel 1278 entrò nell'ordine dei Frati minori, nelle cui file si schierò con i rigoristi e fece causa comune con gli spirituali. Il suo animo non si piegò alle persecuzioni. Le sue laudi attingevano chiaramente alla tradizione francescana; piú che espressione lirica di sentimenti personali essi erano testi di edificazione, complemento della predicazione. Egli combatteva l'ambizione e la vanagloria che nascono dal desiderio smodato di scienza (invettiva contro Parigi) ed esaltava l'umiltà, la piú francescana delle virtú.

L'estro poetico e la passione settaria non lo rendevano però cieco alle difficoltà dell'epoca. Per cui, quando nel luglio 1294 fu eletto papa Celestino, egli non condivise le illusioni dei propri confratelli spirituali e gli indirizzò il famoso ammonimento che cominciava:

Che farai Pier da Morrone?
Sei venuto al paragone.

A cui seguiva, in parole chiare, la giustificazione della propria diffidenza:

L'ordene cardenalato
posto è en basso stato;
ciaschedun suo parentato
d'arriccare ha entenzione.

Guardate dai prebendate
che sempre i troverà afamate;
tant'è la lor siccitate
che non ne va per potagione.

Guardate dai barattere
che il ner per bianco fan vedere;
se non te sai ben schirmire,
canterai mala canzone.

Poiché l'aveva previsto, egli non si smarrí quando il fallimento del pontificato di Celestino fu palese e proseguí la lotta anche dopo che Bonifazio VIII ebbe sciolto il movimento degli spirituali. In alcune laudi veementi chiamò Bonifazio "novello anticristo". Secondo il Salvatorelli (*L'Italia comunale dal secolo XI alla metà del secolo XIV*, Milano 1940, p. 707) Jacopone avrebbe fondato vicino a Palestrina, insieme con altri spirituali, un romitorio simile a quello dei *pauperes heremite* degli Abruzzi.

Jacopone si lasciò coinvolgere nel complotto armato dei Colonna contro Bonifazio, firmò il manifesto di Lunghezza (10 maggio 1297) che dichiarava decaduto il pontefice, e venne pertanto scomunicato. Presa Palestrina, cittadella dei colonnesi, dove egli si trovava, Jacopone fu processato e imprigionato in un convento. Solo dopo la morte di Bonifazio ottenne liberazione e assoluzione dalla scomunica. Trascorse gli ultimi anni nel convento delle Clarisse di San Lorenzo di Collazzone, fra Perugia e Todi, dove morí il Natale del 1306.

Bonifazio VIII (Benedetto Caetani)

Bonifazio VIII fu il vero antagonista di Pier Celestino e dei movimenti religiosi rigoristi nel modo di concepire i doveri del cristiano e la funzione della Chiesa nella vita pubblica.

Egli nacque ad Anagni il 1235 e dopo buoni studi di diritto a Todi e a Bologna, ebbe affidate dalla Santa Sede varie missioni di fiducia presso la corte di San Luigi e a Londra. La sua carriera nella curia fu assai rapida e non solo in ragione dell'influenza della sua famiglia. Veniva considerato sagace, ambizioso, altero; per il resto, alla pari degli altri, corruttibile e corruttore. Nel lungo conclave di Perugia, poiché la sua ora non era ancora suonata, egli rimase uno spettatore discreto della estenuante tenzone tra gli Orsini e i Colonna; ma si fece onore nel protestare contro l'intervento di Carlo II in un'istanza che doveva rimanere inaccessibile agli estranei.

Durante il pontificato di Celestino V, rendendosi conto della sua precarietà, egli lavorò abilmente per la propria successione. Esistono leggende grottesche sugli espedienti da lui messi in opera per affrettarne l'epilogo: nella stesura del dramma non ne abbiamo tenuto alcun conto. Il conclave adunatosi nel Castelnuovo in Napoli, il 23 dicembre 1294 (dopo dieci giorni di sede vacante, secondo le disposizioni gregoriane ristabilite da Celestino), durò appena due giorni: il cardinale Caetani fu eletto al terzo scrutinio.

Il pontificato di Bonifazio VIII rimane un punto di riferimento obbligatorio nella storia delle relazioni tra la Chiesa e gli Stati. Se in fine il suo bilancio si chiuse in modo umiliante per lui e per la Chiesa, questo non avvenne per debolezza o inabilità personale, ma per l'anacronismo della visione da cui si era lasciato guidare. Nella sua concezione, coerentemente espressa in un gran numero di decreti e bolle culminanti nella "Unam Sanctam" del 1303, la sfera del potere ecclesiastico era dilatata fino ad assorbire e sottomettere quello temporale dei principi: la potestà papale non conosceva praticamente piú limiti, era "plenitudo potestatis", avendo origine divina. Era una concezione puramente medievale, spinta alle sue estreme conseguenze logiche, ma in un'epoca in cui il medioevo volgeva al tramonto e già si profilavano le grandi nazioni.

Nella nuova situazione gli anatemi papali avevano perduto l'antica efficacia. La sovranità di Filippo il Bello non risultò neppure scalfita dalle maledizioni di Bonifazio, trovandosi sostenuta dal clero, dalla nobiltà e dalla borghesia francese, al punto da consentirgli di passare alla controffensiva. Al concilio del Louvre Guglielmo Du Plessis presentò una risoluzione con 29 articoli contro Bonifazio contenenti accuse di eresia, d'immoralità e di superstizione. Guglielmo di Nogaret, consigliere di Filippo, spinse l'ardire fino a ideare un capovolgimento delle relazioni con Roma, che avrebbe fatto della Francia la figlia primogenita della Chiesa e trasferita la Santa Sede ad Avignone. Il medesimo Nogaret, assieme a Sciarra Colonna, fu il triste eroe dell'aggressione contro Bonifazio nella sua casa di Anagni, che riempí di sdegno anche molti avversari della sua politica. Dante fu tra quelli che considerarono l'offesa come rivolta allo stesso Cristo:

Veggio in Alagna intrar lo fiordaliso
e nel vicario suo Cristo esser catto.

Veggiolo un'altra volta esser deriso;
veggio rinovellar l'aceto e 'l fele...
(*Purgatorio* XX, 86-90)

L'attentato accadde il 7 settembre 1303; il 12 del mese seguente Bonifazio moriva. Egli fu condannato dal suo successore Clemente V, fu processato nel concilio ecumenico di Vienne e le sue bolle politiche abrase.

Dante e Celestino

La maggior parte dei commentatori di Dante, fin dai piú antichi (Jacopo della Lana, Pietro di Dante, il Boccaccio) hanno individuato, sebbene con qualche riserva, Celestino V nel personaggio indicato nel III canto dell'Inferno, come colui che "fece per viltà il gran rifiuto". Il *gran rifiuto* si riferirebbe appunto alla rinunzia al pontificato, a cui Celestino si decise giudicandosi inadatto a sostenere il peso del governo della Chiesa.

L'accusa di "viltà" (a causa della quale altri, per esempio lo Scartazzini e il Pietrobono, han messo in dubbio che possa trattarsi di Celestino V) è stata spiegata con l'argomento che, in seguito a quella abdicazione, fu eletto papa Bonifazio VIII, odiato anche da Dante per le sue idee teocratiche e come fautore degli avvenimenti che instaurarono in Firenze il governo dei Neri e spinsero il poeta in esilio. Secondo il parere della maggior parte degli studiosi, la violenza dell'invettiva non poteva rivolgersi che a un contemporaneo, noto a Dante, se non di persona, attraverso vicende delle quali avesse risentito le conseguenze.

Tra i commentatori moderni aderiscono a questa opinione lo Steiner, il Rossi, il Sapegno. Quest'ultimo precisa però: "L'identificazione rimane assai incerta, ed ha avuto fortuna soprattutto perché ancor meno persuasive riescono quasi tutte le altre proposte avanzate da questo o quello studioso".

Tra gli altri nomi proposti vi è anzitutto quello di Esaú, che cedé il diritto di primogenitura al fratello Giacobbe. Era questa la tesi di Benvenuto Rambaldi da Imola, il quale riferisce però che, anche ai suoi tempi, l'opinione piú accreditata era che si trattasse di Celestino V. Si è inoltre pensato a Pilato, a Diocleziano, a Giuliano l'Apostata, a Romolo Augustolo e, tra i contemporanei di Dante, a Giano della Bella e a Vieri de' Cerchi.

Petrarca e Celestino

Il trattato *De vita solitaria* di Francesco Petrarca contiene un'appassionata apologia di Pier Celestino, di cui citiamo i seguenti brani:

"...Questo gesto (l'abdicazione) del solitario e Santo Padre (Celestino) l'attribuisca chi vuole a viltà d'animo, giacché la diversità dei temperamenti ci consente di professare su di uno stesso argomento opinioni non solo diverse, ma contrastanti; io, per me, lo ritengo piú di ogni altro utile a lui stesso e al mondo.

"Per entrambi infatti quella dignità cosí alta poteva essere piena di pericoli e di rischi e di agitazioni, per l'inesperienza che Pietro aveva delle cose umane – le aveva trascurate per contemplare troppo le divine – e per il suo costante amore della solitudine. Come Cristo abbia accolto un tal gesto, risulta da un miracolo che Dio operò mediante lui il giorno successivo alla sua rinunzia: miracolo che certo non sarebbe avvenuto se Dio avesse disapprovato quanto egli aveva fatto. Io considero il suo operato come quello di uno spirito altissimo e libero che non conosceva imposizioni, di uno spirito veramente divino: e penso che un uomo non avrebbe potuto agire cosí se non avesse giustamente valutato le cose umane, e non si fosse posto sotto ai piedi il capo orgoglioso della fortuna...

"La gioia e l'entusiasmo della sua discesa testimoniano quanto l'ascesa fosse stata triste e contraria alle sue aspirazioni. Da persone che lo videro ho sentito dire ch'egli fuggí con immensa gioia, portando negli occhi e nel volto i segni della sua letizia spirituale, quando, libero finalmente e restituito a se stesso, si allontanò dal concilio quasi avesse sottratto non le spalle a un peso moderato, ma il collo a una terribile scure, sicché risplendeva, nel volto di lui, non so che luce angelica. E non a torto: ben sapeva infatti che cosa andava a trovare, e non ignorava quel che lasciava. Dalle fatiche ritornava al riposo, dalle discussioni inutili ai colloqui divini, abbandonava la città, andava con l'animo e – se l'astuzia del successore non vi si fosse opposta – andava con il corpo su di una montagna aspra e scoscesa, lo ammetto: ma di là gli si sarebbe aperto facile il cammino fino alle cose celesti. Oh magari fossi vissuto con lui! Fra tanti solitari, con lui solo particolarmente avrei bramato vivere, perché in nessun'altra occasione il mio desiderio è stato piú vicino alla cosa desiderata. Non è grande l'intervallo che ci divide, bastava ch'egli ritardasse o che io m'affrettassi di poco, e avremmo percorso di pari passo il cammino di questa vita, che egli percorse con i nostri padri. E in cosí breve spazio di tempo, quanti conventi del sacro ordine da lui fondati attraverso tutta l'Italia, fino alle Alpi! E già, come sento dire, questa devozione, propagatasi, ha varcato le Alpi..."

(Da Francesco Petrarca, *De vita solitaria*, libro secondo, a cura di Guido Martellotti, trad. italiana di Antonietta Bufano, nel volume delle *Prose*, Editore Riccardo Ricciardi, Milano-Napoli 1955, pagg. 475-481.)

Indice

NOTE

OSCAR SCRITTORI DEL NOVECENTO

Christie Mallowan, Viaggiare è il mio peccato
Pratolini, Il quartiere
Chiara, Le corna del diavolo
Grossman, Il vento giallo
Sciascia, La Sicilia come metafora
Mauriac, Vita di Gesù
Naipaul, Guerrillas
Schnitzler, Therese
Buzzati, Le notti difficili
Leavitt, Eguali amori
Ungaretti, Per conoscere Ungaretti
Borges, Venticinque agosto 1983 e altri racconti inediti
Consolo, La ferita dell'aprile
Doctorow, Il libro di Daniel
D'Annunzio, Giovanni Episcopo
Plath, La campana di vetro
Hemingway, Avere e non avere
Santucci, Il velocifero
Miller, Uccello pazzo (Crazy cock)
Kafka, Tutti i racconti
Steinbeck, Al Dio sconosciuto
Chiara, Il balordo
Kerouac, I vagabondi del Dharma
Pratolini, Metello
Doctorow, Il lago delle strolaghe
Gibran, Il vagabondo
Miller, Moloch
Vittorini, Il garofano rosso
Hesse, Demian
Chiara, La spartizione
Kafka, Il Castello
Gibran, Il folle
Deledda, Elias Portolu
Gibran, Gli dèi della terra
Vittorini, Piccola borghesia
Bellow, L'uomo in bilico
Mann Th., L'eletto
Hesse, Knulp - Klein e Wagner - L'ultima estate di Klingsor
Deledda, La madre
Steinbeck, Quel fantastico giovedì
Chiara, Tre racconti
Chiara, L'uovo al cianuro e altre storie

García Márquez, I funerali della Mamà Grande

Silone, Severina

García Márquez, La incredibile e triste storia della candida Eréndira e della sua nonna snaturata

Deledda, Il vecchio della montagna

Hemingway, By-Line dal nostro inviato Ernest Hemingway

Soldati, Le lettere da Capri

Buzzati, I sette messaggeri

Buzzati, Paura alla Scala

Buzzati, Il crollo della Baliverna

Hesse, Il giuoco delle perle di vetro

García Márquez, L'autunno del patriarca

Bassani, Dietro la porta

Orwell, Senza un soldo a Parigi e a Londra

Bernanos, Un delitto

García Márquez, La mala ora

Mann Th., Altezza reale

Fitzgerald, Belli e dannati

Hemingway, Festa mobile

Tobino, Biondo era e bello

Deledda, La chiesa della solitudine

Lewis C.S., Le lettere di Berlicche

Bassani, L'odore del fieno

Svevo, Novelle

Tobino, La ladra

Silone, L'avventura d'un povero cristiano

Buck, La madre

Hesse, Gertrud

Vittorini, Le donne di Messina

Bellow, Quello col piede in bocca e altri racconti

La Capria, Un giorno d'impazienza

Böll, Viandante, se giungi a Spa...

Bassani, L'airone

Pratolini, Lo scialo

Böll, Biliardo alle nove e mezzo

Pontiggia, Il raggio d'ombra

Greene, Il decimo uomo

Chiara, Il capostazione di Casalino e altri 15 racconti

Castellaneta, Viaggio col padre

Hemingway, Un'estate pericolosa

Faulkner, L'urlo e il furore

Forster, Casa Howard

Huxley, I diavoli di Loudun

Castellaneta, Gli incantesimi

Pratolini, Diario sentimentale

Faulkner, Non si fruga nella polvere

Amado, Mar Morto

Böll, Diario d'Irlanda

Buzzati, Il meglio dei racconti di Dino Buzzati

Chiara, Saluti notturni dal passo della Cisa

La Capria, Fiori giapponesi

Bellonci, Rinascimento privato

Malerba, Il serpente
Pontiggia, Il giocatore invisibile
Mishima, Colori proibiti
Faulkner, Gli invitti
Hemingway, Il giardino dell'Eden
Bellonci, Lucrezia Borgia
Hesse, Rosshalde
Pomilio, Il quinto evangelio
Grossman, Vedi alla voce: amore
Chiara, Di casa in casa, la vita
Faulkner, Scendi, Mosè
La Capria, L'armonia perduta
Naipaul, Elezioni a Elvira
Christie, Il meglio dei racconti di Agatha Christie
Hemingway, Ventuno racconti
Consolo, Le pietre di Pantalica
Naipaul, Mr. Stone
Bellow, Ne muoiono più di crepacuore
Kawabata, Mille gru
Faulkner, Mentre morivo
Buzzati, Poema a fumetti
Naipaul, Miguel Street
Lawrence, L'arcobaleno
Bassani, Il Romanzo di Ferrara
Mann H., Il professor Unrat (L'angelo azzurro)
Faulkner, Palme selvagge
Lawrence, Figli e amanti
Greene, Il nostro agente all'Avana
Castellaneta, La dolce compagna
Bellonci, Segni sul muro
Hemingway, Morte nel pomeriggio
Bellow, La sparizione
Malaparte, Io, in Russia e in Cina
Tobino, Tre amici
Greene, Il nocciolo della questione
Saint-Exupéry, Corriere del Sud
Parise, Il padrone
Bellow, Il circolo Bellarosa
Hemingway, Verdi colline d'Africa
Castellaneta, L'età del desiderio
Schnitzler, Anatol
Miller, Sexus
Strindberg, La signorina Julie - Il padre - Il pellicano
Sgorlon, Regina di Saba
Buzzati, Il colombre
Hesse, Sotto la ruota
Mauriac, Destini
Miller, Plexus
La Capria, Capri e non più Capri
Bonaviri, Notti sull'altura
Miller, I giorni di Clichy
Mauriac, Gli angeli neri
Miller, Nexus
Greene, Un americano tranquillo
Hemingway, Lettere 1917-1961
Greene, Una pistola in vendita
Joyce, Le gesta di Stephen

Castellaneta, La paloma
Orwell, La strada di Wigan Pier
Greene, I naufraghi
Orwell, Una boccata d'aria
Joyce, Finnegans Wake
Simenon, Maigret e il vagabondo
Miller, Tropico del Cancro
Hemingway, Storie della guerra di Spagna - La Quinta Colonna
Bukowski, Poesie (1955-1973)
Hemingway, I racconti di Nick Adams
Hesse, La nevrosi si può vincere
Updike, Coppie
Miller, Tropico del Capricorno
Consolo, Nottetempo, casa per casa
Buzzati, Il segreto del Bosco Vecchio
Simenon, Maigret esita
Simenon, L'amico d'infanzia di Maigret
Simenon, Maigret e il capellone imprudente
Miller, Primavera nera
Busi, Altri abusi
Hesse, Sull'amore
Hesse, Dall'India
Meneghello, Libera nos a Malo
Gadda, Il primo libro delle Favole
Pound, Cantos scelti
Borges, Libro di sogni
Simenon, Maigret e il commerciante di vini
Simenon, Maigret e la vecchia pazza
Simenon, Maigret e l'uomo solo
Nigro, Ombre sull'Ofanto
García Márquez, L'amore ai tempi del colera
Simenon, Maigret sotto inchiesta
Simenon, Maigret si diverte
Busi, Vita standard di un venditore provvisorio di collant
Busi, Sodomie in corpo 11
Simenon, Maigret viaggia
Simenon, Una confidenza di Maigret
Simenon, Maigret e gli aristocratici
Simenon, La collera di Maigret
Simenon, Maigret e il ladro pigro
Simenon, Maigret e il cliente del sabato
Simenon, Maigret e l'informatore
Kavafis, Poesie
Simenon, Maigret e il signor Charles
Kafka, Lettera al padre - Quaderni in ottavo
Busi, Seminario sulla gioventù
Frost, Conoscenza della notte e altre poesie
Leavitt, La lingua perduta delle gru
Kafka, Lettere a Milena

Simenon, Maigret e il fantasma
Simenon, Maigret e l'affare strip-tease
Simenon, Gli scrupoli di Maigret
Simenon, La pazienza di Maigret
Hesse, La natura ci parla
Hesse, Le stagioni della vita
Hemingway, 88 poesie
Meneghello, Fiori italiani
Mann Th., Saggi
Hesse, Non uccidere
Simenon, Maigret e la famiglia felice
Hesse, L'arte dell'ozio
Lovecraft, Le montagne della follia
Montale, Poesie scelte
Meneghello, Pomo pero
Hesse, Poesie
Busi, Le persone normali
Kawabata, Il maestro di go
Hesse, Il coraggio di ogni giorno
Hesse, Religione e mito
Buzzati, Bàrnabo delle montagne
García Márquez, Racconto di un naufrago
La Capria, Letteratura e salti mortali
Borges, La cifra
Lovecraft, Il caso di Charles Dexter Ward
Naipaul, Il massaggio mistico
Bulgakov, Uova fatali
Kafka, Frammenti e scritti vari
García Márquez, Il sequestro
Amis, Territori londinesi
García Márquez, Dodici racconti raminghi
Christie, La domatrice
Christie, Alla deriva
Christie, Aiuto, Poirot!
Christie, Corpi al sole
Christie, Miss Marple e i tredici problemi
Christie, Macabro quiz
Christie, È un problema
Christie, La serie infernale
Christie, Delitto in cielo
Christie, Se morisse mio marito
Christie, Un messaggio dagli spiriti
Christie, Miss Marple nei Caraibi
Christie, Il terrore viene per posta
Christie, Istantanea di un delitto
Christie, La parola alla difesa
Christie, Poirot e i Quattro
Christie, Poirot non sbaglia
Christie, Quattro casi per Hercule Poirot
Christie, Il segugio della morte
Christie, Hercule Poirot indaga
Christie, Sento i pollici che prudono
Christie, Il misterioso signor Quin

Christie, Assassinio allo specchio
Christie, Gli elefanti hanno buona memoria
Christie, Miss Marple: giochi di prestigio
Christie, Il mistero del treno azzurro
Christie, Nella mia fine è il mio principio
Christie, Testimone d'accusa e altre storie
Christie, Poirot e la salma
Christie, Miss Marple al Bertram Hotel
Christie, Addio, Miss Marple
Christie, Avversario segreto
Christie, Poirot sul Nilo
Christie, I sette quadranti
Christie, I primi casi di Poirot
Christie, Un cavallo per la strega
Christie, Poirot e la strage degli innocenti
Christie, Passeggero per Francoforte
Christie, Il Natale di Poirot
Christie, Sfida a Poirot
Christie, Sipario, l'ultima avventura di Poirot
Christie, Perché non l'hanno chiesto a Evans?
Christie, Un delitto avrà luogo
Christie, C'era una volta
Christie, Assassinio sull'Orient-Express
Christie, La dama velata e altre storie
Christie, Destinazione ignota
Christie, Le due verità
Christie, La morte nel villaggio
Christie, Non c'è più scampo
Christie, Le porte di Damasco
Christie, Il pericolo senza nome
Christie, Verso l'ora zero
Christie, Trappola per topi
Christie, Le fatiche di Hercule
Christie, Tragedia in tre atti
Christie, In tre contro il delitto
Christie, Il mondo di Hercule Poirot
Christie, È troppo facile
Christie, C'è un cadavere in biblioteca
Christie, Miss Marple: Nemesi
Christie, La sagra del delitto
Christie, Poirot a Styles Court
Christie, Poirot si annoia
Christie, Dieci piccoli indiani
Christie, Quinta colonna
Christie, L'assassinio di Roger Ackroyd
Christie, Polvere negli occhi
Christie, Il mondo è in pericolo
Christie, Tre topolini ciechi e altre storie
Christie, Appuntamento con la paura
Christie, Il mistero di Lord Listerdale e altre storie
Christie, Dopo le esequie
Christie, Carte in tavola
Christie, Giorno dei morti

Christie, Parker Pyne indaga
Christie, Il ritratto di Elsa Greer
Christie, L'uomo vestito di marrone
Christie, Sono un'assassina?
Christie, Due mesi dopo
Christie, Fermate il boia
Christie, Il segreto di Chimneys
Christie, Tommy e Tuppence: in due s'indaga meglio
Meneghello, I piccoli maestri
Bonaviri, Novelle saracene
Greene, L'uomo dai molti nomi
Turoldo, Il grande male
Simenon, Maigret e il libanese
Buzzati, Cronache terrestri
García Márquez, Il generale nel suo labirinto
Bulgakov, L'ispettore generale
Kerouac, Sulla strada
García Márquez, Cent'anni di solitudine
Hesse, Trilogia dell'amore e della vita
Hesse, Il romanzo della mia vita
Spark, La porta di Mandelbaum
Lovecraft, Alla ricerca del misterioso Kadath
Ungaretti, Il dolore
García Márquez, Cronaca di una morte annunciata
Malaparte, Il sole è cieco
Christie, La mia vita
Pontiggia, La grande sera
Greene, I commedianti
Naipaul, India
Tomizza, Gli sposi di via Rossetti
Greene, L'ultima parola e altri racconti
Buzzati, Il deserto dei Tartari
Buzzati, Sessanta racconti
Simenon, Maigret e i testimoni reticenti
Gibran, Le ali spezzate
Gibran, Gesù Figlio dell'Uomo
Gibran, Il precursore
Desiato, Il Marchese del Grillo
Chiara, Vita di Gabriele d'Annunzio
Joyce, Poesie
Kafka, Diari
Simenon, Maigret e il ladro
Sartre, Il diavolo e il buon Dio
García Márquez, Le avventure di Miguel Littín, clandestino in Cile
Simenon, Maigret a Vichy
Sartre, Morti senza tomba - Le mani sporche
Simenon, Maigret alle Assise
Leavitt, Un luogo dove non sono mai stato
La Capria, L'occhio di Napoli
Tomizza, La miglior vita
Gibran, La Voce del Maestro
García Márquez, I grandi romanzi di Gabriel García Márquez
Fitzgerald, Lembi di Paradiso
Busi, Vendita galline km 2
Bonaviri, Il fiume di pietra

Bettiza, Il fantasma di Trieste
Mishima, Il sapore della gloria
Gibran, Il vagabondo
Tomizza, La quinta stagione
Buzzati, Dino Buzzati al Giro d'Italia
Kerouac, Visioni di Gérard
Siciliano, La notte matrigna
Fowles, La donna del tenente francese
Rilke, Requiem e altre poesie
Busi, La Delfina Bizantina

45569
1998

«L'avventura d'un povero cristiano»
di Ignazio Silone
Oscar Scrittori del Novecento
Arnoldo Mondadori Editore

Questo volume è stato stampato
presso Arnoldo Mondadori Editore S.p.A.
Stabilimento Nuova Stampa - Cles (TN)
Stampato in Italia - Printed in Italy